“俄罗斯文学译丛”系

“金色俄罗斯丛书”平装版

胸针

[俄] 苔菲 / 著

黄玫 杨晓笛 / 译

四川人民出版社

图书在版编目（CIP）数据

胸针/（俄罗斯）苔菲著；黄玫，杨晓笛译．—成都：四川人民出版社，2021.8

（俄罗斯文学译丛）

ISBN 978-7-220-12303-0

Ⅰ.①胸… Ⅱ.①苔… ②黄… ③杨… Ⅲ.①短篇小说-小说集-俄罗斯-近代 Ⅳ.①I512.44

中国版本图书馆 CIP 数据核字（2021）第 105612 号

XIONGZHEN

胸针

（俄）苔菲 著 黄玫 杨晓笛 译

策划组稿	黄立新 张春晓
责任编辑	唐 婧
责任校对	袁晓红
装帧设计	张迪茗
责任印制	祝 健
出版发行	四川人民出版社（成都槐树街 2 号）
网 址	http://www.scpph.com
E-mail	scrmcbs@sina.com
新浪微博	@四川人民出版社
微信公众号	四川人民出版社
发行部业务电话	（028）86259624 86259453
防盗版举报电话	（028）86259624
照 排	四川胜翔数码印务设计有限公司
印 刷	自贡市华华广告印务有限公司
成品尺寸	140mm×203mm
印 张	11.5
字 数	250 千
版 次	2021 年 8 月第 1 版
印 次	2021 年 8 月第 1 次印刷
书 号	ISBN 978-7-220-12303-0
定 价	59.80 元

致敬“金色俄罗斯丛书”译介团队，感谢所有参与者为传播俄罗斯文学、增进中俄两国人民文化交流而做的努力！

汪剑钊　丛书主编，北京外国语大学外国文学研究所教授，博士生导师。

张建华　北京外国语大学教授，博士生导师。

张　冰　北京师范大学俄语系教授，博士生导师。

赵晓彬　哈尔滨师范大学斯拉夫语学院副院长，教授，博士生导师。

杨玉波　哈尔滨师范大学斯拉夫语学院副教授，文学博士。

郑艳红　中国社会科学院文学博士，绥化学院外国语系教师。

张　猛　北京外国语大学外国文学研究所博士。

李　莉　北京师范大学文学博士，杭州师范大学教授。

顾宏哲　辽宁大学俄语系副教授，硕士生导师。

赵艳秋　复旦大学俄语系副主任，文学博士。

侯玮红　中国社会科学院外国文学研究所俄罗斯文学研究室主任，文学博士。

池济敏　四川大学外国语学院副院长，副教授，文学博士。

飞　白　云南大学外语系教授，浙江省比较文学与外国文学学会名誉会长。

黄　玫　北京外国语大学俄语学院教授，博士生导师。

杨晓笛　北京外国语大学博士，太原理工大学教师。

李玉萍　洛阳理工学院外国语学院教师，文学博士。

王立业　北京外国语大学俄语学院教授，博士生导师。

邱　鑫　黑龙江大学俄语学院文学博士。

郭靖媛　北京大学世界文学研究所博士。

薛冉冉　浙江大学外语学院副教授，博士。

温玉霞　西安外国语大学俄语学院教授，博士生导师。

潘月琴　北京外国语大学俄语学院副教授，博士。

余　翔　北京外国语大学外国文学研究所博士。

李春雨　厦门大学外文学院助理教授、博士。

董树丛　山东文艺出版社编辑，文学硕士。

冯昭玙　浙江大学外文系教授。

杜　健　北京师范大学俄语语言文学专业博士。

韩宇琪　北京师范大学俄语语言文学专业博士。

徐　琪　厦门大学外文学院教授，文学博士

徐曼琳　四川外国语大学俄语系教授，文学博士。

欢迎更多的译者加入“金色俄罗斯丛书”……

（按译作出版时间排序。）

金色的“林中空地”（总序）

汪剑钊

2014年2月7日至23日，第二十二届冬奥会在俄罗斯的索契落下帷幕，但其中一些场景却不断在我的脑海回旋。我不是一个体育迷，也无意对其中的各项赛事评头论足。不过，这次冬奥会的开幕式与闭幕式上出色的文艺表演给我留下了深刻的印象，迄今仍然为之感叹不已。它们印证了一个民族对自身文化由衷的热爱和自觉的传承。前后两场典仪上所蕴含的丰厚的人文精髓是不能不让所有观者为之瞩目的。它们再次证明，俄罗斯人之所以能在世界上赢得足够的尊重，并不是凭借自己的快马与军刀，也不是凭借强大的海军或空军，更不是凭借所谓的先进核武器和航母，而是凭借他们在文化和科技上的卓越贡献。正是这些劳动成果擦亮了世界人民的眼睛，引燃了人们眸子里的惊奇。我们知道，武力带给人们的只有恐惧，而文化却值得给予永远的珍爱与敬重。

众所周知，《战争与和平》是俄罗斯文学的巨擘托尔斯泰所著的一部史诗性小说。小说的开篇便是沙皇的宫廷女官安娜·帕夫洛夫娜家的舞会，这是介绍叙事艺术时经常被提到的一个经典性例子。借助这段描写，托尔斯泰以他的天才之笔将小说中的重要人物一一拈出，为以后的宏大叙事嵌入了一根强劲的楔子。2014 年 2 月 7 日晚，该届冬奥会开幕式的表演以芭蕾舞的形式再现了这一场景，令我们重温了“战争”前夜的“和平”魅力（我觉得，就一定程度上说，体育竞技堪称是一种和平方式的模拟性战争）。有意思的是，在各国健儿经过数十天的激烈争夺以后，2 月 23 日，闭幕式让体育与文化有了再一次的亲密拥抱。总导演康斯坦丁·恩斯特希望“挑选一些对于世界有影响力的俄罗斯文化，那也是世界文化遗产的一部分”。于是，他请出了在俄罗斯文学史上引以为傲的一部分重量级人物：伴随拉赫玛尼诺夫第二钢琴协奏曲的演奏，普希金、果戈理、屠格涅夫、托尔斯泰、陀思妥耶夫斯基、契诃夫、马雅可夫斯基、阿赫玛托娃、茨维塔耶娃、布尔加科夫、索尔仁尼琴、布罗茨基等经典作家和诗人在冰层上一一复活，与现代人进行了一场超越时空的精神对话。他们留下的文化遗产像雪片似的飘入了每个人的内心，滋润着后来者的灵魂。

美裔英国诗人 T. S. 艾略特在《诗的作用和批评的作用》一文中说：“一个不再关心其文学传承的民族就会变得野蛮；一个民族如果停止了生产文学，它的思想和感受力就会止步不前。一个民族的诗歌代表了它的意识的最高点，代表了它最强大的力量，也代表了它最为纤细敏锐的感受力。”在世界各民族中，俄罗斯堪称最为关心自己“文学传承”的一个民族，而它辽阔的地理特征则为自己的文学生态提供了一大片培植经典的金色的“林中空地”。迄今，在这片土地上生根发芽并长成参天大树的作家与作品已不计其数。除上述提及的文学巨匠以外，19 世纪的茹科夫斯基、巴拉廷斯基、莱蒙托夫、丘特切夫、别林斯基、赫尔岑、费特等，20 世纪的高尔基、勃洛克、安德列耶夫、什克洛夫斯基、普宁、索洛古勃、吉皮乌斯、苔菲、阿尔志跋绥夫、列米佐夫、什梅廖夫、波普拉夫斯基、哈尔姆斯等，均以自己的创造性劳动进入了经典的行列，向世界展示了俄罗斯奇异的美与力量。

中国与俄罗斯是两个巨人式的邻国，相似的文化传统、相似的历史沿革、相似的地理特征、相似的社会结构和民族特性，为它们的交往搭建了一个开阔的平台。早在 1932 年，鲁迅先生就为这种友谊写下一篇“贺词”——《祝中俄文字之交》，指出中国新文学所受的“启发”，将其看作自己的“导师”和“朋友”。20 世纪 50 年代，由于意识形态的接近，中国与俄国在文化交流上曾出现过一个“蜜月期”，在那个特定的时代，俄罗斯文学几乎就是外国文学的一个代名词。俄罗斯文学史上的一些名著，如《叶甫盖尼·奥涅金》《死魂灵》《贵族之家》《猎人笔记》《战争与和平》《复活》《罪与罚》《第六病室》《丽人吟》《日瓦戈医生》《安魂曲》《没有主人公的叙事诗》《静静的顿河》《带星星的火车票》《林中水滴》《金蔷薇》和《钢铁是怎样炼成的》等，都曾经是坊间耳熟能详的书名，有不少读者甚至能大段大段背诵其中精彩的章节。在一定程度上，我们可以说，翻译成中文的俄罗斯文学作品已构成了中国新文学的一个重要组成部分，成为现代汉语中的经典文本，就像已广为流传的歌曲《莫斯科郊外的晚上》《三套车》《喀秋莎》《山楂树》等一样，后者似乎已理所当然地成为中国的民歌。迄今，它们仍在闪烁金子般的光芒。

不过，作为一座富矿，俄罗斯文学在中文中所显露的仅是冰山一角，大量的宝藏仍在我们有限的视域之外。其中，赫尔岑的人性，丘特切夫的智慧，费特的唯美，洛赫维茨卡娅的激情，索洛古勃与阿尔志跋绥夫在绝望中的希望，苔菲与阿维尔琴科的幽默，什克洛夫斯基的精致，波普拉夫斯基的超现实，哈尔姆斯的怪诞，等等，大多还停留在文学史上的地图式导游。为此，作为某种传承，也是出自传播和介绍的责任，我们编选和翻译了这套“金色俄罗斯丛书”，其目的是进一步挖掘那些依然静卧在俄罗斯文化沃土中的金锭。可以说，被选入本丛书的均是经过了淘洗和淬炼的经典文本，它们都配得上“金色”的荣誉。

行文至此，我们有必要就“经典”的概念略做一点说明。在汉语中，“经典”一词最早出现于《汉书·孙宝传》：“周公上圣，召公大贤。尚犹有不相说，著于经典，两不相损。”汉朝是华夏民族展示凝聚力的重要朝代，当时的统治者不仅实现了政治上的统一，而且也希望在文化上设立标杆与范型，亟盼对前代思想交流上的混乱与文化积累上的泥沙俱下状态进行一番清理与厘定。客观地说，它取得了一定的成效，虽说也因此带来了“罢黜百家”的重大弊端。就文学而言，此前通称的“诗三百”也恰恰在那时完成了经典化的过程，被确定为后世一直崇奉的《诗经》。关于“经典”的含义，唐代的刘知幾在《史通·叙事》中有过一个初步的解释：“自圣贤述作，是曰经典。”这里，他将圣人与前贤的文字著述纳入经典的范畴，实际是一种互证的做法。因为，历史上那些圣人贤达恰恰是因为他们杰出的言说才获得自己的荣名的。

那么，从现代的角度来看，什么是经典呢？商务印书馆出版的《现代汉语词典》给出了这样的释义：1. 指传统的具有权威性的著作：博览经典。2. 泛指各宗教宣扬教义的根本性著作。不同于词典的抽象与枯涩，意大利著名作家卡尔维诺归纳出了十四条非常感性的定义，其中最为人称道的是其中两条：其一，一部经典作品是一本每次重读都像初读那样带来发现的书；一部经典作品是一本即使我们初读也好像是在重温的书。其二，经典作品是一些产生某种特殊影响的书，它们要么自己以遗忘的方式给我们的想象力打下印记，要么乔装成个人或集体的无意识隐藏在深层记忆中。参照上述定义，我们觉得，经典就是经受住了历史与时间的考验而得以流传的文化结晶，表现为文字或其他传媒方式，在某个领域或范围具有一定的权威性和典范性，可以成为某个民族、甚或整个人类的精神生产的象征与标识。换一个说法，每一部经典都是对时间之流逝的一次成功阻击。经典的诞生与存在可以让时间静止下来，打开又一扇大门，带你进入崭新的世界，为虚幻的人生提供另一种真实。

或许，我们所面临的时代确实如卡尔维诺所说："读经典作品似乎与我们的生活步调不一致，我们的生活步调无法忍受把大段大段的时间或空间让给人本主义者的悠闲；也与我们文化中的精英主义不一致，这种精英主义永远也制定不出一份经典作品的目录来配合我们的时代。"那么，正如沙漠对水的渴望一样，在漠视经典的时代，我们还是要高举经典的大纛，并且以卡尔维诺的另一段话镌刻其上："现在可以做的，就是让我们每个人都发明我们理想的经典藏书室；而我想说，其中一半应该包括我们读过并对我们有所裨益的书，另一些应该是我们打算读并假设对我们有所裨益的书。我们还应该把一部分空间让给意外之书和偶然发现之书。"

愿"金色俄罗斯"能走进你的藏书室，走进你的精神生活，走进你的内心！

译　序

很长时间以来，苔菲之于我，仅是一个贴着讽刺幽默女作家标签的抽象名字，在群星争辉的白银星空中，我自觉不自觉地忽略了她的存在。第一次读到苔菲，是几年前在一本俄罗斯阅读教材中，是《生活与衣领》一篇。小说的女主人公奥莉娅·罗扎娃已为人妻，原本温柔恬静，过着知足常乐的小日子，有一天鬼使神差般地买了一条带着黄色蝴蝶结的衣领，然后衣领主宰了她的生活，指使她买了与之相配的衬衣、裙子、帽子、皮鞋…… 而为了满足衣领的愿望，她花光了家里的全部生活费，卖了手饰，又向亲友撒谎借钱…… 她的生活也随之改变，配合衣领的风格开始纵酒、晚归、与人鬼混…… 一条妖娆的衣领竟把一个勤俭持家、温顺诚实的小女人变成了谎话连篇、不知廉耻的荡妇。几分钟就能读完的短篇小说，却让人细思恐极：生而为人，却为物所左右，为追逐物欲失去自我，不亦悲乎！《生活与衣领》这篇小说把苔菲这个名字深深刻进了我的脑海，因而，这次我怀着浓厚的兴趣来翻译她的作品，并且感恩能有这样的机会深入了解作家的创作。

本书选篇取自苔菲各个文集，共选译了52篇小说。这些小说差可代表苔菲创作的几个重要主题：爱情，人性，“小人物”，侨民生活。

春天的故事

……开始泛绿的田野一直延伸到天际。在接近地平线的地方，隆起一个山岗，山岗上方温暖的雾气缭绕，透明、黏稠，像一杯茶中一块正在溶化的白糖。云雀在田野上空啼啭。有好几只。在这清脆婉转、彼此呼应的鸟鸣中，可以感受到简单明朗的欢乐，以及明媚的忧伤。（《残酷的春天》）

黄灿灿的春阳明亮温暖。小河用自己所有的细流和鳞波捕捉着它快活的光芒，又把这些光向四处播洒。（《春天的节日》）

苔菲笔下的春天是温暖明媚的，但如此美好的季节，犹如万物复苏般萌生的，与其说是爱情，不如说是不安分地悸动的春心。《春天》《春天之春》《残酷的春天》《春天的节日》《美妙的春天》《四月一号》……这些发生在美好春日里的爱情故事，却往往没有那么美好：少女怀春的心，不过是过度敏感的自作多情；爱情在与金钱的角逐中落荒而逃，情感的方向由金钱决定；爱情成为一种伪装的矫揉造作的形式，失去了发自肺腑的深刻后，无异于调情……

《忘我之爱》中丈夫背叛了沉迷打牌的妻子，原因竟是为了让她能在牌桌上得意，因为实在太爱，为了对方好可以做任何事情；《永恒之爱》中自诩相信永恒爱情、言必提丈夫的妻子，竟然与火车上萍水相逢的情场老手中途下车而乐不思蜀。“忘我”和“永恒”在此成了最大的讽刺。而《童话与生活》中，童话中为爱可以付出一切：美丽、青春，甚至生命；而生活中的爱情5000块就可以买到。《胸针》中，由一枚清扫女工不小心掉落在沙发缝里的胸针，揭开了一个家庭中夫妇二人互相背叛、分别偷情的秘密：

这枚倒霉的胸针从天而降，就像一把钥匙，打开了所有秘密之门。

没有纯真，没有忠诚，没有信任，没有深情…… 苔菲用这些丑陋，告诉我们美好的爱情应该是这些故事里爱情的对立面，让我们在不屑和批判中描摹真正的爱情的样子。

冷眼温情

人心的冷漠和善变、人性的自私和自利，人与人表面的客套背后，是一场硝烟弥漫的战争。结局惨烈，可参战者始终乐此不疲。苔菲笔下人与人之间的交往，常常缺少了基本的真情，虚情假意，逢场作戏，一切人性的丑恶在作家的火眼金睛中无处遁形。《婚前谈话》是对友谊的微妙讽刺，折射出年轻姑娘内心微妙的黑暗。自言替最好的朋友婚前把关，却又因面前的男子对女友发自肺腑的爱恋心生妒意，忘记初衷，一心抹黑女友，寻求心理平衡。《绅士》中道貌岸然的男子高举为对方着想的爱情口号，背后其实是一颗胆小懦弱、自私自利的心，所谓伪绅士，真小人。《心思细腻的人》中人心的虚伪，两面三刀，口蜜腹剑被揭示得淋漓尽致。主人公米古诺夫表面对好友尼古拉关怀备至，背地里却出于莫名的嫉妒与敌意刻意破坏他的事业。官场“变色龙”活灵活现，却逃不过周围人智慧的洞察。

然而，在这扑面而来的讽刺气息中，我们也不难发现，作者并没有对人性彻底失望。《墙外》中女主人和女房客在复活节的餐桌旁上演了一场大戏，女主人有意捉弄、处处刁难，女房客步步退让、讨好谄媚，看似激烈的过招实则双方心知肚明，好比多次彩排后终于搬上舞台正式上演，原因也不过是两个孤独的女人互相陪伴，打发着日子的空虚和无聊。对于女主人的挑衅，女房客“不敢直接反对，因为觉得自己在这位有小胡子的女邻居面前有点抬不起头来。因为她在施兰克夫人这里租了一个小小的房间，但经常不能按时付房租，而施兰克夫人体谅她，经常给她延期。”而女主人讽刺挖苦够了，会一如既往地叫厨娘把吃的东西留好：

……远处传来施兰克夫人低音的轰鸣，‘你告诉拉津斯卡娅夫人，等她冒完傻气，让她来喝咖啡。我不能等她一晚上。这里就留这一块奶渣糕，其他的都冰起来吧。我睡觉去了。我的神经都快断了。’拉津斯卡娅夫人的心脏咚咚跳动着。她知道阿努什卡早就睡着了，也知道主人故意这么说，是为了让她，拉津斯卡娅夫人听见。（《墙外》）

《格里高利·佩特罗维奇》的主人公恰似舒克申笔下的“怪人”，他的纯真与善良，略显笨拙的实诚，与社会格格不入。而这一切背后，却是作者默然的欣赏。《玛尔基塔》中在生活洪流中挣扎的年轻女子萨舍妮卡遭遇丈夫背叛，带着年幼儿子独自生活，极力自谋生路。富有的鞑靼男子频频示爱，唾手可得的生活保障近在咫尺。纠结，矛盾，萨舍妮卡作出让步，试图遮掩内心真实想法，逼迫自己接受这份“厚爱”。约会中，她行为夸张，动作暧昧，以玛尔基塔的风情万种，刻意引起鞑靼人的关注。可这一切伪装的努力，却在儿子一声哭喊中，全然坍塌。她的灵魂，终被儿子唤醒。

苔菲也正面歌颂了人性中美好的一面。《瓦利亚》中虽然母亲与女儿之间无法消除的隔阂始终存在，源于血缘的爱自然深厚、感人至深；《留利亚的妈妈》则为读者呈现了真正的母爱的样子。母亲的心中，女儿永远是灿烂无暇的存在，永远是她拼尽一生也要保护的人。母亲的眼里，女儿的幸福是最终的期盼，而她为此，愿付出任何代价。

幽默的讽刺

苔菲的小说为我们描画了一幅人世间的芸芸众生相。她的主人公有小官员、中学生、旅行者、乡村女教师、记者、油漆匠、算命先生、孩子…… 他们大都是些“小人物”。这些“小人物”有自己的世界，自己的问题和自己独一无二的喜怒哀乐。他们或陷于毫无意义的琐事，或本就无所谓意义地虚度着光阴；他们的个性或执拗，或轻浮，或善妒，或虚荣…… 但如果你认为作者是在嘲笑和挖苦自己笔下那些小人物，那你就错了。她只是从旁对他们进行仔细的观察，真实地再现他们的人生，看到了他们真正沉重、有时甚至是灰暗的生活。她只是带着洞悉一切的微笑冷静地揭开人们巧妙掩藏的人性的弱点。女教师芭宾娜工作于闭塞的乡村，精神生活与物质生活相对贫乏。城市的奢华与她无关，昔日的梦想空成泡影，为数不多的聚会，医生之妻的话语激起她内心潜藏的自卑。可生活总要继续下去，总需要为自己寻找活着的理由和意义。女教师黯然的自我拯救，是与现实妥协之后无奈的坚持。孤独的乡村老大娘雅弗多哈的生活平静、单调，儿子参军，长年与她相伴的只有家里圈养的猪。收到儿子的来信，她欣喜万分，前往村庄求人读信，却被热闹的人群硬生生忽略。显然，无人顾及她的感受、她的情绪。沉闷的生活日复一日，雅弗多哈的喜怒哀乐，唯有与猪分享。外界与她之间，竖起一道无形的墙。

俄罗斯文学一向关注“小人物”。但对“小人物”的界定、塑造和态度却因时代、因人而异。有普希金笔下让人掬泪同情的维林（《驿站长》），有果戈里《外套》中位于官僚等级制度底层备受欺凌和侮辱的九等文官，有陀思妥耶夫斯基的“穷人”，还有契诃夫塑造的众多“小人物”形象。普希金及与其在“小人物”方面一脉相承的果戈里、陀思妥耶夫斯基作品中，“小人物”大都平庸麻木、软弱无助，他们经不起生活的风浪，在不公的命运面前无力反抗，是蝼蚁般的存在，让人对他们的悲惨境况寄予深切的同情和怜悯。契诃夫则着力刻画底层“小人物”身上的庸俗和市侩习气，以冷静客观的笔触将他们身上的趋炎附势、软弱无能展示出来，除了“哀其不幸”，更“恨其不争”，对他们的奴性和不觉悟予以揭露和批判。苔菲笔下的“小人物”与契诃夫相似，却又有自身的特色：一方面她以女性擅长的生活琐事的视角切入，描写的大都是现实生活中各色“小人物”身上发生的林林总总；另一方面她又是一个具有敏锐洞察力和细腻心思的作家，那些荒唐和滑稽，那些怯懦和卑微，那些浮夸和虚伪，都逃不过她的一瞥。没有慷慨激昂，没有拍案而起，她讲故事一般娓娓道来，读者则报以会心的微笑，或者还会有些许不自在：仿佛自己藏在心底的恶念被昭示人前……引人深思、催人自省，这或许就是苔菲温和的文字中蕴藏的巨大力量。

别时容易见时难

1920 年，情势所迫，苔菲也像她成千上万的同胞一样，登上了驶离祖国的轮船。这场源于失望和厌倦的逃离，让人心灰意冷，就像苔菲在船上创作的一首诗中所写：

无所谓停靠在哪里
紫鸟之岛
或快乐之角，或悲伤之岩
我们疲惫到睫毛都抬不起……

未料背井离乡的生活更加灰暗沉重，从此故园如梦，思乡之情痛彻心扉。来到陌生的大陆，他们失去了母亲的庇护，茫然失措，惊慌无助。格里高利·佩特罗维奇曾是俄罗斯军队的大尉，如今他是难民。他一无所长因而也一事无成，自己原有的积蓄也被骗得精光（《格里高利·佩特罗维奇》）。《聪明人》中的主人公生活中精打细算却仍然捉襟见肘，他总能为自己的斤斤计较找到冠冕堂皇的借口，却不得不对自己承认：

> 自己在异国他乡，当然，生活很艰难，很多事也不明白。特别是当人孤独时。白天，当然，要工作，而晚上则变得孤僻。有时晚上走到洗脸盆前，我望着镜子中的自己，对自己说：
>
> “武留金，武留金！这个勇士，这个美男子就是你吗？您拥有这座商行吗？你有这六匹马吗？你有这两头牛吗？你的生活是孤独的，你枯萎了，就像无根的花朵。”

《我们的日常》将这种生活的绝境刻画得淋漓尽致。

逃亡的这些年里，阿罗索夫一分钟也没有忘记过母亲的面孔，当他离开祖国的海岸，在轮船的搭板上回过身时看到的母亲的面孔。

> 她，一个老太婆，一个人站在那里，失措、悲伤，一直在用眼睛寻找着他，却只看到一片灰衣的士兵，寻不到他的身影。她那松弛、干瘪的脸颊一直在颤抖着。她用围巾的一角擦了一下嘴，她被眼前的一切惊呆了，甚至忘了哭泣。

把母亲留在了俄罗斯是阿罗索夫最难过的事。所以他省吃俭用，把节省下来的钱寄给母亲，给她攒来巴黎的路费。可是，当他的愿望即将实现的时候，他失业了。

他非常受煎熬，以至于最近瘦了很多。房间还不错，关于房子他可以安心，房间非常舒适。对对付付养活一个老人他还是能做到的。她哪有什么过多的需求，只是担心她会受到惊吓，看到他那么瘦弱。只希望她不要猜到他过得这么糟糕。只要她不失望。

可是，当母亲终于找到他的房间时，看到“破烂的衣服挂在钉子上。脸盆和水罐放在凳子上”，大失所望。而阿罗索夫却在母亲到来的前一天晚上出车祸去世了，最终我们看到的是母亲的绝望：

揭开帆布，她看到了尖鼻子，如木刻一般的颧骨，黢黑的眼窝和灰白的鬓角。当人家带着她走过走廊的时候，她就已经明白了，这里是医院，而当她看到盖着帆布的床时，她也猜到了，她将看到她的儿子，但是当她真的看见他，她不能相信。

“我想这不是他。这个人太老了，头发都花白了。”

她看着面前这个陌生而衰老的人，没有任何的感受，既不怜悯，也不悲伤。

“这哪里是他，不是他！”

《乡愁》中的一段文字是对侨民生活最好的诠释：

我们的难民不断来到这里，来时疲惫不堪，由于饥饿和恐惧虚弱黑瘦，等到养胖了，心里踏实了，熟悉环境了，似乎新生活一切安好，却突然之间就没有力气了。

目光开始暗淡，双手无力地下垂，心灵渐渐枯萎——那是面向东方的心灵。

我们没有信仰，无所期待，也无欲无求。

我们死去了。

害怕布尔什维克式的死亡，却死在了这里的死亡。

这就是我们，用死亡来挽救死亡的人们。

“哀莫大于心死”，这也是侨民心态最深刻的写照。

俄罗斯侨民苔菲 1952 年 10 月 6 日于巴黎辞世，两天后葬于圣热纳维耶沃—德布瓦公墓，享年 80 岁。

著名作家格·伊万诺夫称，“苔菲是一位讽刺作家，也是一位非常有修养、充满智慧的作家。苔菲的严肃文学是俄罗斯文学中无法复制的现象。百年之后，人们仍会为之惊叹。”

搁笔扼腕，为之惊叹。

目 录
Contents

嫉　妒

一大早就感觉有些忐忑不安。

这种不安的感觉始于袜子。本来该穿一双普普通通的白袜，保姆却拿来了一双一点儿都不透亮的天蓝色袜子，她嘟囔说，洗衣女工把所有的白袜子都染蓝了。

“怎么能把这样的内衣送过来。还‘马特廖娜·卡尔波夫娜’！既然都尊称为马特廖娜·卡尔波夫娜了，就应该明白自己该做什么，而不是瞎混！”

莉莎坐在床上，细细打量着自己瘦瘦的两条长腿，她就是用它们，在这人世间行走了七年。

她看着天蓝色的袜子心想：

“糟糕的袜子。死亡的颜色。今天我会倒霉的！”

然后，来给她梳头的，不是保姆，而是顶着油光光的脑袋、有一双油汪汪的手和油滑的眼睛的清扫女工科尔涅里卡。

科尔涅里卡把梳子插在她头发里，梳得不能再疼了，可是莉莎觉得要是当着她的面疼得哭起来简直是一种耻辱，所以她只是哼哼了几声。

“您的手为什么是油汪汪的？”

科尔涅里卡翻过来掉过去看了好几遍自己那只通红的小短手，好像在欣赏它：

“我的双手是因为劳动才发光。我干活不惜力，我的手才发光。”

露台旁，椴树下，保姆在一个小泥炉上熬果酱。

厨娘的女儿斯焦莎给她帮忙，一会儿往炉子里加点儿柴，一会儿又跑去拿勺子、拿碟子，一会儿又挥个树枝赶盆上的苍蝇。

保姆表扬了小姑娘，并且激起她干活儿的热情：

“好样的，斯焦莎！瞧我们斯焦莎多聪明。现在你再给我拿点凉凉的水来吧。去吧，斯焦莎，拿点水来。我们的斯焦莎简直是金不换呢。”

莉莎绕着椴树走来走去，从大树粗壮的根上爬了过去。两条根脉之间的空处有很多好玩儿的东西。一个角落里仕着一只老迈的甲壳虫，它的翅膀都干了，像松子里面的那层皮一样。

莉莎用一根小棍子拨弄它，一会儿把它肚皮朝上，一会儿又翻过去，但是它既不惊慌，也不逃跑。它太老了，就这么宠辱不惊地活着了。

另一个角落里挂着一张蛛网，上面黏着一只小小的苍蝇。

蛛网显然成了苍蝇的吊床。

第三个角落里停着一只瓢虫，正若有所思。

莉莎用木棍儿挑起它，想让它去跟苍蝇认识一下，但半路上瓢虫突然从背中间裂出一对翅膀，扑闪着飞走了。

保姆用勺子敲了敲盆子，撇去果酱上的浮沫。

“保姆，给我来点儿果酱上的浮皮儿!”莉莎央求道。保姆很生气，脸都气红了。

她把苍蝇从上嘴唇上吹走，可是苍蝇又准准地贴上了她汗湿的脸，一会儿爬到鼻子上，一会儿爬到脸蛋上。

“走开，走开！你在这儿添什么乱啊！果酱还没开，哪里有什么浮皮儿。别人家的小姑娘都在儿童房里看画片儿呢。你瞧瞧，保姆哪有空儿。你可真是太好动了！斯焦莎，小机灵，再加把柴！我的斯焦莎可真棒!”

莉莎看到，斯焦莎一双光脚踏着小碎步，搬来劈柴，又卖力地往炉子里添着。

斯焦莎的小辫子很细，还扎了一个脏兮兮的蓝色蝴蝶结，小辫子下面的脖子黑黑瘦瘦的，像木棒一样。

“她故意这么卖力气的，”莉莎想，“就是故意的。她还以为她真的机灵呢。保姆只不过那么顺口一说而已。”

斯焦莎站起身来，保姆摸了摸她的头说道：

“谢谢你，斯焦莎。回头我给你果酱皮儿吃。”

莉莎的太阳穴突突跳了两下。她仰面躺在长椅上，晃着穿着“该死的”袜子的腿，唇边颤抖着恶意的微笑，开口说道：

“我就不走！我不想走，就不走!”

保姆转过身来，双手一拍，叫道：

“上帝啊，这是要惩罚我呢！今天刚穿上干净的裙子，她就往脏乎乎的长椅上这么一躺。全都弄脏了！你到底走不走？”

“我不想走，就不走！”

保姆还想说什么，这时，果酱上冒起了白色的气泡。

“啊呀上帝饶恕你，果酱要糊了！”

她扑向熬着果酱的盆子，而莉莎站了起来，示威地唱起歌儿，单脚跳着离开了。

她从椴树下走出来时，看见了斯焦莎，端着一盘浆果走过来。

斯焦莎小心翼翼地走着，好像故意向莉莎显摆，她有多机灵。

莉莎走到她跟前，喘了一口气，压低声音说：

“滚开！滚开，你这个傻瓜！”

斯焦莎一脸惊恐，故意给保姆看到，然后加快了脚步，走到椴树下。

莉莎跑进浓密的醋栗丛，瘫到草地上，开始大声哭泣。

现在她的生活完全破碎了。

她躺在草地上，闭上眼睛，却看到斯焦莎的小细辫儿，脏兮兮的天蓝色蝴蝶结，还有斯焦莎那像木棒一样的黑脖子。

而保姆还抚摩着斯焦莎不断地说：“斯焦莎可真聪明！回头我给你果酱皮儿吃！”

“果酱——皮儿！果酱——皮儿！”莉莎小声嘀咕着，每次说出这个词，心里就会又酸又痛，眼泪顺着眼角流进了耳朵里。

“果酱——皮儿！”

要是斯焦莎去拿劈柴，然后就死了。那就一切都会变好了！

不，不会变好的。保姆会可怜她，会说：“她可是个小机灵，就这么死啦。还不如让莉莎去死呢。”

眼泪又流到耳朵里。

真是无话可说，这也算聪明！学都没上过。而我在上学。我会说法语，会用法语说：我，你，他，请问，抱歉…… 等我长大了，要嫁一个将军，那时候再回到这里，我就说：“这个丫头是谁呀？把她从这里赶出去，她偷了我的蓝布扎辫子。”

莉莎刚觉得好一些，突然想起了果酱皮儿。

不！坚决不行！现在就来个了断。

她没有回家。回去干什么呢？

她就这么仰面躺着，就像那个洗衣工玛丽娅死的时候那样。闭上眼睛，就这么一声儿不出地躺着。

上帝会看到她，会派天使来引领她的灵魂。

天使们会飞过来，扑扑地扇着翅膀…… 就会带着她的灵魂升得好高好高。

而家里正在吃午饭，大家都会惊讶：

“莉莎这是怎么了？”

“莉莎怎么什么也不吃？”

“咱们的莉莎怎么这么苍白？”

而她既不说话也不看任何人。妈妈一定会突然猜到真相！

她会说：“你们这是怎么了，不明白吗？她这是死了！”

而莉莎静静地坐着，心里充满感动和悲伤，看着“死亡”颜色长袜里的一双细腿。她就这样死了，死了。

有什么东西嗡嗡响，越来越近，越来越近…… 突然，啪哒一声，直撞到莉莎额头上。这是一只肥胖的五月的小甲虫，被太阳晒晕了，胡飞乱撞，自己掉了下来。

莉莎跳起来，飞快地跑了起来。

“保姆！保——姆！甲虫撞到我了！甲虫在打我！”

保姆吓了一跳，温柔地看着她说：

“你这是怎么了，小傻瓜？一点儿都看不出来呢。就是你自己这么觉得。坐下来，小机灵，坐到长椅上，我给你捞点儿果酱皮儿，很好的果酱皮儿呢。想要吗？啊？”

“果酱——皮儿！果酱——皮儿！”莉莎在灵魂的最深处笑了起来，上帝的天使们还没来得及把她的灵魂带走。

“保姆，我永远都不会死吧？是真的吗？我还会喝很多汤，喝很多牛奶也不会死。是不是这样？”

保姆讲的关于马头的故事

“那么，关于现在男孩儿和女孩儿的教育问题，您是怎么看的?”我问自己在 five o'clock'y 的邻居。

“这怎么说呢！…… 要是我自己，那我当然完全支持新风尚。因为这的确很有趣。学校里一些小小的浪漫曲…… 争着上习字课的插曲，牺牲自己成全他人的悄悄提示…… 真是太有意思了！但要是事关自己的女儿们，我倒宁愿按旧式方法来教育。还是更稳妥些！而且，我觉得，参加社交活动时在某处遇到曾经在您面前满嘴“Nous avons，vous avons，ils avont”① 的先生总是令人不快，或者还有更糟糕的事发生！那样的回忆非常扫兴。”

“一派胡言！”女主人打断了她的话，“问题的本质不在这里！父母和教育者应当关注的主要问题是，如何发展孩子的想象力。”

“竟有这事?”男主人惊讶道，咬了咬嘴唇，显然，是想挖苦一番。

---

① 法语，我们有，你们有，他们有。

“Finissez![1] 那些外籍的保姆啊，家庭教师啊都不行！都不行。我们的孩子需要俄国保姆！朴实的俄罗斯保姆——诗人们创作的激励者。这才是俄国母亲们首先应当关心的问题。”

“Pardon!”[2] 我的女邻居站了起来，“您刚刚提到什么诗人……我不太明白是什么意思。”

“我是说，俄国文学在很多方面都归功于保姆！是的！朴实的俄罗斯保姆！我们最优秀的诗人普希金，他本人就承认，他最好的作品都是受到保姆的鼓舞创作出来的。回忆一下，普希金是怎样评价保姆的：‘我年迈的爱人…… 我年迈的爱人……我的宝库藏在你的心底……’”

“Pardon,”一个年轻人从装着面包干的盘子上抬起头，插言道，“这好像写的是墨水瓶……”

“简直是胡说八道！难道墨水瓶能照看孩子？还有所有这些美妙的作品！《鲁斯兰与柳德米拉》《叶甫盖尼·奥涅金》——这都是保姆教会他的！”

“难道《叶甫盖尼·奥涅金》也是吗?”我的女邻居表示怀疑。

“Finissez! 我现在刚刚放下心来，因为给孩子们找到了一个特别亲切的老太太。她每天晚上都给孩子们讲自己那些令人着迷的小故事。”

“的确如此。但是，从另一个方面看，想象力过于丰富也有害

---

① 法语，结束，完成。
② 法语，抱歉。

处!”我的女邻居说，“我认识一个牙医，他有太多关于自己的丰富想象…… 我的意思不是想说……”

她微微红了脸，不说话了。

“跟这些外籍的保姆真是操不起的心！一开始我们有个瑞士保姆。上帝啊，她可是把我们折磨惨了！伊万·安德列依奇到现在回忆起她来还直哆嗦。您能想得出她哪点令我们讨厌吗？太过一丝不苟了。每天早上用牙刷把所有窗户的玻璃擦一遍。制定的条条框框太奇怪了。让我们三点钟吃午饭，晚饭完全不让吃。伊万·安德列依奇开始往俱乐部跑，我就悄悄地去菲利波夫那里吃馅饼。现在想起来，当然，自己也不明白，她怎么如此凌驾于我们之上，当时真的是一个不字都不敢说!”

“据说，有人有一种精神控制力……”男主人做出一副聪明的样子，插言道。

“Finissez！我们总算是摆脱了她。又找了一个德国保姆。开始一切都还顺利，尽管她长得特别像马。你放她跟孩子们一起去散步，从远处看就觉得好像孩子们是坐在马车上。我不知道，可能别人没有这种感觉，但起码我是这样觉得。每个人都可以有自己的看法。更何况我是母亲。”我们并没有就此争论，于是她接着说：

“有一次，我到儿童室，看到娜佳和柳霞正在摇着洋娃娃，用德语哼着歌。一开始我还很高兴，觉得她们德语进步了。仔细一听，上帝啊，唱的是什么啊！我简直不相信自己的耳朵。Wilhelm schlief bei seiner neuen Liebe![1] 她们细声细气地唱着，我差点儿发了疯。”

女仆走进房间，向女主人汇报了些什么。

“啊！这可太好了！现在6点钟，保姆马上要开始给孩子们讲故事了。先生们，如果你们愿意欣赏一下这……风格画的画面，……风俗画…… 怎么说来着？他们有两兄弟……”

“卡尔和弗朗茨·莫尔。”年轻人提示道。

“对，”女主人刚表示同意，马上又忽然想起来，“啊，不对，是D开头的……”

“是德雷兹克吗?”丈夫帮忙道。

“Finissez！是…… 是马科夫斯基风俗画式的画面。我总是把这一切都布置得充满幻想。点一盏小灯，保姆坐在地毯上，孩子们围坐在她的周围。C’est poetique[2]. 怎么样，我们去看看?”

我们纷纷赞同，于是女主人把我们领到了丈夫的书房，悄悄地把隔壁的房门开了一条缝，用手势告诉我们别说话，注意看。

儿童室里的确半明半暗。只亮着一盏绿色的小灯。十分安静。

一个呕哑难听的老太婆的声音从没了牙齿的嘴里含混不清地拖着长声讲道：

从前，在一个王国，可不是我们的国家，有一个老头儿和一个老太婆，他们都非常老了，而且一个孩子也没有。

---

① 德语，威廉在自己的新情人怀中安睡。

② 法语，这简直是梦。

老头子伤心了一会儿，难过了一会儿，就去林子里砍柴。

砍着，砍着，突然，不知从树林子里的什么地方滚出一个马头。

“你好啊”，马头说，“爸爸！”

老头吓了一跳，不知道该怎么办。

“爸爸呀，”马头说，“你得把我领回家，我要住在你们家的木房子里。”

老头子愁啊，愁啊，最后一看，也没有什么办法，只好把马头带回了家。

马头滚到板凳下面，一住就住了三年，又吃又喝，管老头子叫爸爸。

第三年头上，马头从板凳下面滚了出来，对老头子说：

“爸爸，我想结婚！”

老头子吓了一跳，可是一点办法都没有。

“你跟谁结呀？”老头子问，“一个马头，想结婚？”

“这样，”马头说，“你到皇宫里去，给我向沙皇的女儿提亲。”

老头子愁啊，愁啊，可是一点办法也没有。于是他去了皇宫。

沙皇的女儿住在皇宫里。她是个大大的美人儿。她的小脚尖尖细细的，眼睛小小的，像用镰刀割出来的。

她过的日子那是富得不能再富了。

她想要什么，就有什么。她喝香槟葡萄酒，吃高级橄榄油，零食是市面上买不到的小甜饼。

她穿的裙子有三层花边儿，是曼彻斯特那边做的。

皇宫里面有很多巨大的厅堂，简直没法描述。沙皇自己要从一把椅子到另一把椅子去得套上三匹马拉的车才行。

皇宫里的仆人多得数不清，每个墙角都睡500个人。

老头子就去向沙皇的女儿给马头提亲。

沙皇愁啊，愁啊，也没什么办法，只好把女儿嫁给了马头。

然后就开始办婚礼，那筵席非常热闹丰盛。沙皇摆上了各种腌的、渍的、煎的、煮的，还亲手送给老头子一双崭新的树皮鞋、一件绒布做的镶着金边儿的长袍，还有馅饼皮儿。

老头子去找自己的老太婆。他们开始一起过日子，还生了几个孩子。故事讲完了，都是瞎编的！

“C'est fantastique!”① 年轻人不自觉地哼了一声，用手捂住了嘴。

① 法语，这太神奇了。

安 泰

伊万·彼得罗维奇 7 月初才能休假。

家人早就去农村度假了，伊万·彼得罗维奇也是去心似箭。

现在他坐在车厢里，在记事本上龙飞凤舞地写道：

“我渴望触到大地，全身心投入她的怀抱，吮吸她的汁液，就像安泰①一样，因此集聚新的力量，再次投入战斗。”

伊万·彼得罗维奇所谓的“战斗”，指的是自己为另谋高位的奔波斡旋。

他就这样一路思索着，不觉到了最后一站。已经是夜里 11 点多了。

派来接他的马车夫等在月台上。

“夫人呢？小姐呢？生病了吗？为什么不来接我？”

“她们老早都睡了！”马车夫漠然答道。

“真奇怪！才这么早！看来她们天天 6 点起床……”他嘟囔着上

---

① 希腊神话中波塞冬和盖亚的儿子，居住于利比亚。他强迫所有经过他的土地的人与他摔跤，并把他们杀死；他的母亲是大地，战斗时，他只要触及一下土地，就得到一股新的力量，因此成为无敌的勇士。后来赫拉克勒斯把他举在空中掐死。

了马车。

一路上他都在心里勾勒着即将到来的新生活："早晨嘛，当然起床不能晚于6点。偶尔跟妻子和妻妹一起迎接日出…… 从被窝里钻出来，直接就跳到水里。小河里的水一定是冰凉冰凉的…… 神清气爽一整天。然后来一杯牛奶，就着一块黑面包，再骑马蹓上一圈。如果下雨，披件雨衣照去不误。然后再稍微用点早餐。然后开始工作，工作，工作！午饭前再跟孩子们玩会儿槌球。吃点午饭，再跟孩子们一起散会儿步。来点儿野餐…… 然后再吃点晚饭，饭后阅读，然后睡觉。太奢侈了！这段时间能读多少东西呀，身体好好恢复一下！"……

离庄园不过6里地，很快就到了。

"别吵着夫人了，让她睡吧。"伊万·彼得罗维奇在书房里收拾了一下，喝了杯茶，就睡下了。

第二天早上，他一骨碌爬起来，看了眼表：11点半了。大好计划也不用从第一天开始。

先去一去旅途的疲劳。

他穿好衣服，去了餐厅。全家都在吃饭。

大家喝着茶，吃着火腿。

"这是哪顿饭？清淡的早餐吗？

"不是，我们喝点茶而已，也都刚起来。"

"你们怎么这么晚起床？"

"没怎么。"

"那昨天怎么不去接我？"

"刚吃完晚饭就跑6里路！你吃块火腿吧，吃午饭还得一个半小时呢。"

"你们这么早就吃午饭?"

"不能再晚了，等不了。"

伊万·彼得罗维奇仔细看了眼妻子、妻妹和孩子们，没再问什么。

在座的所有人都是大圆脸，肿眼泡，一嘴油。吃着嘴里的，眼睛还盯着盘子里的。

"那你们准备了要读的书吗?"

妻子有点不好意思了：

"有《尼瓦》周刊①。去世的姑姑留下的。"

"《尼瓦》?"

"没错。这有什么不对吗？莉莎还在读《谢尔盖·戈尔巴托夫》②。"

"唔……咱们出去走走?"

"现在马上要吃饭了，这么点时间不值得。最好吃完午饭再去。"

"午饭后太热了。"妻妹插嘴道。

"好，那就晚上吧。这又没什么可急的。"

"那就算了吧。午饭后我跟孩子们玩会儿槌球。怎么也得活动活

---

① 俄国19世纪中叶到20世纪初的一本流行杂志，适于家庭阅读，主要面向资产阶级和小市民阶层的读者。——译注

② 俄国小说家伏谢沃洛德·索洛维约夫1881发表于《尼瓦》杂志上的一部长篇小说。——译注

动身体啊。”

孩子们眯着肿眼不信任地看了他一眼。

然后大家就坐下来吃午饭。吃得无比认真，无比漫长。他们谈论着曾经在哪里吃过的配着某种蘑菇的某只鸡。甚至孩子们和保姆也加入了议论。

然后，那个曾经给去世的姑姑服务过的清扫女工，活灵活现地给大家讲，姑姑如何给火鸡填馅儿。

伊万·彼得罗维奇愤怒了。他间或插嘴，想把话题引到戏剧、文学和市里的新闻上，但大家只是顺口应两声，马上又回来讲那只吃过的鸡和姑姑的火鸡。

一吃过午饭，他马上回到自己的房间里整理东西。随意翻了会儿书，眼睛就开始发花，感觉很奇怪，也很愉快。然后不知从哪儿来了一只挺漂亮的母鸡，坐到了沙发上，抽起一根雪茄。

妻子叫他吃螃蟹的声音吵醒了他。

“吃什么螃蟹？为什么突然吃螃蟹？”

“没什么为什么。刚刚一个农夫送来了一些，我就让煮了。莉莎喜欢吃。”

伊万·彼得罗维奇迷迷糊糊地去了餐厅。他的妻妹正坐在那里吃螃蟹。

“怎么能这样呢？”伊万·彼得罗维奇很生气，“不是刚吃过午饭吗？”

他在桌边坐了下来，扫了一眼。妻妹螃蟹吃得很艺术。先把蟹钳掰下来，吸里面的肉，把那些小腿清理掉，撒上胡椒粉，再把蟹壳打扫干净……

他盯着看了3分钟，到第四分钟终于忍无可忍，慢吞吞地伸出手，挑了一只大点儿的螃蟹……

他们5点钟开始喝茶，喝酸奶，就着浆果。在阳台上休息了一会儿，晚饭吃得很饱，接着就上床睡觉了。

“明天骑马后再跟孩子们玩槌球吧。”伊万·彼得罗维奇打着哈欠说。

晚上，他在记事本里写下：“我跟妻子少有共同之处。她从一种脆弱、充满知识分子激情的生物变成了一个只知大吃大嚼的动物。而我觉得自己是一只被束缚住的雄鹰，翅膀上挂着妻子、孩子、妻妹……”

他睡着了。

7月末。

“怎么还不吃午饭呀？”伊万·彼得罗维奇嘟囔道。

“已经差一刻一点了！真是什么事儿都不想着。你还来得及洗个澡呢，”妻子说，“你不是自己喊着要洗吗？”

“实在抱歉。这么大热天儿非往山里赶！你自己洗吧。怎么着，马上能吃午饭了吗？哪怕让他们先煎个鸡蛋呢。我不能饿着，这对我身体不好。我是来休养的，你却像驯马一样练我。莉莎去哪儿了？”

“读《尼瓦》呢。”

“又看书！真不像话。夏天是用来休息的，要好好养着，而不是干坐着看书。冬天再读也不晚。哪怕拿点儿螃蟹来呢。吃过午饭就再没什么可垫巴的了。真是什么事儿也不想着。”

“我记得午饭后你想弄个野餐来着。”妻子说。

“野餐？谁会在这么大热天儿野餐？阴天才适合野餐。秋天最好。再说我还有很多工作呢。还得把东西整理好。一直到现在还没整理完，总也没时间。”

“爸爸，那咱们晚上打槌球吗？”

“你怎么这么黏人？没看到爸爸没工夫吗？你们也都老大不小了，该理解一下别人。”

“格拉莎，就是那个扫地女工，说姑姑有一个厨娘会烤诺夫格罗德式的小饼。”妻子说。

“你说的是真的？好吃吗？”

“非常美味。有土豆馅的，有胡萝卜馅的。”

“还有胡萝卜馅的？不可能！那么，是抹了黄油还是怎么着？”

当晚，伊万·彼得罗维奇又在记事本上写下：“……实在是没有共同点。她的爱情哪里去了？她的激情呢？已经两天多没有酸奶喝了！真不能理解，我是个爱劳动的人，而且应该像安泰一样，从与大地的接触中获取新的力量。”

暧昧心理学

献给薇拉·托米丽娜

离火车开车还有 8 分钟。

古斯林斯基先生舒舒服服地坐在二等车的一个小包厢里，掏出口袋里装的小镜子照了照自己的侧影，向窗外望了一眼。

古斯林斯基先生的职业是推销员，但内心却是一个如唐璜般十足的好色之徒。他带着光学玻璃的样品，游走于俄罗斯帝国各个城市之间，实际上关心的只有一件事：如何在旅途中毁掉更多的心灵。为了这个神圣的事业他不惜时间和精力，虽然对自己也并没有丝毫的好处和精神上的愉悦。

在那些他无法久留，只是火车中转时停留 2—3 个小时的城市，他甚至不需要从马车上爬下来，就能秒杀一个女人。他只需微微眯起眼睛，捋捋右唇上的小胡子，咬咬唇，再扫上一眼。

这是何样的目光！很难形诸言表，但是…… 总而言之，当他向商人们推荐自己光学玻璃的样品时，绝不是这样的目光。

被这样的目光扫到的女人们，会莫名其妙地不知所为。她们一开始会惊讶地看着他，几乎可以说是惊恐，然后就用手捂着嘴，开始哈哈大笑，用胳膊肘碰碰同伴，互相使着眼色。

而古斯林斯基先生甚至都没有转过头来看一眼自己的牺牲品。他已经顺带着瞄上了下一个猎物，开始了下一轮猎杀。

“嗯，这个会把我铭记终生！”他想着，“这个也没问题！我现在就这么不动声色地从她们身边驶过，而她们就绝对会开始发疯。”

而在更亲密、时间更长的接触中，古斯林斯基先生就会不仅展现出自己外貌的优势，而且释放出自己精神上独特的魅力。

结果十分惊人：他一共结了 3 次婚，大概被揍了 12 次，在不同的城市，被用各种不同的东西所打。

在罗兹，用的是一种脱靴子的器具；在基辅，用棒子；在日托米尔，用的是熏火腿；在科诺托普（转火车），用一根破管子；在切尔尼戈夫，是靴子；在明斯克，是像棒子一样硬的熏鱼；在维尔诺，是小提琴套；在华沙，是酒瓶子；在卡利什，是汤勺；最后，在莫吉廖夫，直接就是上拳头。

野兽总是往猎人跟前跑，尽管如果遵循自然本能，它们应该采取刚好相反的做法。

古斯林斯基先生向车窗外瞥了一眼，就看到一个外表相当迷人的年轻女士从站台上快步走了过去。但是她走得太快了，以至于并没有发现这慵懒的目光，没来得及被杀到。

古斯林斯基先生把头从窗子里伸了出去。

“嗨！她可是不动声色地赶火车呢！看来是要一路同行了。那好吧，既来之，则安之！”

这位女士的命运就这样被决定了。火车一启动，古斯林斯基先生照了照自己的侧影，捋了捋小胡子，就开始挨个车厢走来走去。

这位漂亮的女士也在二等车厢，同一个胖乎乎的12岁小军校生一道。她完全没有注意到古斯林斯基，尽管后者并足鞠躬，用纯正优雅的巴黎音说了一句“抱歉”。

火车每到一站，古斯林斯基先生都会出到站台上，侧身对着女士就座的窗口停下来。但是那个女士从未现身，只有胖军校生一人一边嚼着苹果，一边看着古斯林斯基。他那唐璜式慵懒的目光在军校生的胖脸蛋上熄灭。

古斯林斯基先生思忖道：

“这里就得运用一点儿暧昧心理学了。不然就会一无所获！就我个人而言，极不喜欢女人母性泛滥。这完全是动物本能。不过既然这个女人这么爱自己的孩子，一直给他吃苹果，也不怕他撑着，这倒是给我提供了一把通向她内心的钥匙。要先俘获这个孩子的爱，母亲就会上钩。”

于是他开始进攻。

他在一个小站上买了几个苹果，从窗口递给军校生。

“您喜欢苹果是吧，年轻人？被我发现了，嘿嘿！吃吧，吃吧，嘿嘿！非常高兴能与一位年轻的旅行者同路，并且对他有所帮助！”

“谢谢！”军校生用法语不快地致谢，用袖口擦了擦苹果，一口咬下去一大半。

火车开动了，古斯林斯基刚刚来得及跳上来。“我这事儿办得简直像驴一样蠢。等这个孩子把苹果都吃掉后，又该怎么办呢？跟他们在一起的应该是我本人，而不是苹果。我要不动声色地换个位子。”

“抱歉！我的座位那里实在太挤了！您看，我去了趟站台，买了点东西，再回来，我的座位就被人不动声色地占了。或许您能允许我坐在这里，坐在这个年轻人旁边？嘿嘿！”

女士不置可否地耸了耸肩。

“请吧！这对我没什么影响！”

然后，她就拿出一本书，开始阅读。

“哎，年轻人，我们现在肯定会成为好朋友的。你们去的地方远吗？”

“去彼得拉科夫。”军校生含糊地答道。

古斯林斯基直接就跳了起来：

“上帝啊，这简直是无巧不成书。我也是妥妥地去彼得拉科夫！也就是说，我们会在一起度过整个夜晚再加上差不多一整天！天呢，真是不能再巧了。”

军校生对于这本“无巧不成的书”却兴味索然，只是阴着脸默不作声。

“您喜欢探险吗，年轻人？我颇爱此道！我身上总会发生一些不寻常的事。允许我跟您分享一下吗？”

军校生不言语，女士在看书。古斯林斯基不禁想道：“瞧她生了个什么孩子？只会碍事！有他在场她绝对是不好意思看我的。等着瞧吧！母亲的心马上就会在儿子的帮助下大敞四开！”

他咳了一声，眉飞色舞地开始想入非非：

“有一次，在我身上发生了一件这样的事。在罗兹，一个女士爱上了我，爱得简直要发疯。她丈夫揣着左轮手枪扑向我，冷冰冰地叫喊，说因为嫉妒要打死我。瞧，年轻人，您会喜欢这种处境吗？啊？更何况我当时马上就要跟一个上层贵族的女孩子结婚了。她自己就开着一家商店呢。我，作为一个有骑士精神的人，又不能做出败坏别人名誉的事，恐慌之中我奔到窗前，一跃从一楼跳了出去。而那个凶手就高高在上地看着我！你懂这种恐惧！我躺在人行道上，抬头对上冷冰冰的杀手。别无选择啊！我起身就跑，叫来了警察。”

这时，女士抬起头来：

“您怎么给孩子讲这些乱七八糟的事！”

然后又埋头读书了。古斯林斯基先生心花怒放：“哈哈！开始了！她开始说话了！”

“我想吃东西，”军校生说，“马上要到一个站了吗？”

“想吃东西吗？太好了，年轻人！马上就要停靠一个小站了，我跑下去给你买三明治。太棒了！您爱您的妈妈吗？一定要爱妈妈呀！”

军校生沉着脸吃掉了八个三明治。之后古斯林斯基先生又跑去给他接水，然后到了一个大站，又带他吃晚饭，并且一直在劝说他要爱妈妈。

“您的妈妈呀，她可真是个妙人儿！如果她愿意，她可以迷住任何一个人！我保证！”

军校生挑起那双羊眼惊讶地看着他，同时一口并四口地吃着。

“咱们得快点儿吃，年轻人，要不然妈妈会担心的。”唐璜苦恼地催促着。

等他们回到车厢，妈妈已经躺下睡觉了，用一条厚毛围巾把头脸都盖住了。

“唉！不过也无所谓，明天还有一整天。把儿子交到一个可靠的人手中，自己心安理得睡大觉，可真行。不过明天会有回报的。尽管这个肥仔已经吃掉了我整整3个卢布60戈比。睡吧，年轻人！把腿搭到我身上！没关系，没关系，我不觉得压得慌。裤子我回头用汽油擦干净。就这样！好样的！”

军校生睡得很沉，只是偶尔在睡梦中在古斯林斯基先生的心口窝儿踢上两脚。古斯林斯基全都忍了，直到快早上了才眯了一会儿。

早上醒来后，他突然发现火车停了，而妈妈不知所终。古斯林斯基慌忙从军校生的腿下抽出身来，将头探出窗外。这是怎么回事？她站在站台上，身旁放着行李箱…… 这是怎么回事？这时，响起第三遍开车铃。

“夫人！您在做什么？火车马上开了！第三遍铃了！您还不紧不慢地站在那儿！”

检票员吹起了哨子，列车缓缓启动。

“车都开了！”古斯林斯基扯着嗓子喊起来，彻底忘了用慵懒的目光放电。

火车开始前行。古斯林斯基突然想起军校生：

“您忘了儿子了！儿子！儿子！”

女士懊恼地挥了挥手，转身走了。古斯林斯基先生揪住军校生的肩膀摇晃他：

“妈妈走了！妈妈下车了！这是怎么回事?”他大声喊道。

军校生带着哭腔抱怨道：

“你干什么摇晃我？哪来的妈妈？我妈妈在彼得拉科夫呢。”

古斯林斯基惊怒之下竟然坐了下来：

“那么…… 这个女士？咱们不是刚刚叫她妈妈来着，还是我彻底疯掉了！啊?”

“哼……”军校生抽噎起来，“我从来没叫过！我不认识她！是您一直在叫。我还以为她是您的妈妈，是您这么叫她的…… 这不是我的错…… 我不需要您的苹果，不需——要……”

古斯林斯基先生用手帕擦了把头上的汗，拎起自己的箱子，站了起来：

“你这个下流的贪吃鬼！你！长大了肯定是个大骗子。你倒冷静啊。你这头猪!”

古斯林斯基砰的一声摔上门，走出了包厢。

生活和衣领

说人对物拥有绝对的主宰权，那只是人一厢情愿的幻想。

有时候一个最不起眼的小东西钻进人的生活，就能把生活搞得一塌糊涂，改变了生活原本的方向。

奥列奇卡·罗扎娃做一个正派人的正派妻子已有三年。她性格安静腼腆，不爱出风头，一心一意爱着丈夫，对自己简朴的生活心满意足。

有一次，她去逛商场，在一家手工场店的橱窗里，看到一条浆得笔挺的女士衣领，下面打着黄色的蝴蝶结。

作为一个正派的女人，她的第一反应是："这像什么样子啊!"后来却走进店里买下了它。

回到家里，她就照着镜子试衣领。这一试，发现如果把蝴蝶结不系在正下方，而是系在侧面，竟有一种说不出的味道，好像更漂亮了。

但是戴这条小领子，就要有一件新的外衣来配才好。她原来的衣服没有一件合适的。

奥列奇卡纠结了一个晚上，第二天一早便去商场买了一件外衣，用的是家里的生活费。

衣服配上领子再试，再好不过了，可是下面的裙子实在煞风景。

戴这条领子，毫无疑问十分显然需要穿一条深褶皱的圆摆裙。

闲钱一分都没有了，可是难道就半途而废吗?

奥列奇卡典当了一些银首饰和一个手镯。

她心里非常不安和恐惧，所以，当衣领又要一双新鞋来配的时候，她扑倒在床上哭了一整晚。

第二天，她腕上的表不见了，却穿上了衣领要配的新鞋子。

晚上，她面色苍白，十分窘迫，磕磕巴巴地对自己的祖母说：“我马上就得走。我丈夫生病了。医生让他每天都得涂白兰地降温，这可太贵了。”

祖母十分善良，所以第二天早上奥列奇卡又给自己买了跟衣领风格相配的帽子、腰带和手套。

接下来的日子更加艰难。

她跑遍了亲戚朋友家，靠撒谎乞来一些钱，然后又买了一个奇丑无比的带条纹的沙发。这沙发她自己、她那正派的丈夫，甚至那个贼头贼脑的老厨娘都看不上眼，可这是衣领固执地要求了好几天，她不得不买下的。

她开始过上一种非常奇怪的生活。衣领的生活。而衣领的品位不是特别明确，奥列奇卡为了迎合它，把自己都搞糊涂了。

“如果你是英国人，要求我吃大豆，那你为什么又戴个黄色的蝴蝶结?为什么要如此放荡，把我往斜坡上推?”

但是作为一个生性软弱的人，她很快就举手投降，“随领逐领”了。

她剪掉头发，抽上了烟，听到某种模棱两可的暧昧话时会哈哈大笑。

可是在她的内心深处，还会对自己的状况感到一丝害怕，有时候，成夜成夜地，甚至有时候大白天的，当衣领送去清洗的时候，她会号啕大哭，不停祷告，可是却毫无办法。

有一次她下定决心向丈夫坦白，但是她那个好脾气的正派人以为她就是开了个愚蠢的玩笑，为了取悦她，还哈哈大笑好久。

就这样，事情越来越糟糕。

您可能会问，她为什么没想到把这个破玩意儿往窗外一丢了之？

她做不到。这并不奇怪。所有心理医生都知道，对于神经质的人和意志力薄弱的人而言，有一些痛苦，尽管十分之痛，却是不可或缺的，他们甚至不愿用健康的平静来换这甜蜜的痛苦。无可替代。

于是，奥列奇卡在这场战斗中越来越弱，相反，衣领越来越强，越来越成为主宰。

有一次，她应邀参加一个晚会。

之前她哪里也没去过，但如今衣领绷在她的脖子上，就去做客了。在那里，衣领表现得极为放肆，简直有失体统。它指挥着她的头左摇右摆。

吃晚饭的时候，奥列奇卡的邻座，一个大学生，在桌子下面握住了她的脚。

奥列奇卡十分愤怒，脸腾地红了，但是衣领却替她做出了回应：“这有什么。”

奥列奇卡既羞耻又害怕，一边听一边想："上帝啊，我这是怎么了?!"

晚饭后大学生主动要送她回家。衣领表示了感谢后，便愉快地同意了，而这时奥列奇卡还没明白过来是怎么一回事。

刚上马车，大学生就热情洋溢地低声呼道："我亲爱的!"

而衣领就嘻嘻笑着作为回答。于是大学生抱住了奥列奇卡，直接冲着嘴唇亲了上去。他唇上的小胡子湿乎乎的，嘴里全是刚刚晚饭时吃的酸渍胡瓜鱼的味道。

奥列奇卡感到羞耻和委屈，因此差点哭了出来，可是衣领豪放地把她的头转了过来，又嘻嘻笑了起来："这有什么。"

然后大学生和衣领又去餐厅听罗马尼亚音乐。他们进了单间。

"可是这里并没有什么音乐!"奥列奇卡很愤慨。

但是大学生和衣领却根本不在意她。他们喝着烈酒，说着不堪入耳的话，互相亲来亲去。

奥列奇卡回到家时已经是早晨了。给她开门的正是她那正派的丈夫。

他面色苍白，手里抓着从奥列奇卡桌子里找出来的当票。

"你这是去哪里了？我一夜都没睡！你去哪儿了?"

她的整个心灵都在颤抖，可是衣领却应付自如：

"去哪儿了？跟大学生闲逛去了!"

正派的丈夫打了个趔趄：

"奥莉娅！奥列奇卡！你怎么了？你快说，你为什么要当东西？为什么跟萨托夫家和亚宁家借钱？你把钱都弄哪儿去了?"

“钱？胡花了！”

她把手插进口袋里，大声吹了个口哨，她以前可从来不会。

而且她以前会说“胡花”这个破词儿吗？这是她说的话吗？

正派的丈夫抛下了她，调到另一个城市去了。

而比这更痛苦百倍的，是第二天，他离家后，衣领洗丢了。

温柔的奥列奇卡在银行上班。

她非常朴实，甚至听到“马车”这个词都会脸红，因为它的发音听起来有点像“拥抱”。

“那衣领哪儿去了？”您会问。

“那我又如何得知呢？”我会这样回答，“它被送到洗衣女工那里了，你找她去问吧。”

唉！生活！

胸　针

沙里科夫夫妇因为一个叫克鲁托米尔斯卡娅的女演员吵起来了。这个女人可真够笨的，连男人和女人的声音都分不清楚，有一次给沙里科夫打电话，明明是他夫人接的，她却直接冲着人家的耳朵大声说："我亲爱的哈姆雷特！你的柔情在我的身体里燃起熊熊的火焰！"

结果当晚沙里科夫的被褥就被铺到了书房，而第二天一早，妻子给他送来咖啡的同时，还送来了一张字条："我不想听任何解释。一切都明白无误，令人作呕。阿纳斯塔西娅·沙里科娃。"

因为沙里科夫本人其实本来也没想解释，所以他也没再坚持，只是这几天尽量不和妻子打照面儿。他一大早起来就去上班，中午在外面餐厅吃饭，晚上就跟女演员克鲁托米尔斯卡娅一起过。他常常说一句神秘的话来挑起女演员的好奇心："反正我们两人都是被诅咒的，只能在彼此身上寻找救赎了。"

克鲁托米尔斯卡娅听到这话就感叹道："哈姆雷特！您无比真诚！您怎么不上台表演呢？"

就这样平安无事地过了几天后，一天早上，就是10号星期五那天，沙里科夫早上穿衣服时，看到他睡觉的沙发旁边，躺着一枚镶着红宝石的小胸针。

沙里科夫捡起胸针仔细瞧了瞧，心想："妻子并没有这个东西。这我应该知道。这么说来，是我从自己的衣服里抖落出来的。那我衣服里还有没有别的东西呢？"他使劲儿抖了抖外衣，又把所有的衣袋翻了个底儿朝上。

这胸针是从哪儿来的呢？

突然，他狡黠地笑了一下，调皮地眨了眨左眼。

事情明摆着：肯定是克鲁托米尔斯卡娅把胸针放到他口袋里的，想跟他开个玩笑。这些聪明人总是喜欢开这样的玩笑，把自己的东西藏到别人身上，然后说："哎，我的香烟盒或者我的手表哪儿去了？哎，咱们来给谢苗内奇搜搜身。"

找到后就哈哈大笑。这简直太可笑了。

晚上，沙里科夫走进克鲁托米尔斯卡娅的化妆室，狡猾地微笑着，把用纸包好的胸针送到她眼前："请笑纳，我给您拿回来了，嘿嘿！"

"您这是干什么？干吗这么费心？"女演员一边打开礼物，一边客气道。然而当她打开后，仔细看了看，就一把扔到桌子上，噘起了嘴："我不明白您想干什么，这显然是个玩笑吧！赶紧把这个破玩意儿送给您家的女佣吧，我从来不戴这种银子上镶个假玻璃珠的破玩意儿。"

"假玻璃珠儿？"沙里科夫大吃一惊道，"这不是您的胸针吗！难道玻璃还有假的？"

克鲁托米尔斯卡娅跺着脚哭了起来，一人分饰两角儿："我早就知道，我在您的心里什么都不是。但我绝不允许玩弄女人的名誉！把这个讨厌的东西拿走！拿走！我不想碰它，没准儿它还有毒呢！"

无论沙里科夫怎么劝，怎么解释自己美好的愿望，克鲁托米尔斯卡娅还是把他赶了出去。

沙里科夫一边往外走，一边还不甘心，希望事态平息，不料却听到身后传来的怒吼："滚出去！还哈姆雷特呢！一个倒霉的小官僚而已！"

这时他才彻底不抱希望了。

第二天，他莫名地又燃起希望，又去找克鲁托米尔斯卡娅。但是那个女人不让他进门。他亲耳听见有人说："沙里科夫？不见！"

而最糟糕的是，说这话的是个男人。第三天，午饭前沙里科夫回家了，他对妻子说："亲爱的，我知道你是个圣女，我是个混蛋。但是你得体谅一下人心啊！"

"得了吧！"他妻子说，"我已经体谅四次了！人心！九月的时候你跟保姆勾勾搭搭，我体谅了；跟波波夫一家在别墅那次，我体谅了；还有去年，找到玛露霞那封信的时候。没什么！没什么！你跟安娜·彼德罗夫娜那回事又体谅了。现在又来了，拉倒吧！"

沙里科夫垂下手，就像去参加圣餐礼一样，简短地说："就原谅这一次！纳塔奇卡！前面那几次我没请你原谅！那几次你不用原谅。上帝保佑你，我确实是个混蛋，不过这次我向你发誓，一切都结束了。"

"一切都结束了？那这又是什么？"

妻子从口袋里掏出了那个神秘的胸针，一直举到沙里科夫的鼻子尖儿前。然后，她骄傲地转过身，又说道："我请您最起码不要把您纯洁无瑕的物证带回家，行吗？哈哈！…… 我在您的外套中找到了这个东西。快把这个破玩意儿拿去吧，它烧了我的手！"

沙里科夫听话地把胸针藏进西服背心的口袋里，整个晚上都在想这个胸针的事。第二天一早，他迈着坚定的步伐去找妻子。"我全明白了，"他说，"您是想离婚。我同意。"

"我也同意。"妻子出乎意料地高兴起来。沙里科夫十分惊诧："您爱上了别人？有可能。"沙里科夫拖着鼻音哼哼道，"他永远都不会娶您的。"

"谁说不会？会娶的！"

"希望我能看到那一天……哈哈！"

"不管怎么说，这可跟您无关。"

沙里科夫怒道："听听！我妻子的丈夫跟我无关。这算什么？啊？"

两个人都不说话了。

"不管怎么说，我同意。但在我们彻底离婚前，我想弄明白一件事。请问，周五晚上谁来找您了？"

沙里科娃微微红了脸，用不自然、却真诚的声音回答道："非常简单，契比索夫来了一小会儿。他就问了句你在哪儿，立刻就走了。连外衣都没脱。"

"契比索夫有没有坐过书房里的沙发？"沙里科夫眯起眼睛，目光深邃，一字一顿地慢慢说道。

“怎么了？”

“这就清楚了。你摔到我鼻子尖儿上的这个胸针是契比索夫的。是他丢在了这里。”

“一派胡言！他是个男人，他又不戴胸针。”

“他自己是不戴，他是给某人带来的礼物。给某个女演员，给一个眼睛里从来都没有哈姆雷特的女演员。哈哈！他给她带来胸针，她却骂他是官僚。真相大白了！哈哈！您可以把这个宝贝转交给他了。”

他把胸针甩到桌子上，摔门而去了。

沙里科娃哭了很久。从 11 点哭到差一刻 2 点。然后找了个装香水的盒子，把胸针装好，并且写了一封信：

“我不想听任何解释。一切都明白无误，令人作呕。您看一眼寄给您的东西就会明白，我全都知道了。我满怀痛苦忆起诗句：

原来我的死亡藏匿于此；
白骨以死亡威胁于我。

“这里的白骨，就是您。当然，尽管谈不上什么死亡，我仍然为我的错误感到羞耻，但我不会去死。永别了。请代我向那个别着 50 戈比胸针去看哈姆雷特的女人致意。

“您懂这个暗示了吧？

“如果能够，请你忘记吧！”

当晚回信就到了。沙里科娃读信的时候，由于疯狂眼睛都睁圆了。

“尊敬的夫人！我读完了您歇斯底里的来信，并借此机会向您致意。您让我不再为结局感到沉重。显然，您寄这个东西是来侮辱我，我把它送给了看门人的妻子，Sic transit Catilina①。叶甫盖尼·契比索夫。”

沙里科娃痛苦地哂笑了一下，指着回信自问：

“这就是他们所谓的爱情吗？”尽管根本没人把这封信叫作爱情。然后她把女佣叫了过来：

“老爷呢？”

女佣显然心绪不佳，竟然哭了起来。

“老爷走了！”她回答，“收拾了箱子，还让看院子的搬出来。”

“啊哈！很好！走就走！那你又哭个什么劲儿？”

女佣眉毛都皱到了一起，用手捂着嘴大声哭诉起来。一开始只能听到“呜呜”的声音，然后才听到她说的话：

“……就因为一个破玩意儿，上帝原谅我说粗话，因为 50 戈比就把人揍了一顿…… 揍了……”

“谁揍的？”

“我的未婚夫米特里啊，商店里的伙计。他啊，我亲爱的小姐，送了我一个胸针，可我弄丢了。我找啊，找啊，找得累瘫了，看来是让哪个坏人偷去了。可是米特里却冲我大喊大叫：‘你这个马大

① 喀提林就是这样离开的（拉丁语）。喀提林·路西乌斯·塞尔吉乌斯（公元前 108一前 62）是罗马贵族，阴谋政变的组织者，被西塞罗当众揭穿。

哈！我还想，你攒了一笔钱呢，难不成马大哈还能攒住什么钱。’他是眼馋我的钱……呜呜！”

“什么样的胸针？”沙里科娃浑身发冷。

“就是很普通的，带着个有点儿红色的，好像是水果糖的东西，让它见鬼去吧！”

“这算怎么一回事呢？”

沙里科娃站了很久，就那样瞪着眼睛看着女佣，甚至吓倒了女佣，使她不敢说下去了。

沙里科娃想：

“原本过得好好的，一切都隐藏得天衣无缝，生活足够充实。这枚倒霉的胸针从天而降，就像一把钥匙，打开了所有秘密之门。现在丈夫没了，契比索夫也没了。就连芬卡的未婚夫也把她抛弃了。怎么会这样呢？现在怎么样才能把这些再圆好？该怎么办呢？”

因为她完全不知道该怎么办，就跺了跺脚，对女佣喊道：

“快滚吧，你这个傻瓜！”

然而，其实，终将一无所有了。

神话与生活

1. 神　话

女巫格杰鲁娜美丽不可方物。

每当她从自己的林间小屋中走出来，所有的鸟都停止鸣啭，大树的枝叶间奇怪地闪起亮光，露出各种动物的眼睛。

格杰鲁娜太美了。

有一天夜里她在黑湖岸边漫步，召唤自己的天鹅，突然看到树下坐着一个青年。他身着黄金的华服，头戴宝石的花环，但胸口却没了呼吸的起伏。他脸色苍白，大睁的双眼中，闪耀着遥远的星光。

于是格杰鲁娜爱上了这个死去的青年。

她用魔水喷洒他的身体，给他涂抹各种魔药，为他念了三天三夜的咒语。

第四天夜里死人活了回来，他向女巫格杰鲁娜鞠了一躬，开口说道：

“美丽的姑娘，原谅我，感谢你。”

格杰鲁娜拉起他的手说：

“你就留在我这里吧，死去的王子，跟我在一起吧，我已经爱上了你。”

于是王子便跟在她的身后，亦步亦趋，只是他的胸口依然没有呼吸的起伏，脸色依然苍白，大睁的眼睛里，依然闪耀着遥远的星光。

他从来没有凝视过格杰鲁娜，当她对他温言软语时，他也只会说“原谅我”和“感谢你”。格杰鲁娜满怀痛苦和忧伤：

“死去的王子，难道我没能让你活过来吗?”

“感谢你。”王子答道。

“那你为什么不看着我?”

“原谅我。”王子回答。

“难道我不够美丽？每当我在月光下起舞，森林里的狼群都围着我腾旋，我蹦跳的时候，狗熊也会因为快乐而长嚎，因为爱慕我，夜晚的花朵也会向我展露花冠。只有你一个人看都不看我一眼。”

于是格杰鲁娜去找林妖基基莫拉，给她讲死去的王子，倾诉自己爱的忧伤。基基莫拉想了想，嘎嘎地说道：

“你的王子是因为在黑湖边吸多了天鹅的愁苦。如果你想让他爱上你，你就拿上这个金水罐，对着它连着哭上三夜。第一夜为你的青春而哭，第二夜哭你的美丽，第三夜哭自己的生命。你要用这个金水罐把眼泪收集起来，拿给你的死人。”

格杰鲁娜哭了整整三夜，把泪水都流进了金水罐，然后就去找王子。

王子安静地坐在树下，胸口没有呼吸的起伏，脸色苍白，他大睁的眼睛里，闪耀着遥远的星光。

格杰鲁娜把金水罐递给他：

“给你，死去的王子，这里装着我的全部：青春、美丽和生命。把我的全部都拿去吧，因为我爱你。”

格杰鲁娜把罐子交给他后，就死去了。但在她濒死之际，她看到他的胸口有了呼吸的起伏，他的脸色变得红润，他的眼睛开始闪耀，不再是冷漠的星光。格杰鲁娜还听到他说：

“我爱你！”

爱情将会从牺牲的血液中生长出来。

2. 生　活

玛丽娅·伊万诺夫娜十分美丽动人。

当她在利莫宁家和楚布科夫中尉跳“西班牙舞曲”的时候，所有人都兴奋地鼓掌，打牌的人扔掉手里的牌，从主人家的书房里钻出来，就是为了欣赏这一赏心悦目的盛景。

有一天晚上，她在拉古诺夫家吃晚饭时，遇见一个非常古怪的年轻人。他安静地坐在那里，身着意式燕尾服，胸口仿佛没有呼吸的起伏，脸色苍白，他大睁的双眼里，闪耀着吊灯上节能灯泡的冷光。

“这人是谁？”

“这是库利科夫·伊万·伊万内奇。”

她邀请他到自己家来，请他喝茶，吃小点心，又请他吃晚饭，吃大龙虾，还给他弹琴，弹二步舞曲，快乐地高声歌唱，唱得邻居都来敲门，请他们小点声。

库利科夫沉默着，只是说“对不起”或者“谢谢”。于是玛丽娅·伊万诺夫娜去找自己的好朋友，又老又丑的安托尼娜·巴甫洛夫娜，给她讲伊万·伊万内奇的事，倾诉自己爱的忧伤。

“我该怎么办呢？我唱歌、弹琴、请他吃饭，可他就是闷闷不乐地坐在那里，除了‘对不起’和‘谢谢’，什么话都逼不出来。”

这个又老又丑的女人想了想，嘎嘎说道：

“我了解你的库利科夫。他是在俱乐部里把钱都输光了，所以坐在那里闷闷不乐。我什么都知道。他去找索菲娅·巴甫洛夫娜借钱，也跟我隐晦地提过。不过你知道，我可帮不上什么忙。要是你真这么傻傻地爱上他，你就帮他把这事摆平，他肯定会温柔又活泼的。”

玛丽娅·伊万诺夫娜把库利科夫叫到自己家里来。

库利科夫坐在沙发上，他的胸口没有呼吸的起伏，脸色苍白，大睁的眼睛里，闪耀着吊灯上节能灯泡冷漠的光。

他闷闷不乐地坐在那里。

于是玛丽娅·伊万诺夫娜对他说：

“今天早上我把自己的管家辞掉了，现在没人帮我管我那栋在科洛缅斯基街上的房子了。要是你能接手这件事，我该有多开心呀。其实你根本也不需要做什么，全都交给那个上了年纪的看门人就行。你只需要一年去个两次，在科洛缅斯基街上转转，看看房子是不是还在，还是已经塌了。你会拿到 3000 块的报酬。”

“5000?”库利科夫问道，他眼睛里的灯泡奇怪地闪了一下。

“那就 5000!”玛丽娅红了脸，说完这句话就僵住不动了。但是在她开始不能动之前，她看到，他的胸口有了呼吸的起伏，脸色变得红润，他眼睛里闪耀的，也完全不是电灯泡冷漠的光。玛丽娅·伊万诺夫娜还听到他说：

“我还忘了告诉你……玛露霞①，我爱你！……”

① 玛丽娅的小名。——译注

因　果

这个世上还有什么样的课没人讲过呢！

有关于造神说的课，也有关于香特可蕾[1]之生活的，有关于韦尔比茨卡娅[2]厨艺的，也有关于学龄孩子自杀之害处的，有关于结核菌素的，也有关于女性问题的。

一个优秀的演讲家，在讲到女性运动的进步时，感叹道：

“女人对男人的排挤无处不在！学校里有女人，科学院里也有女人，产科医院里还有女人！”

他的这番言论引得我们的女权论者一片哗然，她们甚至提出，愿意把他说的最后一条，在产科医院里生产的权利让给男人。

这让很多人大跌眼镜，报纸杂志上开始对课程如此之丰富多彩极尽挖苦。

“这些课对谁有用处呢？”他们说，“谁要去听某个谢苗·谢苗诺维奇关于肖邦或者五品文官们的渔色有什么意见呢？”

---

① 法国剧作家艾德蒙·罗斯丹（Edmond Rostand，1868 — 1918）作品《香特可蕾》（Chantecler，1910）中虚构出来的公鸡，作品用动物讽喻人类的愚蠢。

② 韦尔比茨卡娅（Вербицкая А. А. 1861—1928），俄国女作家，其作品当时非常畅销。

另一些人则捍卫讲课人的思想，认为这些课程能教人动脑思考和合理判断。

这最后一条，正是我现在想仔细说说的。

没有一个结果能从自己的原因中得来，这在当前已有定论，再来教人合理判断，是不是很愚蠢呢？

之前，在古老方正的年代，因果是相承的，但现在，早没有这样的事了。

所以，一个能够做出合理论断和在如是的论断基础上行动的人，会永远迷失在这混乱之中，因因果果，寻觅不止。

人生在世实为不易，尤其是现今，当果不再来自因，而因不但不能导出果，反而像乌鸦孵了杜鹃蛋，出来的完全是另一个品种，生活就变成了痛苦的一团乱麻。

还有什么比这更简单呢：您临出门的时候看了一眼窗外，发现正在下雨。

您那有文化的脑袋就会开始自己的逻辑工作。

它会想：

a）正在下雨。

b）伞能遮雨。

由是，随身带上把伞就可避免淋雨。

哈哈！您只是这么想而已。实际情况却是，您把伞忘在了商场，然后冒着瓢泼大雨挨家商店去问过，是不是把伞忘那里了。然后您就会着凉，奄奄一息之际，含糊不清地对孩子们说：

“亲爱的孩子们，我没给你们留下什么遗产，只给你们留下一个好的建议：下雨天出门可千万不要打伞。”

当然，然后会传出一些关于您的谣言，说您临死前彻底发疯了，但是您却知道，事实的确如此。

要对做出正确的论断心怀惶恐！

我的一个熟人，一个有家室的女人，有了点年纪，个性平和，无论在何种情况下总能做出正确论断，有一次却差点疯掉，因为看到正确的论断导致什么样的结果。

这个女人有个姑姑住在波尔塔瓦，这个姑姑拥有一个名叫恰尔诺布里贝的小农庄，地方虽然不大，收益颇丰，景色也不错。

我们这位理性的女人，一辈子都咬牙切齿地惦记着姑姑的恰尔诺布里贝，她对丈夫说了如下一段从逻辑要求意义上讲完全正确的句子：

a）老太太喜欢对她恭敬有加的亲戚。

b）我给姑姑写一封恭恭敬敬的信。

由此，她会喜欢上我。

丈夫夸奖了这个理智的女人，说：

“你给她写点有趣的事儿。老太太不喜欢别人只是询问她的健康或者有事说事。你就给她写写咱们那次野餐，露天做波兰式酸白菜炖肉的事儿。”

说到做到。

这封写着波兰式酸白菜炖肉的恭恭敬敬的信寄出去了。

你想，他们在期待着怎样的结果呢？

当然是期待姑姑爱心大发。

那么，你知道这件事最终是何结果吗？

最后，在科斯特罗马省科洛格里耶夫县一个老厨娘把姐姐的儿子暴打了一顿。

你来理一理吧。你来找线索吧！波尔塔瓦一封恭敬有加的信，科斯特罗马一个小伙子在挨揍！

这个理智的女人一条一条正确地解构自己思维的时候，她是否想得到这样的结果？此后在这个世界上生活是否细思极恐？

就现在，你可能正在雅尔塔读着这篇充满神秘色彩的小说，而因为你这个行为阿尔汉格尔斯克某地的一个乡村教师吃多了臭鱼！

不需要感到惊讶！既然果都不是从自己的因而出，而因又不能导致自己的果，却相反，生出些毫不相干的事，乡村教师为什么就不能被臭鱼撑着呢？

不过我还是想接着讲这个理智的女人的故事。

当姑姑收到这封信的时候，她对这封信的印象是非常之好的。于是姑姑就想，她应该做点什么。她老了，又天性愚笨，所以根本没想到要给侄女写封信，并且把恰尔诺布里贝留给她做遗产。

但是她又打心眼儿里想分享一下自己的心情，就提笔给远在科斯特罗马省的一个老姐妹写了一封信，信中描绘了一番露天做波兰式酸菜炖肉的趣事。老太太倾诉完了，心里踏实了，又恢复了以往的平静。

而她这个老姐妹是在吃午饭的时候读的信，于是对厨娘烤鹅过了火大为光火。

“滚出去吧，”她大喊大叫，“那些最不幸的人，穷得头上连一片瓦都没有的人，都知道花心思露天弄饭吃！你们呢，这些骗子，就知道浪费主人的善良！”

厨娘是个神经质的女人，最受不得委屈，她在菜园子里逮到了未经允许正在剥豌豆的姐姐的儿子，上去就是一顿狠揍！

就是这么一档子事儿！

命运仿佛要证明，自己是一个多么不合逻辑的蠢女人，又安排了下面的一个玩笑。

这个理智的女人还有个姑姑，从丈夫那边论的。姑姑叫唐霞，拥有一个叫作狐狸腿的小村子。

事情是这样的，这位恭敬的侄女忘记了，她把这封写着做波兰式酸白菜炖肉的恭恭敬敬的信寄给哪个姑姑了。

她丈夫很忙，又是个马大哈，认定是寄给狐狸腿的唐霞姑姑了，就劝她再写一封同样的信给亚历山德拉姑姑。不用再绞尽脑汁想写什么内容了！给这两个姑姑能有多大区别。

说到做到。又一封写野餐和酸白菜炖肉的信寄往了恰尔诺布里贝。

按说同样的因应该产生同样的果。你是不是以为，科斯特罗马的小伙子又挨了一顿揍？

哈哈！完全没有这回事！这只是你的想法而已，实际上因为这封信，一个完全不相干的老头子送了自己的马车夫500卢布。

合逻辑吗？

亚历山德拉姑姑收到了第二封关于野餐的信却生气了：

“他们满脑子都是什么乱七八糟的！天天野餐野吃的！就想不起

来关心一下老太婆的身体。”

姑姑知道并没有“野吃”这么个词儿，但是作为一个富有的老太婆，她想怎么说都行。

读信的时候有一个邻居在场，是一个孤老头子，他一回到家就把自己忠实的马车夫叫来说：

“瓦维拉呀，我会逐渐把所有的财产都留给你，我银行里有500卢布现金，还有这栋房子。不过你得保护我，要是我那些亲戚们来了，就把他们用笤帚赶出去。因为他们满脑子全是什么野餐野吃的。他们会下毒的。”

就这样马车夫得了500卢布。

我还可以再举几个例子来证明我的这一发现无比正确。不过我觉得我上面讲的故事已经足够让大家毛骨悚然了。

我自己也吓得要命，不知道接下来要怎么办。

至少我还得马马虎虎活下去。我要严肃地奉劝大家：千万不要七次量衣一次裁。一次都别试就要裁。

结果总是出人意料。

永远不要盯着自己的脚下看。

好吧，上帝保佑！我们开始吧！

墙　外

复活节面包烤得不成功。

歪歪扭扭，湿乎乎的表皮上沾满了杏仁，就像被秋雨泡涨了的蛤蟆菇，又黏又腻。就算上面插了一枝雍容华贵的纸玫瑰，也没能让它显得秀气一点儿。玫瑰耷拉着自己鲜红的脑袋，仿佛仔细打量着灰色餐桌布上装饰着的一块大补丁，更显出自己底座的歪斜来。

的确，复活节面包烤得不成功。但是大家仿佛默默达成一致，谁也不提这件事。其实这也非常好理解：施兰克夫人作为女主人，自是不宜指出自己家食物的缺点；拉津斯卡娅夫人是客，应邀来参加开斋，按照惯例，应当只会发现一切都很美好。至于说到厨娘阿努什卡，她就更没有什么理由提起本人的疏忽了。

其他的吃食却不能再好了：切成小块的火腿和切成片的熏香肠放在一个盘子里，摆成双色的星形；烤鸡以一种最无助的姿势瘫在盘里，展示它肚子里填满了大米；小小的复活节奶渣饼形状虽不讨喜，不过散发出香草的香气，使得拉津斯卡娅夫人的鼻子不由自主地转向它的方向。颜色鲜艳的彩蛋使得整个画面活色生香。

拉津斯卡娅夫人已经很久没有动冷盘了。出于礼节，她努力不朝桌子上看，但她稀疏蓬松的头发、满是皱纹的脖子上脏兮兮的淡紫色蝴蝶结和尖尖的小脸，都表现出紧张的期待。她挑起用火柴头画出来的没有眉毛的眉，时而饶有兴趣地打量用编织的布巾盖着的小搁架，尽管近九年来，她每天都会看到这个架子；时而垂下眼睛，皱起没牙的嘴，撕扯着手里那条缝着破烂不齐的花边儿的手帕。

黑发的女主人身材臃肿，双颊像怒气冲冲的叭喇犬一样耷拉下来，她一直骄傲地围着桌子走来走去，扯平罩在自己滚圆肚子上的灰色绣花围裙。她十分理解拉津斯卡娅夫人现在的状态，毕竟整个大斋期间这位夫人都只能吃没油的烤土豆，但是拉津斯卡娅故意做出的这副冷漠的样子让她生气，于是她故意折磨自己的客人：

“时间还早，”她用雄浑的低音说道，“钟还没敲呢。”

她讲话带有浓重的德国口音，肥厚的上嘴唇前伸，显出上面黑色的小胡子样的汗毛。

客人沉默地绞着手帕，然后把话题扯到不相干的事情上：

“明天大概就能收到米坚卡的信了。他总是在复活节时给我寄钱。”

“他这么做太蠢了。反正最后都浪费到香水上了。卖弄风情的女人！”

拉津斯卡娅夫人谄媚地笑着，为了遮掩缺失的门牙，把嘴皱成了小喇叭的形状：

“嘻——嘻——嘻！啊，您可真会嘲笑人！”

“我实话实说，”受到鼓励的女主人拖着低沉的声音说道，“一走进您的房间，就像鼻子上挨了一棒子，到处都是瓶瓶罐罐，这种香水，那种花露水，简直成了天文台。”

“嘻——嘻——嘻！”客人把风情万种的目光投向搁架，尖声笑道，“女人就应该是香喷喷的。优雅的香水能钻进人的心里…… 我喜欢优雅的香水！要理解我。马鞭草清甜，龙涎香浓郁。取两滴马鞭草加一滴龙涎香，就能配成真正的香水……真正的。”她咬唇思索着，找词儿来形容，“尘世之香和天堂之香。要不然就用鲑鱼肉色的三叶草为主香，这种香水气味特别浓烈，就像加了桂皮，不过取三滴加一滴鸢尾花…… 那香气会让人疯狂！简直让人疯狂！”

“我干吗要去发疯呢，”施兰克夫人挖苦道，“我还不如去拉拉那里，买上一瓶花露水。”

“再不然就用柔和的龙船花，”拉津斯卡娅夫人根本没听对方说话，继续沉浸在自己的幻想中，“配上一滴味道比较重的蕨香……”

“我其实最喜欢的是铃兰。”女主人用浑厚的低音打断了客人的话，终于决定证明一下自己对香水也是有想法的。

“铃兰?”客人讶异道，“您喜欢铃兰？嘻——嘻——嘻！上帝保佑，您可千万别跟人说喜欢铃兰！哎呀我的天呀，人家会笑话您的！嘻——嘻——嘻！铃兰！多么俗气！”

“啊，啊！多么清幽！”施兰克夫人生气道，“这有什么重要！宁可自己挨饿也要攒钱买香水，我可没觉得这么做有多么聪明！香气弥漫三个房间，真是美不胜收，可是脸只有拳头大。”

拉津斯卡娅夫人低垂着头，清洁着自己衣服上的一个脏点，只露出一对涨成鲜红色的大耳朵。

“开始吧，”女主人终于在桌边坐下，宣布，“阿努什卡，上咖啡!”

施兰克夫人家哪个房间里都不用摇铃。她的声音浑厚铿锵，就像中国的锣，这套小住宅里每个边边角角的地方都能同样清晰地听到。常常是她在前厅嘟囔句什么，厨娘在厨房里得扯着嗓子回话。要跟施兰克夫人说话，完全不必共处同一个房间。

“快点儿上来!”

远处传来火钩子落地、小狗嚎叫的声音，接着，阿努什卡庞大的身躯出现在门口。她穿着鲜红色的短衫，扎着一条旧军官腰带。一张大圆脸上被过节用的红甜菜染上的颜色堪比盘子里彩蛋的色彩。看起来脏乎乎的灰色头发抹得油光可鉴，用包药瓶的绿色皱纹纸打成花结，松松地高高地绑起来。阿努什卡谦虚地垂下眼睛，好像为自己的美丽感到羞耻，把放着咖啡壶和杯子的托盘放到桌子上。

“戴上围裙，你这个丑八怪!”施兰克夫人阴沉地吼道，“谁准许你把头发弄成个鸟窝？您快看呀，拉津斯卡娅夫人，她这是把脸抹成什么样了！嘎——嘎——嘎!”

“嘻——嘻——嘻!”拉津斯卡娅夫人的笑声像鸟叫。

“不是这样的，我没想弄脸，”阿努什卡小心翼翼地用连衣裙的袖子擦着脸，辩解道，“上帝啊，这是从墙上蹭的…… 上帝啊，是热的。我烤面包了，烤鸡来着…… 厨房里热得像蒸笼。”

她气愤地一摔门，走了出去。

“什么样子!”女主人气愤道，“连话都不能说了！这还能叫仆人吗？描眉画眼儿的，把头发弄成这样，还话都不能跟她说了。而且每个星期天都是这样。等所有人都走了，就立刻抹画起来，绑上军官用的宽腰带，就开始唱日祷赞美诗。有一次我故意走了又返回来，用自己的钥匙开了门，一直在前厅听她唱。她扯着嗓子唱了两个多小时：'上帝保佑！上帝保佑！'号得像野牛。我全身的神经都在颤抖。还有一个傻瓜租客以为是我唱的……"

"原来那个达莎可惜了，"拉津斯卡娅夫人插话道，"她比这个朴实多了。"

"哼！每天一个新的追求者。她们脑子里只想着这些追求者们！"

拉津斯卡娅夫人皱了皱眉，没有说话。

"真是怪事儿，"女主人一边切着一块鸡肉，一边继续说，"她们都有追求者。阿努什卡呢，至少还没天天往外跑……"

"明天就走……"厨房里传来阿努什卡的哀号，"哪怕您杀了我，我也得走……当人的面儿让我没脸！就这看院子的老头儿都不给活路，总是说，你这个老巫婆，什么时候才出院子一次？他说，第一次看见你这样的家伙，从来不出院子。"

"这算什么！"女主人惊讶道，"你在这儿一个亲戚也没有，你能往哪儿走？"

"去哪儿不行…… 去哪个墓地也好。我们家那边村子里，一过节，大家都去墓地。还有这么笨的人，我会不知道去哪儿！我比谁都明白！"

"别大喊大叫的，你叫得我神经都哆嗦了！"

施兰克夫人走到餐柜前，背对着拉津斯卡娅夫人，在柜子里翻着什么，听到酒杯轻轻碰撞的声音。然后，她把头略略后仰，关上柜门，又回到座位上，窘迫地咳嗽几声。客人一直仔细地盯着搁架看。

她早就了解这些小动作，知道做完这些事后，施兰克夫人就会变得异常爱国，喜欢谈论德国，尽管从未亲眼见过德国什么样，因为生长在彼得堡。每当此时，拉津斯卡娅夫人总会为俄罗斯感到委屈，会尽量岔开话题。她不敢直接反对，因为觉得自己在这位有小胡子的女邻居面前有点抬不起头来。还因为她在施兰克夫人这里租了一个小小的房间，但经常不能按时付房租，而施兰克夫人体谅她，经常给她延期。

“这样的仆人在柏林闻所未闻。”女主人责怪道，把一大块火腿塞进嘴里。

客人不出声，用叉子挑着米粒。施兰克夫人想了半天，说点儿什么能让她不高兴：

“你怎么不说话？看来是在想着，能用米佳寄来的钱买哪些香水吧？他可真愿意寄！世界上竟然有这种蠢猪！您身后可没给他留下任何东西。他父亲留下的东西您三年就给败光了……”

拉津斯卡娅夫人的脸上露出羞愧的颜色。

“施兰克夫人，”她迅速打断道，“我今天看到一种红色的呢子，跟我那件骑马服的颜色一模一样。您记得吗，我跟您说过的那件？简直一模一样，一模一样……”

“谁能不知道您那件骑马服？您三岁的时候就开始穿着它跟军官们骑了两万次马了。”

“嘻——嘻——嘻！”客人讨好地笑了，希望揭发者能发发慈悲不再说下去。

“您笑什么?”

“没什么，我想起了一件可笑的事儿，”拉津斯卡娅夫人有些慌乱，“您昨天讲的那个老头儿……”

施兰克夫人的脸上缓缓扯出笑意，眼睛眯缝起来，嘴咧得越来越大。

“嚯——嚯——嚯！‘请允许我，夫人，送送您……’我转身一看：我的天！这小细腿儿，勉强能站住，两只手拄着拐杖……鼻子还是蓝色的，眉毛全是灰色的……‘您？送我？您得赶紧回家。’他瞪大眼睛看我，不明白我是什么意思……‘赶紧吧，我说，回家去，咱们该去死了，赶紧走！’嘎——嘎——嘎！他呸呸呸地使劲儿唾着，嘎——嘎——嘎！真是气得不轻!”

“哎呀，快别说了！嘻——嘻——嘻！哎呀，您快让我笑死了！嘻——嘻——嘻！啊呀，您这个施兰克夫人啊，总能让人……”

“快点儿吧，我说，赶紧走。要是在大马路上出了什么事儿，那就不好了……”

“哎呀！嘻——嘻——嘻！……”

“别笑了，拉津斯卡娅夫人！您脸上的粉都飞了。”

这两位夫人住在一起十多年了，但从来都没互相以名字相称。有一次，施兰克夫人的一个亲戚问她，她家这个房客叫什么名字，而施兰克夫人自己也大吃一惊，她竟然从来没想过问这个问题。

“啊呀，这些男人!”拉津斯卡娅夫人慵懒地叹了口气，“莉莎维塔·伊万诺夫娜曾给我讲过……”

“您那个莉莎维塔·伊万诺夫娜总是在撒谎，”女主人忽然突然像点了火药，“就她说的那楚赫纳语，什么也讲不了。今天她死乞白赖跟我一起去肉铺，使劲儿挥手、叫喊，让我在路人面前都抬不起头来。我们一起过了马路，我说：‘快点儿走。’可她却尖声叫道：‘我不能再快了，一群马踩上了我。’真可耻！哪怕她说：‘对不起，施兰克夫人，我身处一大群马中。’在彼得堡住了这么多年，连话也不会说。楚赫纳女人！”

拉津斯卡娅夫人非常想尝一尝香肠，但女主人不开心的时候，她不敢说出自己的愿望，就再次改变话题：

“是啊，这些男人真是的…… 真是的……”

施兰克夫人立刻竖起耳朵，就像鸫鸟听到熟悉的鸣音：

“您吃香肠啊！您怎么吃得这样少？所有男人都被惯坏了。我家里曾经寄住过一个小伙子，年轻，长得也好，是海军上将的儿子。他本人从哈尔科夫来，到彼得堡参加三级以上的文官考试…… 您呀，他说，施兰克夫人，双颊上有玫瑰花瓣……”

“我在的时候他好像没来过？”

“没有，他是在您来之前两年在我这儿住的。嘎——嘎！玫瑰花瓣！”

“西蒙乳液抗皱纹有特效，”拉津斯卡娅夫突然不合时宜地插嘴道，“您试试，施兰克夫人。它对皮肤的效果太神奇了！我这一辈子除了西蒙乳液什么都不用。每天早晚倒一点点到棉絮上，就这样抹…… 您一定得……”

“嘎——嘎——嘎！”女主人温和地摇晃着身体，说道：“如果您对我说，您不用这种乳液，可能我还会去试试。要是您说一定得用，实在抱歉。我看您脸上的皱纹多得是我平生未见！上帝啊，拉津斯卡娅夫人，您不要生气，真的是平生未见！”

客人红着脸有些扭曲地微笑着。

“您还各种挥霍，”主人接着说，“不能把钱都浪费在那些什么西蒙乳液和药用霜上。钱得攒起来。我丈夫活着的时候，我耳朵上挂着的钻石有拳头大，那时候人们对我的态度完全不同。不管我说什么，都是金言智语。现在显然谁都不会质疑我的智慧，可是我想一想，那时候说的全是蠢话。钱才是大事儿。您要是有钱，您也会比所有人都聪明，上校们就都愿意去您那儿做客，甚至连美丽大奖都能拿到手。”

拉津斯卡娅夫人脸上漾出娇媚羞涩的笑容，整理着自己脖子上的淡紫色花结，而施兰克夫人又走到餐柜前，酒杯碰撞的声音响起……

“在我们柏林，人们可知道钱的价值。我们柏林无所不能。涅瓦大街上的电灯笼从何而来？德国人那里！哪里来的这些大楼？德国人建的。还有那些布匹、丝绸，还有全部的科学门类：历史、地理，全都源自德国人，都是他们想出来的！”

拉津斯卡娅夫人的脸色红了又白。她想反驳，但又不知道说什么好，此外，她还没尝复活节奶渣糕，政治纷争后尊严会让她遁回自己的房间。

“瞧您这面包上的小玫瑰花做得多艺术，简直让人想去闻上一闻。”她颤抖着双唇说道。

施兰克夫人阴郁地沉默了一会儿，突然说：

“莉莎维塔·伊万诺夫娜的一个房客在报纸上读到一条消息，说柏林发生了强烈地震。非常强。俄罗斯人这边从来没有过地震。”

这对拉津斯卡娅夫人而言太过分了，她突然间全身颤抖，起了一身红点儿。

“这不是真的！不是真的！”她尖细的声音刺耳地大喊道，“俄罗斯曾有过几次地震。在韦尔内有一次……”

“这次不算，”主人用平静的低音做作地说，“这地方在巴尔干的大海之外了，已经不算是纯粹的俄罗斯了……”

“不对！”拉津斯卡娅夫人攥成拳头的手痉挛着，“您这是故意的…… 您认为，我是穷人，我就没有祖国吗？您应该感到羞愧！谁都知道，俄罗斯发生过地震！您这样做是不诚实的！您一直在撒谎！您讲那个老头子的事儿已经讲了四年多了，却还总是说这是前几天发生的事情。您真可耻！”

她从座位上跳了起来，在椅子上磕了一下，飞快地踏着高跟鞋跑进自己的小房间，并且用钥匙锁上了门。

小房间里一片静寂，浓郁潮湿的春天的气息和复活节祈祷前拖着长音的钟声轻轻地轰鸣着，从敞开的小窗户迎面扑了进来。这钟鸣压迫着人的心灵，让人惊慌不已，仿佛是对遥远的、属于别人的欢乐的回声，静静地、用深沉的声浪使空气震颤。

窗外是一堵墙，下看不到墙起之处，上高耸入阴沉的天际——看不到头，平滑，灰暗……

小房间里十分安静，没有人打扰拉津斯卡娅夫人的尽情痛哭。她哭了很久，始终低垂着头，双肘支在窗台上。后来，等眼泪流干了，尖锐的愤怒感淡了下来，平静了。她站起身，走到五斗橱近旁，打开最上面一个抽屉，取出一个用丝布包好的精致小瓶儿。她小心翼翼地打开瓶塞，缓缓地向前探出鼻子，用颤抖的鼻孔吸了一口瓶里的气息。随后她又细心地把小瓶包了起来，安静地、温柔地，像轻轻放下襁褓中的婴儿一样，把小瓶放回原来的地方。

她用由于激动抖得更厉害的手缓缓拿出粉盒，用粉扑给脸上扑了粉，把湿淋淋的手帕铺展在椅背上，仔细地把衣服上破损的花边拉平。

“阿努什卡，”远处传来施兰克夫人低音的轰鸣，“你告诉拉津斯卡娅夫人，等她冒完傻气，让她来喝咖啡。我不能等她一晚上。这里就留这一块奶渣糕，其他的都冰起来吧。我睡觉去了。我的神经都快断了。”

拉津斯卡娅夫人的心脏咚咚跳动着。她知道阿努什卡早就睡着了，也知道主人故意这么说，是为了让她，拉津斯卡娅听见。

她悄没声儿地蹭到门口，仔细听着，等施兰克夫人离开后再去餐厅。

窗外的墙在初升太阳第一缕红艳艳的光芒照射下微微泛出粉红色。黎明时分清新的微风肆意敲打着小窗，轻轻拂动着椅背上搭着的已经干透的手帕。

傻　瓜

乍看来，好像所有人都明白，什么是傻瓜，为什么傻瓜越傻，就越不可救药。

然而，如果你仔细听，仔细看，你就会明白，如果人们认为傻瓜只是一般而言的愚蠢或者糊涂的人，他们就错了。

“瞧这个傻瓜，”人们说，“他脑子里总是一堆愚蠢的念头。”

他们以为，傻瓜脑子里经常会有些糊涂念头。

问题就在于，真正、彻底的傻瓜首先就是根据他那些无比伟大、无比坚韧的认真被辨识出来的。最聪明的人可能行事轻浮草率，傻瓜则总是会认真讨论，讨论完毕，则相应行事，做完事情后，知道自己为什么这样做，而不是那样做。

如果您认为傻瓜是做事不经大脑的人，那么您犯下的错误，会让您今后羞愧终生。傻瓜永远都会思而后动。

普通人，无论聪明的或者有点笨的，都会说：

“今天天气很糟糕，不过没什么，我还是去散步。”

而傻瓜却会掂量：

“天气很糟糕，但我还是要去散步。为什么我要去呢？因为在家待一整天实在无益。为什么无益呢？就是无益而已。”

傻瓜不能容忍任何思想的瑕疵，任何未明的疑问和任何未解决的问题。他早就做好了一切决定，对一切都心知肚明。他总是审慎理智，每个问题都能自圆其说，每个想法都严密完整。

人遇到真正的傻瓜时，内心会充满某种神秘的绝望，因为傻瓜是世界末日的萌芽。

人类在探寻、追索中前行，在所有的方面都是如此：无论是科学、艺术，还是生活，而傻瓜却从来看不到任何问题。

“这是什么？有什么问题吗？”

他本人心里早已一切了然。在傻瓜完整的论断中起作用的是三个定理和一个公式。三个定理如下：

1）健康重于一切。

2）有钱就行。

3）何必呢？

一个公式是：

就应该如此。

前面几条不起作用的地方，最后一条就会担负重任。

傻瓜们通常都生活得如鱼得水。因为经常思考，他们脸上的表情会随着时间的推移愈加显得深思熟虑。他们喜欢留大胡子，工作勤奋，字迹优美。

“庄重，不轻浮。”人们通常这样说傻瓜，“就是有点儿…… 好像过于严肃认真了吧？”

傻瓜在实践中坚信，他已经获得了世上的全部智慧，便承担起一个既费力又不讨好的责任：教导别人。再没有人会像傻瓜一样坚持不懈地给别人提很多建议。而且他是发自内心，因为每每接触到人们，他总是会处于极端迷惑的状态：

“一切都这么清晰完整，他们怎么还是忙来忙去，弄得一团糟？看来他们是没弄明白，得给他们讲讲。”

“怎么回事？您为什么这么痛苦？妻子开枪自杀了？那是她愚蠢。如果子弹打到她眼睛的话，她的视力就完了。上帝保佑！健康重于一切！”

“您弟弟因为爱情不幸发疯了？他简直让我太惊讶了。我可不会因为任何事情发疯的。何必呢？有钱就行。”

我本人认识一个傻瓜，最圆满的，圆满得像用圆规画出来的，他专门从事家庭问题研究。

“每个人都应该结婚。为什么呢？因为要传宗接代。为什么要有后代呢？就应该有。而且男人都应该娶德国女人。”

“为什么一定是德国女人？”有人问他。

“就是应该如此呀。”

“要是这样的话，德国女人也不够分呀。”

听到这样的话，傻瓜就会很生气：

“当然，一切都会朝可笑的方向转化。”

这个傻瓜常居地是彼得堡，他妻子决定把自己的女儿们送到彼得堡的大学里上学。傻瓜不同意：

“让她们去莫斯科要好多了。为什么呢？因为如果她们在莫斯科，我们去看她们很方便。晚上上火车，早上就到了。要是在彼得堡，什么时候才能聚到一起！”

傻瓜在社会上都是很得体的人。他们知道见到小姐们要说恭维话，见到主妇就要说：“您真是很操心。”除此之外，傻瓜不会说出任何出乎意料的话。

“我喜欢夏里亚平，”傻瓜谈论高雅的话题时这样说，“为什么呢？因为他唱得好。那为什么唱得好呢？因为他有才华。为什么他有才华呢？就是因为他有才华。”

一切都很圆满，完美，得体，无可挑剔。抽一鞭子，立刻就跑起来。

傻瓜通常会步步高升，他们没有敌人。大家都认为他们是实干家，认真的人。有时候傻瓜也会很快活。但是，当然，是在合适的时间、合适的地点。比如谁过生日的时候。

他开心在于，他会煞有介事地讲个笑话，然后立刻解释，笑点在哪里。

但他不喜欢快活。这会让他看不起自己。傻瓜的所有行为，正如他的外表一样，从来都是庄重、严肃、体面的，因此处处受人尊敬。大家都愿意选举他们为各种协会的主席，代表各方利益。因为傻瓜正派。傻瓜的全部心肝好像都被奶牛肥大的舌头舔过，圆润，光滑。谁也不触犯。

傻瓜对自己未知之事极为鄙视。发自内心地鄙视。

“这读的是谁的诗？”

“巴尔蒙特。”

“巴尔蒙特？不知道。我不读尼采！”

然后又拿出为尼采感到羞耻的腔调。大多数傻瓜都读书甚少。但也有个别例外，他们终生都在学习。这些都是极为愚笨的傻瓜。

不过，这个称呼非常不正确，因为无论傻瓜给自己填充多少东西，没有多少能保持得住。他用眼睛吸入的东西，都从后脑勺流出去了。

傻瓜喜欢认为自己与众不同，他们常说：

"我以为，音乐偶尔会令人非常愉悦。总的来说，我是个怪人!"

一个国家越有文化，人民生活越安稳无虞，这个国家里的傻瓜就越彻底，越完满。

傻瓜在哲学、数学，或者政治、艺术方面都画了一个坚不可摧的圆，它常常会长久留存，直到有一天，有人会有这样的感觉：

"啊，太可怕了！啊，生活变得如此圆满无缺!"

于是这个圆就会破裂。

意志力

伊万·马特维依奇悲伤地咧嘴大哭起来，满怀温顺的忧愁看着医生的小锤弹性十足地在他粗壮的侧身上敲来敲去。

“嗯……”医生放开伊万·马特维依奇，说，“不能喝酒，就这样。喝得多吗？”

“早饭前一小杯，午饭前两小杯，白兰地。”病人忧伤而真诚地回答。

“这样啊。这以后就都不能喝了。您看您的肝在哪儿呢？这样怎么能行？”

伊万·马特维依奇看了看医生刚才指的地方，就看到自己粗壮的侧身无助地裸露着，他默默地叹了口气。

“当然了，这不是什么大毛病，”医生接着说，“既然您有意志力，您其实也不用放弃这个习惯。”

“要说到这意志力嘛，这种优秀的品质我要多少有多少！”

“那就太好了。我给您开点儿药，服上两个星期左右，然后再来我这儿看看。谢天谢地，真是虚惊一场。”

伊万·马特维依奇一边在街上走，一边想：

"肝脏的位置不对，就是说，没在该在的地方。事情不妙啊。不过既然有意志力，就能战胜一切，不论是肝脏还是别的。今天这一瓶正好喝完了，这真是命该如此呀。"

在自家房子的拐角处，伊万·马特维依奇往水果铺子的窗口里看了一眼。

"他们这里有什么呢？果酒。倒是说说，谁会空腹喝果酒呢？把这种东西摆出来，真够笨的。哎，这是什么？白兰地！反正不会诱惑到我。我的老弟，有意志力的人，什么都不怕。我还会做得更多，我要进店，买一瓶白兰地带回家。对，就这么办！因为既然一个人有意志力……"

一回到家，他立刻把白兰地锁到餐柜里，自己坐下来吃午饭。他给自己盛了一碗汤，陷入了沉思：

"放餐柜里了…… 不，我还能做得更多：我要把它放到桌子上，瞧瞧我能做到什么，放到桌子上，就是不打开。因为既然一个人有意志力，我的老弟，你就是把白兰地滴到他的鼻了尖儿上，他连动也不会动一下。"

他把酒瓶打开了。坐了一会儿，看了一看，想了一想。用勺子在盘子里搅了一阵，突然做了决定：

"不，我还会做得更多：我现在就把它倒杯子里。不仅如此，我甚至可以喝上一小杯，这我能做到。为什么我不能喝一小杯呢？既然一个人有意志力，那他随时可以停杯，他拿自己做个小实验也不错噢。"

他一饮而尽，然后瞪大眼睛，诧异地环顾四周，吞了两勺汤，果断地说：

“不，我可以做得更多：我可以再喝一杯。”

喝掉第二杯后，他笑了一下，眨了眨眼：

“不，我可以做得更多。我可以做到从来没人做过的事：我再喝下第三杯。要是不喝才奇怪呢。首先，喝酒很开心。其次，如果我有意志力，我随时可以停下来，那我还有什么可怕的呢？

“比方说，为什么我不能喝第四杯呢？我可以做得更多：我连喝两杯，这我能做到。然后我叫人再拿一瓶白兰地来。就这样。因为既然一个人有意志力……”

夜晚掌灯时分，一个朋友来到他家。朋友对所看到的画面大吃一惊：伊万·马特维依奇坐在餐厅的地板上，直勾勾地盯着一只桌子腿，竖着一根手指头威胁着桌子腿，清清楚楚、明明白白、充满感情地说：

“可能你呀，我的老弟，你不行，可是我行！我喝多了，这我很明白。这还不够，我还可以做得更多：现在我每天都要喝多。这是为什么呢？如果一个人有意志力…… 意志…… 力，那他就可以喝，而且没什么可怕的。我呀，我的老弟，是有意志力的。既然我有意志力，那么……”

油漆匠

（生存之谜）

你披着朝霞来临，

照亮我灰暗的光阴。

红头发棕胡子的油漆工

这些文字献给你，满怀感恩。

他来得确实很早，上午 9 点钟左右。看起来很干练，一副心事重重的样子。他说话声音低沉有力，微微眯着眼睛，深邃的目光仿佛直接触及对方的灵魂深处。他的嘴很大，里面已经没有几颗牙齿，嘴唇略略弯出一个轻蔑的笑意。

“阿克西尼娅说您要漆门。就是这几扇吗？”他问我。

“是的，亲爱的，就是前厅这里，一共六扇。把它们用红漆漆成墙纸的颜色。您明白了吗？”

他轻蔑地笑了一下。

“我非常明白您的意思。”

于是，他眯起眼，朝我的灵魂深处瞥了一眼。我有点不自在。谁都不喜欢别人非常明白他的意思。

“那么，您现在是不是可以开始干活了？”

“现在吗？”

他又笑了一下，然后转过脸，以免我看到他明显的嘲笑而生气。

“不行，小姐，现在还不行。”

“为什么呢？”

显然，他非常不愿意给一个未必能明白他这门手艺精妙之处的人来解释。于是，叹了口气，说道：

“现在 9 点多钟了，而我 12 点就得去吃午饭。这一吃呢，这事儿那事儿的，可能就得到 6 点了，6 点钟我就收工了。我明天早上 7 点来，那就能弄完了。”

“您能挑好颜色吧？”

“这个您放心，包您满意。”

第二天一早，我刚刚醒来，就听到有人在小声唱歌：

“这最后一个好天儿……”

我穿好衣服，来到前厅。

油漆工把一扇门已经漆成了浅粉红色。

“这是什么？亲爱的，一定是底色吧？”

他轻蔑地笑了一下，说：

“不，这不是底色，是颜色，就是这个颜色了。”

“怎么会这样？我要的是红色，跟墙纸配的。”

“这正是您要的颜色啊。”

我闭了闭眼，仔细思考了一下自己的处境。真是太糟糕了。

难道昨晚我发疯了，订了粉红色的门？

“亲爱的，”我小心翼翼地说，“我记得我说的是红色，不是粉红色。”

“这不就是红的吗？只不过因为加了白粉显得浅了点儿。没有白粉的话就完全是红色的了。”

“那您为什么要放白粉呢？”

他从头到脚打量了我一遍，然后又看了一遍，笑了一笑，说道：

“我们不能不加白粉。”

“那为什么呢？”

“因为不加白粉不行。”

“为什么不行？不粘墙还是怎么？”

“才不是！怎么能不粘墙？这是从哪儿听来的，油漆还能不粘墙？非常粘，完全粘。”

“那就别加白粉刷漆吧。”

“不行，我们不能这么做！”

“您怎么回事啊？难不成发过誓，不加白粉不刷漆是怎么着？”

他陷入了痛苦的沉思，然后摆了摆头，说道：

“那我吧，我就不加白粉给您漆。要是漆完了您不喜欢怎么办？”

“您不用害怕，会喜欢的。”

他郁闷地挑了挑眉毛，突然又朝我的灵魂深处看了一眼，挖苦道：

“您是想要红铅粉，就这么回事儿！”

“什么？什么？”我害怕了。

“红铅粉！我昨天晚上就明白了。只是您千万不能用红铅粉。”

“为什么？什么？为什么我不能用红铅粉？”

“您不能用。得要朱红色。”

“那就拿朱红吧。”

“用朱红老板会骂我。朱红可是 80 戈比一磅啊。”

“给您 80 戈比，只是得去买个配得上的颜色。”

他叹了口气，拿了钱就走了。

5 点半左右他才回来，就是为了告诉我他要“收工”了，然后就走了。

早上，“这最后一个好天儿”的歌声又叫醒了我。

油漆匠正用一种模模糊糊的浅棕色颜料在刷我的门。他责备地看了我一眼。

“这…… 是底色吗？”我满怀希望小心翼翼地问。

“不，小姐，这不是底色。这就是您想要的那种颜色。”

“那为什么它这么白？”

“白吗？白是自然的，加了白粉。”

“您为什么又加白粉呢？不用加白粉来漆呀。”

“不加白粉？”他很惊讶，十分忧郁地说，“不行，小姐，我们不能不加白粉。”

“这是为什么？”

“要是不加回头您不喜欢怎么办呢？”

“听着，”我努力保持平静，说，“我跟您说什么了？我说把门漆成红色。而您在做什么？您现在漆的是浅棕色。您明白吗？”

“怎么不明白！非常明白。上帝保佑，我做油漆匠也不是一年两年了！这就正是您想要的颜色。只不过是您要漆六扇门，我就按六扇门的量加了白粉搅拌在一起了。”

“亲爱的！这可是棕色。我要的是红色，就是这种，像墙纸一样的红色。明白了？”

“我都明白，早说明白了。您是想要红铅粉，就是这样！”

“那您就给我红铅粉啊。”

他缩了缩了缩肩膀，不说话了。

“我真是不明白了，到底怎么回事？要是这个颜色贵，我再给你加钱。”

“不，不是贵。10 戈比一磅。或者这对您来说有点贵，那我就不知道了。”

他脸上的所有器官，包括那把大胡子，都在鄙视我的贪婪。但我没给他时间再发表演讲：

“给您钱，去买红铅粉。”

他叹了口气，接了钱。

“就是红铅粉的话得明天开始刷了。因为现在马上该吃午饭了，然后这事儿那事儿的，就到 6 点了。6 点我就该收工了。”

“好吧，上帝保佑您。明天再来吧。”

“这最后一个好天儿……”

他把一扇门漆成了乌突突的黄色，并且一本正经地说：

“我早说过了，您不会喜欢的。”

“为什么这颜色这么浅呢?”我问，同时一种不太清晰的猜测抓紧了我的心脏。

“浅吗?”

他对我的头脑不清大为惊讶：

“颜色浅？因为加了白粉呀!”

我直接坐到了颜料桶上，不再说话了。他也不说话。

某位思想家说过，亲近之人间的沉默别具其美。

最后还是他首先醒过神来：

“可以在颜料里再加一点钴。”

“加点钴?”我低低地反问了一句，自己都没听出来是自己的声音。

“是的，加点儿钴。蓝色的。”

“蓝色的？为什么要蓝色的?”

“会更脏一些。”

我站了起来，一言不发地走了出去。而他就“收工”了。第二天早上我起得很早，比他来得还要早。我来到前厅，就在那里等着。

快早上 6 点了。我觉得有点发冷，双颊发烫，两只手直打战。感觉就像猎人发现松鸡求偶的聚集地时的心情。

他终于来了。

他走过来，煞有介事地扬了扬自己的红眉毛，拎着一桶白粉。

“等等!”我大声喊道，“这是什么?”

“白粉呀。”

“放到门外。把颜料拿到这儿来。这是红铅粉吗?”

“红铅粉。”

“这是朱红颜料吗?”

“朱红。”

“搅到一起。”

他看了我一眼，就像人们看夺了王位的傻瓜一样，举止傲慢，说：“那就看看吧。”然后非常不情愿地用刷子搅了一下。

“看到这种颜色了吗?”我问。

“看到了。怎么了?”

“您就用这种颜色给我把六扇门漆好。”

“好吧，”他哂笑了一下，“要是之后您不喜欢，那时候又怎么办?”

“就用这种颜色刷，听到了吗?”我坚定地说，气得浑身发抖，“这是我向您在定制。明白吗?”

“好吧。”他鄙视地抽了抽嘴角，突然傲慢地转身走向装着白粉的油漆桶。

“您去哪儿?”我大喊一声，声音都变了。他惊讶地摊开两手说：“去拿白粉呀!”

从那以后过了一周。另一个油漆工来把门刷了，漆成了我需要的颜色，但我的心情却交没有因此好起来。

我中毒了。

我整天整天一个人坐着，在心里跟这位红头发的大胡子油漆匠交谈。

“亲爱的，”我心里说，“您为什么不能不加白粉呢?”

他默不作声，于是一种令人恐惧的神秘感将我包围。

于是我写下这段文字，献给他 —— 一个无法解释、用谜之神秘照亮我灰暗生活的人，一个不知因何而来又去向何方的红头发、棕胡子的油漆匠。啊，这微小的安慰！

于是我向这如死亡一般的未解之谜膜拜，低声道：

“我一无所知。”

卑微与高尚

涅多马罗夫卡村的小老师正在照着草稿誊写一封信。

她异常激动，脸上的表情既悲苦，又狂热。

“不，他不会嘲笑我的！”她呢喃道，用沾满墨水的手指揉搓着太阳穴，“他是如此伟大、如此高尚之人。只有他一个人能了解我的心和我的追求。我不需要回信。只要他能读到关于我的事，关于我这个渺小而不幸的女人。我，当然，一文不值。他——是太阳，而我——是太阳哺育的一棵小草，——难道小草就没有权利写一封信吗，如果这能减轻她一点点的痛苦？”

她重读了一遍写过的内容，把所有的从句前面都仔细地加上了逗号，画了个十字就贴上了邮票：

“管他结果如何！彼得堡…… 作家安德烈·巴赫马乔夫大人，《地球与空气》杂志编辑部。”

阿姆斯特丹餐厅里烟雾缭绕，以至于有时候站在吧台后面的服务员看起来像远离大地的天蓝色的云彩，像拉斐尔笔下的圣母像。

巴赫马乔夫、科津和费因别尔格一边喝着白兰地，一边闲聊。他们的话题非常有趣，三个人都十分激动，因为他们三个都是作家，而谈论的话题既关乎艺术，又关乎文学。总而言之，他们谈论的是女演员拉祖列沃茨卡娅，看来，她跟写影评的弗里斯科搞到了一起，背叛了同为演员的丈夫莫霍夫。

“莫霍夫这个笨蛋!”巴赫马乔夫说，“他应该把她痛打一顿，她就再也不会想那些什么弗里斯科了。”

“只有在她是施虐狂的情况下，才会把她引向莫霍夫!”弗因别尔格说道。

“这关‘施虐狂’什么事儿?”科津问。

“就是，我的意思是，如果痛打能给她带来享受。”

“这个，我亲爱的，叫作‘受虐狂’。自己都不知道自己信口说些什么!”

“哼，”弗因别尔格气道，“就你知道说什么，只有你什么坏事儿都门儿清。”

“总比您知道的多些!”科津气势汹汹地眯缝起眼睛。

“别上火，先生们，”巴赫马乔夫调解道，“谁敢怀疑你们的博学多识呢！斯图金去哪儿了?”

“不知道，没看到他呢。”

“他昨晚喝多了，弄得很不像样子，”巴赫马乔夫讲道，“简直没法跟他说话。假如是我也喝醉了，绝不会到他那个程度。”

“对了，他还到处说，你那篇《田园诗》是从莫泊桑那里偷来的。”

“什么？我？抄莫泊桑的？”巴赫马乔夫全身都绷紧了，叫道，“哪有什么共同之处？哪里抄了？让他指出来抄的地方。”

“这我可不知道。他就说，是抄莫泊桑的。”

“完全子虚乌有！我甚至从来都没读过莫泊桑的东西。”

“而那个伊沃尔金是个好样的，”弗因别尔格插嘴道，“同一篇小品文发了十次。改个标题，换个开头再换个结尾——就成了。‘我呀，’他说，‘就靠吃那些以前的旧东西活着呢。’一篇小品文每年春天发表一次。他说，这篇小品文就是我的衣食父母。”

“发表十次有点儿难度，”巴赫马乔夫沉思道，“发表两次的事我自己也做过。”

“咱们再点些什么吗？”科津提议，“可惜现在不是夏天，我喜欢波特文尼亚冷汤。”

“我点仔猪肉。”巴赫马乔夫决定了，突然整个人都活跃起来，叫来了服务员。

“听着，我亲爱的！我要仔猪肉配粥。一定要油油的，脆脆的。一定要既油又脆。明白吗？”

服务员已经走开去执行巴赫马乔夫的命令，他的目光还是游移不定地到处看，也不加入大家的谈话，从脸上的表情可以看出，他陷入深思。

陷入沉思的人最终还是很难完全沉浸于精神的孤独。他转身对着科津，分离自己的疑虑：

“你觉得，他们能找到好的仔猪吗？”

科津没有回答，环顾了一下大厅，打着哈欠说：

“真不该来这里。连一个女人都没有！简直是光棍餐厅。哈哈！”

而巴赫马乔夫一本正经地皱眉了皱眉头，问道：

“芭蕾舞女演员维尔金娜真和格沃兹金住一起了？”

巴赫马乔夫到家很晚，看到了编辑部送来的校样和一封信。

他把校样放到一边，打着哈欠拆开了信：

请不要因为我敢于给您写信而气恼，我是一名乡村小教师，写给您，一个伟大高尚的人。我知道，我非常卑微，我应当用劳动为我竟然胆敢活在这个世上来赎罪。而我还满腹怨言，想过更好的生活，早上，当茶炊冒起水汽的时候，我还怨愤地哭泣。

我多么想有生之年哪怕有一次变成隐身人跟在您身边，只为能听听您和您的朋友们聚会时热烈的谈话，听你们说说怎样教导我们这些渺小而卑微的人过上幸福的生活。

只要我能听到，我便可了无遗憾地了却此生。

教师萨维尔金娜

巴赫马乔夫把信折起来，在上面用红笔写道：

“可用做圣诞节小说。”

大地宝藏

人们为自己的日常生活中有谎言的存在而感到骄傲。

诗人和剧作家们为谎言的黑色势力摇旗呐喊。

“对我们而言，高尚的谎言比卑微真理的蒙昧更珍贵。”一个假托自己是法国使馆随员的推销员正是这样的想法。

然而，无论谎言多么伟大，多么巧妙，多么聪明，就其实质而言，它永远都不会超出人们日常行为的范围，因为，它同所有这类事情一样，出必有因，也必有其目的。这里又有什么非同寻常之处呢?

让人说假话的心理是个谜，它令人惊讶，也更有兴味。

假话与谎言并非一回事，很多门外汉在说假话的时候常会把二者混为一谈。它们的区别在于，假话可以既无原因，又无目的，在大多数情况下给它的缔造者带来的只有痛苦和耻辱——总之，完全没有任何好处。

谎言之父被认为是魔鬼。而假话来自哪里，谁是它的老爹，则无人知晓。

真正的、典型的假话全无条理可言，无论你怎样研究，都不会充分了解到，它源自何处，源自何人。

5岁左右的小姑娘会说假话，12岁的军校生也会说假话，上年纪的女士会说假话，五品文官也会说假话，而且这些假话无一例外，都既无原因，也无目的，而且毫无意义。但是无论这假话他们说得多么不成功，在说假话的过程中，他们脸上的表情永远异常兴奋、热情洋溢，这一点是可以肯定的。

我对假话感兴趣，因为对我而言，它神秘而不可破解。实际上这辈子我只说过一次假话，而且一败涂地。

那年我11岁，在一所女子中学上学。有一次，我的俄国语文老师显然是想了解他的学生们是否能以叙述的形式连贯陈述自己的思想，问道：

“你们谁能讲述一下自己幼年时期一次冒险的经历？”

谁也不敢回答。

于是老师点了一个女学生，她羞愧良久，才眼含热泪喃喃道，她小时候只有一次冒险经历，就是吃了他哥哥的颜料。

老师很不满意：

“你这算什么冒险！更主要的是，你这算什么故事！难道能这样讲述一件事吗？难道我们全班就没有一个人能想起来一件自己童年冒险的事，并且把它讲述出来？”

彼时彼刻，假话的伟大精神突然光顾于我。我自己还没意识到自己在做什么，人就已经站到老师面前，用诚实的眼睛直视他的脸，说道：

“我能讲。”

老师特别开心，表扬了我半天并且号召所有人向我学习。

“好，那现在我们就来听听。”

于是我开始讲述。据我忆得，这个故事是这样的：

“我 2 岁的时候，有一天夜里醒来，看见一片奇怪的红光。我迅速穿上衣服……”

“您那个时候只有 2 岁，就会自己穿衣服了？”老师对这个天才儿童的心灵手巧大感惊讶。

“我睡觉的时候总是穿着些衣服的。”我热心地解释了，然后接着说，“迅速穿好衣服后，我跑到了院子里。旁边几栋房子着火了，燃烧的圆木在空中飞舞……”

“什么？”教师说。

我感觉到，他显然觉得还不够。

“……在空中飞舞。我突然看到一个男人躺在一堆碎石中。他就躺在那里，四周是熊熊大火。于是，我把他背到肩上，拖到了旁边的树林里。那个男人就毫无知觉地躺在那里，我又回到大火旁。”

“什么？”老师又说。

“我又回来了，然后那里一根大圆木砸到了我头上，我昏迷过去了。完了，别的都不记得了。”

我在讲着自己的故事的时候，全身热血沸腾，前所未有地激动万分，坐在窗边的第二张椅子上，好半天都没办法回神儿。

周围所有人都窘在那里。老师也是。他是个好人，他甚至不好意思揭穿我。他把头埋在考勤簿里，叹着气，开始留已经留过的下次课的作业。

只有我一个人自我感觉良好。我很开心，感到温暖，主要是觉得在这个糟糕的事件里只有我一个人是无辜的。

直到第二天，从朋友们对我的态度上我才明白，我这事儿办得不成功。我极端沮丧，心情也十分暗淡，那种说假话的美好激情也永远离我而去了。

当你跟一些不认识的人在轮船上、火车上，或者宾馆里吃包饭的席间闲聊时，你会想，现在就编点儿更有意思的事儿。不行！我的翅膀已经被折断了。我只能听别人信口胡诌，只能欣赏、嫉妒，自己却做不来。瞧，第一次的失败给心灵带来多大的折磨！

小姑娘们非常会说假话。

一个 5 岁的小姑娘告诉我，她知道有一条狗，“那么雪白的，那么不幸”——四条腿都断了。

每次这条狗从小女孩身边跑过的时候，她都会由于怜悯而掉眼泪。真是一条可怜的狗！

“如果狗一条腿都没有，那它怎么跑呢?”我惊讶地问。

小姑娘想都不想立刻说：

“它拄着棍儿跑。”

她的眼睛望着你，诚实、坦率，嘴角由于对狗的怜悯而微微颤抖。

还有一位善良的外省女士也引起我深深的嫉妒之心。她的假话堪称大公无私、奋不顾身，充满狂烈真诚的热情，而且，想来她自己也从中获得极大的享受。

“我住在哈尔科夫的时候，我家客厅里有几面巨大的镜子，比天花板还高得多!”她这样说着，突然问道，“您认为，我小客厅里的这些家具值多少钱?”

“200 卢布左右…… 我不知道。”

“15 卢布!”她一个音节一个音节地说。

“这不可能! 两个沙发，四个圈椅，还有三把椅子!”

“15 卢布!”

她的眼里闪烁着热烈的光芒，整个脸上都是狂喜的表情。

“15 卢布。不过这把椅子，”她指着三把椅子中的一把说，“就值 35 卢布。”

“这是为什么? 它好像跟别的椅子也没什么不同啊。”

“您瞧瞧! 外表看是一样的，就是值 35 卢布。这把椅子座里面的弹簧是纯白铜做的。这些弹簧非常不舒服，根本没法坐上去。坐一下就疼得无法忍受，如临地狱。”

“那要它干什么，还这么贵?”

“您瞧瞧!”

她甚至全身汗湿，呼吸困难。我却想:“她为了什么这么起劲儿呢? 要达到什么目的呢? 要是她想炫耀这把贵重的椅子，想让我嫉妒，想说，她很富有，那又有什么必要瞎编说，全部家具只有 15 卢布? 这明显不符合自夸或者自我炫耀的目的。这究竟是怎么回事呢? 这股活水的源头在哪里呢?”

我还遇到过完全另一种性质的假话: 沮丧、郁闷的假话。他的创造者是一位老成持重的退役上校，他说这种假话的数量非常之多。

他的脸与所有假话专家的面孔并无不同，都让人感觉到绝对地真诚。

“这是一个多么狂热的真理拥戴者!”我望着他向外凸起的眼睛和大大张开的鼻孔，这样想着。

他的假话是这样说的：

“如果鸡蛋和糖放在一起搅拌，就会变得特别酸，因为会产生柠檬酸！这是我的一位同事 1886 年尝到的。”

或者：

“鲟鱼的鱼子特别多。1901 年的时候在伏尔加河要是捞上一条一磅重的小鲟鱼，用刀剖开可以得到 10 磅左右的新鲜鱼子。这可不是玩笑!”

又或者：

“我还是个小孩子的时候就认识这位泽里姆汗，他要是到我们家里来，能把整个房子洗劫一空，就是一个 6 岁的小男孩而已。1875 年的时候我奚落过他好几次。我说，‘你将来得成什么样子啊!’可是他怎么都不听话。”

他讲这些话的时候表现出无可救药的沮丧，让人觉得讲话人极端失望，对自己说的话一个字也不信，但又没有办法停下来。就像他不假思索签了一个不知所云的合同，现在无力退出，只好执行。

如果有人揭穿这个倒霉蛋，他就会红了脸，一句话不说，一脸谴责地看着你，仿佛在说：“你为什么要折磨我？为什么伤害我？难道是我的错吗?”

你就会觉得羞愧。

我可从未嫉妒他。他的工作很艰难，也没意思。但还是这个问题：这种假话从何而来？因何而起？为谁而讲？

而且这种花大力气炮制出来的目的不明的能量会毫无意义地消失，这让人非常不愉快。

但是我相信，这种状况不会持续很久。显然，会有某位天才对这种能量进行透彻研究，会在需要之处运用适当的仪器，然后开始利用这种伟大的假话的能量造福人类，为人类增光。

这位令人尊敬的上校会占有一席之地，而且，有可能十几个磨盘、水轮机和风磨的转动所产生的能量，才能相当于他说假话产生的能量。

房子和家具，小姑娘和狗，说他们班有个彼得罗夫身体轻盈，可以在空中停住两个小时的中学生，以及成千上万的无名劳动者，他们会找到支撑他们的力量的应用方法。

谁知道呢！也许再过 10 年、20 年，我们不需要再使用昂贵的电能，照明、取暖、交通都将借助一种简单的假话能量——这是大地的秘密宝藏。

啊，还有多少宝贵的财富就在我们身边唾手可得，而我们却不会掌控它们！

代替政治

献给康斯坦丁·埃尔别格

大家都坐下来吃午饭。

一家之主是一位退役大尉，小胡子卷缠着，感觉湿淋淋的，圆圆的眼睛里闪着惊讶的目光，环顾四周时，就像刚被从水里拉出来，还惊魂未定。

不过，这正是他日常的样子，家里人对此毫不在意。

他用惊讶的目光无言地看了一眼妻子、女儿和在他家租住了一个房间并且包伙的房客，把餐巾塞进领子里，问道：

“别奇卡呢？”

“鬼知道又在哪儿疯呢，”妻子答道，“上学的时候挥着棒子都赶不去，回家的时候又拿着面包都招不回来。跟男孩子们在哪里淘气呢。”

房客笑了一下，插话道：

“很显然，全都是政治。外边有各种各样的集会。大人们去哪儿，他们也往哪儿去。”

“哎，不是的，我亲爱的，”大尉鼓着眼睛看了他一眼，说，“这件事儿，感谢上帝，早就过去了。不许再提起，不许传任何闲话。已经过去了。现在该干实事儿，而不是耍嘴皮子。当然，我现在退役了，但我也没有无所事事。我现在正想着发明点儿什么东西，申请个专利，然后出售到俄国之外的某个国家。这是俄罗斯的耻辱。”

“那么，请问，您想发明些什么呢？”

“现在可能还不确定。但肯定要发明点什么。上帝啊，还有多少东西没被发明出来呢！比如说，发明某种机器，让它每天早上在需要的时刻叫醒我。晚上上个弦，它自己早上就能叫。啊？”

“爸爸，”女儿说，“这不就是闹钟吗？”

大尉吃了一惊，不说话了。

“是啊，其实您说得对，”房客很策略地说，“我们大家都不想再议论纷纷了。现在你会感觉到，思想在休息。”

这时，一个双颊绯红的三年级学生飞奔进了房间，一边跑一边在母亲的脸上亲了一下，大声喊道：

“你们说，为什么说高——中，不说低——中？”

“上帝保佑！疯了！你跑哪儿去了？为什么吃饭都迟到？瞧瞧，汤都凉了。”

“不想喝汤。为什么不说低——中？”

“把盘子拿来，我给你来点儿肉饼。”

“为什么叫肉——饼，不叫肉——球？”中学生递上盘子，煞有介事地问道。

“看起来，他今天一定是被暴打了一顿。”父亲说。

“为什么说暴——打，不说柔——打？”中学生往嘴里丢了一块面包，含混不清地嘟囔道。

“你们看见傻瓜什么样了吧?!”惊奇不已的大尉气愤道。

“为什么说浅色——头发，而不说浅色——脑袋?”中学生一边递过盘子要第二份儿，一边问道。

“什——么? 别让你父亲母亲为你害臊了! ……”

“别佳，等等!”姐姐突然大喊一声，“你说，为什么门是m－en而不是m－ei? 啊?”

中学生想了一会儿，窜到姐姐眼前，回答道：

“那为什么说裤——腿，而不说衣——胳膊?”

房客嘿嘿笑了起来：

“衣——胳膊…… 伊万·斯捷潘内奇，您不觉得这很有趣吗? 衣——胳膊!”

大尉彻底惊慌失措了。

“索涅奇卡!”他可怜巴巴地对妻子说，“把这个…… 别奇卡从桌子旁赶走! 求求你了，为了我。”

“你这是怎么了，自己不能赶吗? 别佳，听见了吗? 你爸让你赶紧走开，回自己房间去! 你不用吃甜品了!”

中学生非常气愤：

“我也没做什么坏事儿呀…… 我们全班都这么说话…… 为什么让我一个人替所有人挨骂? ……”

“还没什么，没什么! 我说了，赶紧走! 不懂得用餐的规矩，就回自己房间待着去!”

中学生站起来，抻了抻上衣，把头一直垂到肩膀上，向门口走去。正遇上女仆端着一盘杏仁冻进来，他抽泣了一声，一边吞着眼泪，一边说：

“这很卑鄙——这么对待亲人…… 我没错…… 为什么是没——错，不是没——对?”

大家一时都没有说话。然后女儿说道：

“我能回答，为什么我没——错，不说我没——对。”

“天呢，快住嘴吧，你!”母亲冲着她挥了挥手，“上帝保佑，你已经不是小孩子了……”

大尉不说话，只是眉头在动，一副惊讶的样子，小声嘀咕着什么。

“哈哈！这可真妙。”房客欢呼道，“我也想出来了：为什么说爱得死去——活来，不说爱得活来——死去。啊！这是因为在法语中先这么说。我几种语言都懂一点儿，或者说，每个上流社会人士该懂的那几种语言我都懂点儿。当然，我也不是什么语言学专家……”

“哈哈!”女儿又大笑道，“那为什么姓杜伯罗文①，而不是杜叔罗武?”

母亲忽然开始沉思。她的脸色变得凝重认真，好像在谛听着什么：

“等等，萨申卡！稍等一小会儿。这个…… 哎呀又忘了……”

她看着天花板，眨巴着眼睛：

“对了！为什么杯子…… 噢，不是…… 为什么魔鬼…… 噢，

① 杜伯罗文（Дубровин А. И.，1855—1918），医生，俄国人民联盟成员。

不，不是这样的！……”

大尉惊恐地盯着她看：

“你在胡说些什么？”

“等等，等等！别打断我。对了！为什么说起草，不说起花？”

“哎呀天呢，妈妈！妈妈！哈哈哈！那为什么叫‘爸——爸’，而不是……”

“滚出去，亚历山德拉！闭嘴！”大尉大声斥道，从桌子后面跳了出来。

房客久久无法入睡。他翻过来掉过去地想，他明天要问什么问题。小姐让女仆给他送来两张字条。一张是 9 点钟送来的：“为什么说拥——抱，而不说拥——搂？”第二张是 11 点钟送来的：“为什么说刮——风，而不说刮——雨？”

这两个问题他都能答个差不多，现在痛苦的是，明天他能提个什么问题来满足小姐。

“为什么…… 为什么……”他半睡半醒间低声咕哝着。

突然，有人小声敲门。没有人应答，又敲了几下。房客裹上床单，爬了起来。

“唉呀呀！小淘气！”他低低地笑着，打开门，然后突然向后跳了一大步。

出现在他面前的，是衣着整齐、手里拿着一根蜡烛的大尉。

他那总是一副惊讶表情的脸孔苍白着，他所不习惯的紧张的思绪将他圆圆的眉毛挑了起来。

“抱歉，”他说，“我不会多打扰您，就一会儿…… 我想出来一个……”

“什么？什么？发明？真的吗？”

“我想出来：为什么叫墨水，而不是墨河墨海什么的。不对，不是这个…… 我本来有个更好的…… 对了，抱歉…… 我可能打扰您了…… 我睡不着，看到您这儿还亮着灯……”

他扭曲地笑了一下，双足并拢敬了个礼，迅速走远了。

心

安娜·安德列耶夫娜有一只劳苦功高的老狗。尽管劳苦功高，样貌却实在可憎。

安娜·安德列耶夫娜经常埋怨它，总是叫它“该死的狗”：

“因为你这条该死的狗我就得待在克拉马。为了我的工作我搬到巴黎更方便，可现在呢，愿意不愿意都不敢动地方，因为这里有个小花园，狗需要花园…… 你们可听过这种事？它还不是什么名贵的品种呢，简直就是废物，看着就恶心……”

狗感觉到是在说它，摇着尾巴，看着女主人的眼睛。

“而且，可能大家都奇怪，为什么我要养它。吃得一点儿不比那种最名贵的小猎犬或者什么……名犬少。可是那些狗，就是一只狗崽也值六千。走到大街上，所有人都回头看它，恭维它的女主人。可是我们这个，带着它上街，遇到的所有人脸上都写着厌恶。要是别人也在遛狗，人家就赶紧把狗拉回来，生怕我这只丑八怪上去闻自己的狗…… 怎么着呢，我不生气。也许我自己都已经厌倦了它，但又能把它弄哪儿去呢？…… 上哪儿去找一个喜欢它的人呢？……你滚开！还摇什么尾巴……”

但是该死的狗并没有滚开。它伸出由于衰老像涂了白垩般的舌头，心满意足地呜呜叫着。

“你有什么可高兴的？人家骂你，你还一点儿都不在意。”

拉警报的日子到来了，“我们的日子”。

“我把这条该死的狗弄到哪儿去呢？”安娜·安德列耶夫娜摇着头，“防空洞都不让它进……”

安娜·安德列耶夫娜的一个朋友给她搞到了一个防护面具。她立刻就说清楚：

“这是什么意思？你们是不是以为我会给自己套上这个面具……我戴着面具平平安安地活着，而这条该死的狗就在我旁边断气？您发疯了吗？不，我的亲人们，要死就一起死吧。你们怎么会以为我能做出这种不入流的事儿，你们这么想真是太无耻了…… 拿着你们的面具走人……”

夜。巴黎未曾见过这样的夜晚：漆黑中透出几道深蓝，空洞，寂静。

安娜·安德列耶夫娜在睡觉。那只该死的狗蜷缩在她的脚旁，打着呼噜。

可能安娜·安德列耶夫娜正在做梦，梦见在一个遥远的国度，一个黑暗的房间里，一个长着胡子的老太婆，正抚摸着一只瞎了眼睛的狗，小声对它说着话，不让任何人听见：

“米奇！米奇！你是一只善良、忠诚、勤恳的狗。你这一辈子都在帮我拖着小车送牛奶……‘他’又做了些什么？‘他’对我们做了什么？嘘！别叫！我不会把你让出的。我不会把你交出去的。不会！‘他’不会把你做成香肠的。米奇…… 忠诚的小狗，米奇，不要哭……”

动物园里的野兽真可怜。几只幼虎被打死了。但现在正在打仗，连“俘虏都不收”，成千上万的人被打死，伤者更多，载着孩子和伤员的车队被狂轰滥炸…… 这个时候为野兽伤心不是太愚蠢了吗？

的确。当然，太愚蠢了。但是人心自有自己的理性。人心是一个容量很大的器皿，可以装得下各种爱和各种怜悯。我们这颗美好的、该死的心……

警报响起时从六楼走下一位年轻的女士。她双手抱着一个很大的盒子。

有时她在匆忙中忘记带盒子下来，就会跑上去拿。从来不会没带着盒子自己下到地下室。

这让很多人非常好奇：那里装着什么？书信？珠宝？最终，有个人下了决心问道：

“您就这么害怕把您的珠宝留在房子里吗？”

“什么珠宝？”

“就这个，装在这个盒子里的。”

女士挥了挥手：

“这哪是什么珠宝呀！简直是灾难。我向儿子承诺了，这是他的乌龟。我向他保证，下地下室的时候一定带着他的乌龟。我没办法不遵守诺言。我儿子上军校，8 岁了，他应该相信一个正派人的承诺。所以我就抱着它爬上爬下。你们快看看这个美人吧。”

她打开了盒子。一只胖胖的乌龟微微探出来……不知是爪子还是舌头。小小的、黑黑的东西。伸出来一下就马上藏起来了。这都不值一提。值得一提的是：乌龟肚子上横绑着一个三色的带子。白条、蓝条、红条。国旗。我们恭敬地盖上盒盖。这是传统，是对诺言的信任，是爱和忠诚。

大家都说，旧世界在崩塌。蛮力、暴力、虚伪、谎言、背叛和仇恨会扼杀鲜活的生命。

但是，在这个不幸的世界上还有这个上帝之盒，其中珍存着人类最宝贵的财富，这是我们心灵坚不可摧的传统——是对诺言的信任，是爱和忠诚。

这很有趣。有点孩子气。但毕竟。

但毕竟信仰不灭。

Eppur simuove①。

① 意大利语，但毕竟信仰不灭。

残酷的春天

有轨电车已经在身后鸣起喇叭，离车站还很远。

他们跑了起来。吉诺奇卡傻里傻气地抓住索科洛夫的手，捯着女人的小碎步跟着他跑，一边不时推着他的胳膊一边笑。

本来是四月凉爽的天气，天空晴碧，刮着风，突然间漫天撒下巨大的雨珠，阳光下如欢快的水晶，闪闪发光。就像是谁从天上抛下大把大把的珠串。

这场雨只下了几秒钟的时间，在他们跳上已经开动的电车之前，雨就停了。仿佛一声令下，一群麻雀立时喳喳大叫起来。它们急促、认真的吵闹声甚至压过了电车行驶的噪音。

他们站在车厢里。索科洛夫抓着扶栏，把吉诺奇卡环在自己的手臂中，低头俯视着她的脸庞。

她抬头看着他，眯起的一双半月般的眼睛温柔明亮，满含笑意。

皮夹克的翻领和手里那束人造紫罗兰花束上，还有雨滴熠熠生辉。

“麻雀，麻雀叫得多么霸道！听到了吗?!”吉诺奇卡佯装生气调侃道。

“这才是春天!”索科洛夫快活地回应，“我心里也有麻雀叫喳喳。”

“您的眼睛像淘气的小男孩儿一样。”吉诺奇卡说，她的半月眼睛更加温柔，更调皮。

她身上散发着女性的暖香，一直扑到索科洛夫的脸上。这种他并不熟悉的时髦的香水使此时此刻成为他自己尚不清晰的传奇。在香水冷淡清爽的香气中，某种全新的春天启示录飞进他的心灵。

“吉诺奇卡，”索科洛夫说，让自己微微沉醉于这美妙的时光，“今天我可不可以做您一天的恋人？”

“您吗？”吉诺奇卡微笑着答道，“当然可以。不然的话就不够礼貌了。不过要有限度哦。”

“能到哪个，哪个限度呢，吉诺奇卡？”

“到甜言蜜语，到麻雀叽喳，到这一抹新绿。我知道，没什么可嘱咐您的，您很周到，您什么都明白。因为我是有夫之妇，而且非常爱自己的丈夫。现在就是去赴他的约会。就在这里，”她扬起自己的小包抖了抖，“还有他从刚果寄来的信。我只是匆匆浏览了一下，看有没有什么不好的事。您明白，还没有好好读完的信，这是多大的一笔财富，多大的宝藏！”

她半开玩笑半认真地说着。

“幸福就在信封里！在这个沉甸甸的、啪啪响的、像薄饼一样的、几乎未被触碰过的信封里！所以我打扮得漂漂亮亮的，喷了香水，坐车去森林里赴约，读信。等到了那里，亲爱的朋友，我就会把您赶走。读信的时候不能有别人在场。”

“好的，”索科洛夫热情洋溢地说，“我都同意。我有这样美妙的一刻就足够了：您的眼睛，您的香水，山坡后的青碧。蔚蓝的远方清晰可见…… 电车带着我们向蔚蓝的远方飞驰。您瞧，有个老太太站在阳台上从外面擦窗子。她也不怕摔下来。您看，她向后面倾斜着，头映衬在碧空里。难道远方的蔚蓝也让她沉醉？”

车行了差不多一刻钟。从电车上下来，立时被一片暖洋洋的寂静包围。他们离开电车轨道，沿着林边铺得很糟糕的窄窄的小路往前走。

左边高耸着光秃秃的树干，一直绵延到远方，而且越来越密。像巨大的竖琴的琴弦。一片紫色中夹杂着星星点点的新绿，融会成后景中朦胧的丁香底色。

一片寂静中，从斟满春天汁液的水塘处传来乌鸦呱呱的叫声。

右边，开始泛绿的田野一直延伸到天际。在接近地平线的地方，隆起一个山冈，山冈上方温暖的雾气缭绕，透明、黏稠，像一杯茶中一块正在溶化的方糖。

云雀在田野上空啼啭。有好几只。在这清脆婉转、彼此呼应的鸟鸣中，可以感受到简单明朗的欢乐，以及明媚的忧伤。

这平坦的春天旷野在索科洛夫心中激起孩童般无忧无虑的欢喜。他想拉起吉诺奇卡的手，跟她跳着马祖卡舞步滑过田野，脚不沾地，一起驰向隐入青碧的山脚。

而他也确实抓起了她的手，轻轻哼起马祖卡舞曲，摇晃着那只手臂，随之荡起来的小手包上的锁扣熠熠生辉。

他们走过一座孤零零的小房子，院子里有一堆粪肥，院墙是砖砌的，低低矮矮，已经快塌了。一群公鸡煞有介事地用爪子在粪堆里刨来刨去，一边还“咯——咯——咯”地叫着，一幅乡村明媚纯朴的画面。

他们沿着窄窄的小径向左转，走进了树林。空气中闻到腐叶的气息，还有融雪和郁金香散发出来的春天臭氧的气味。

吉诺奇卡把自己全部的重量都倚靠在索科洛夫的手臂上，抬起头，闭上眼睛，贪婪地呼吸着空气：

“您能感觉到吗？这里空气的味道！是发芽的气息。是春天的力量。瞧，它还停了一会儿，飘来一阵轻烟，树上的。您听到了吗？”

“啊，听到了，听到了。”索科洛夫喃喃道，也吸着鼻子闻着，“如此清甜的烟雾，仿佛来自久远的过去，直让人落泪。你会觉得，好像有什么东西随着这轻烟回来了，那种久已遗忘的、幸福的感觉！吉诺奇卡，您真可爱。您就像是全部意义上的春天。”

“当然，我是可爱的，”吉诺奇卡微笑着，“今天我就是您的春天。”

小径拐弯的地方，一条长满山杨幼林的小沟上，横着一棵被砍倒的树。吉诺奇卡坐了上去。索科洛夫在她旁边躺下。他享受地吸了一口雪茄。

“好吧，我亲爱的朋友，”吉诺奇卡说，“吸完这支雪茄，亲吻一下我的手，然后就消失吧，我要一个人在这里读信。”

她打开小包，向里面看了看，拿出一个小小的扑粉盒和小镜子，然后就开始搽粉。

索科洛夫突然发现，吉诺奇卡的裙脚上挂了一个小树枝，他坐了起来，给吉诺奇卡指点着膝盖上方大腿的地方。

索科洛夫看着这条紧绷在暗色柔软丝袜里的腿，苗条纤细到不像真实的腿，有一种想去触碰它的疯狂愿望。仿佛不受自己意志控制，他从圆木上滑到地面，忘形地将嘴唇贴到了丝袜上。鲜红色的痉挛一闪而过——一秒钟。

“亲爱的朋友，您看看您自己的样子。”他听到吉诺奇卡忍着笑意的平静声音。

他抬起头，从吉诺奇卡举到他面前的镜子里看到了自己。

刮得光光的皮肤松弛的一张老脸…… 紫色的薄唇，失去光泽的眼睛里闪着浑浊猥琐的光…… 而最主要的，是脸上这副令人恶心的表情：老态毕现、垂涎欲滴、颤颤巍巍的…… 欲望。

只是一秒钟的时间。一记大刀落在头上。

索科洛夫站起身来，向远处走去…… 远离吉诺奇卡…… 走到开阔的地方。

他机械地迈着步，仿佛腿脚不是自己的。心里迟钝而迷茫，就像牙疼，挥之不去的绝望一跳一跳地疼。

春天消失无踪了。没有了颜色，也没有了气息。只剩下机械——原子的运动。漠不相关的、对人而言毫无意义的运动。

吉诺奇卡也不知所终了。从不曾出现过。

膝盖弯曲带来剧痛。耳边响起不知从何处飘来的士兵之歌中的几句：

> 老人看了一眼镜子。
>
> 立时如遭雷击……

离电车站还很远。想躺到灌木丛上，就在那里死去。

春天的节日

黄灿灿的春阳明亮温暖。小河用自己所有的细流和鳞波捕捉着它快活的光芒，又把这些光向四处播洒。

今天过节，连河水都换了新颜。

昨天也有金黄的太阳，同样发着光和热，河水同样播洒着阳光波光粼粼，但是昨天河岸上是静悄悄的，水面上漂着几只木筏和驳船，一些灰影和黑影互相对骂。

“汪——汪——汪！”声音一直传到岸上。

今天既没有木筏，也没有灰色的影子。

今天整个河岸仿佛开满了粉红色、天蓝色和各种色彩的花，那是正在散步的住在别墅里的女人们的裙子。

滨河餐厅彩旗招展，罗马尼亚乐队的乐曲慵懒地呻吟着。烤鸡的味道一直飘到河对岸。

河中心水平如镜，而河的四边却泛起一圈一圈的涟漪。这是因为，走近河边的人，无论是 4 岁的稚童还是 25 岁的青年，没有一个人不往河里扔小石子或者碎瓦片的。

毕竟自然是属于人的自然。

在罗马尼亚乐队懒懒的乐声中传来嘶哑难听的声音。越来越高。这是小船上快乐的一群人拉着手风琴在唱歌。

“他喊着：‘亲爱的小葡萄干儿，

我多么想念你呀——’”

小船上一个醉醺醺的声音嘎嘎叫着。

小船被不均匀的冲力推动着，摇晃着，向一侧倾斜着，飞快地行进。

河岸周遭有片刻沉寂下来。那些粉红、天蓝和五彩的圆点儿仿佛凝住了。大家都在盯着小船看，看它是马上就沉还是要等一会儿沉。

没有，拐弯了，那就是说等一会儿。不过，早晚会沉的，有什么区别呢？这只不沉也会有别的船沉。不沉是不行的，这是统计数据的要求：在春天的节日里这条河里每年淹死 10—30 个人。

规律就是如此。不可逾越。

高等女校学生利娅列奇卡和大学生科斯佳·巴格列措夫上了一条船。

利娅列奇卡撩起裙子，抓住了舵绳，眯起眼睛望着太阳。

她感觉自己如此漂亮、神秘，身上有美人鱼般的气质，跟坐在船舵上的每个小姐都不一样，要比她们更加冰冷而魅惑。

大学生科斯佳爱她。她折磨他并且用美人鱼式的笑声哈哈大笑。她穿着一件灰色的新上衣，配着黑色的束带。早上她还为束带的事犹豫，现在她毫不怀疑，这是最好的选择，而整个世界都是属于她的。

她身旁的袋子里装了 4 个奶酪三明治和一块巧克力。

大学生科斯佳脱掉制服上衣，躺在了船桨上。

两个人都不说话。

“为什么他不看我，也不惊讶，我是多么特别。”利娅列奇卡不安地想。

科斯佳在仔细打量着自己的肩膀：“瞧，我这肌肉多棒。”

又是长久的沉默。

然后科斯佳坐起来，意味深长地微笑着，解释说自己出了一身汗。

“想吃东西吗?”利娅列奇卡冷淡地问。

“您呢?”

“我不想吃。”

其实她非常想吃，却不知为何拒绝了。科斯佳很惊讶，但还是把 4 个三明治都吃完了。“真粗俗。”利娅列奇卡嫌恶地想。

“您想吃巧克力吗?”

“难道您连巧克力也不想吃吗?”科斯佳又惊讶了一回。

她非常想吃，但是还在因为三明治的事情而气愤，就把一整块巧克力都递了过去，心里充满对科斯佳冰冷、尖锐的愤恨。

而科斯佳非常惊讶，用双手捧着喝饱了水，重新开始摇桨。

“我一直在等待，

“而宁（您），宁（您）却没有赖（来）——”

河面上传来罗马尼亚歌手喉音很重的歌声。

“我们划得近一点儿，免费听音乐。”科斯佳欢快地说。

利娅列奇卡刚刚也是这样想的，可是现在，他这么说，她就觉得，他怎么会有这么无耻的想法？

科斯佳吸了吸鼻子：

“这么香的味道！是吧？”

他又说出了她心里的想法，由于厌恶，她全身都哆嗦起来。

“我想回家。”

“回家？我就知道您怕水。”

利娅列奇卡由于沮丧、愤慨和憎恨张大了嘴，像鱼一样，不知道说什么好。

“而宁（您），宁（您）却没有赖（来）。”罗马尼亚人嘶吼着。

他们驶近露台边。一位女士看了他们一眼，她帽子上毛茸茸的羽毛悄无声息地摇晃着，滑过苍白的脸上帽子花边的阴影，一对黑色的眉毛十分醒目。她笑了一下，转过身，说了句什么，一个年轻的水手倾身过来。

利娅列奇卡咬紧了牙关。就在此时此刻，她明白了：科斯佳是个傻瓜，巧克力被吃完了，而她不能再这样生活下去了。

“我跟您说，我想回家，”她压低声音恶狠狠地说，“我跟您说，我想回家。或者您，巴格列措夫先生，如此愚蠢，到现在还不明白，我恨您。”

“看，河里小船上那对儿多可爱，”面色苍白的女士对水手说，

“他的手臂多强壮。”

“不过如此，”水手嘟囔道，“想喝咖啡吗？”

“不。他伸展开肩膀的时候特别漂亮。”

“我问你喝不喝咖啡。”

“真不明白，你发什么脾气？我喜欢，是因为他们俩船划得那么漂亮…… 年轻，快乐，明朗……”

“我提过去坐小艇，是你自己不愿意。”

女士转过身来对着他。她的双唇变得苍白，双眼圆睁，黄色的眼珠边缘是黑色的：

“不想要，不想要，我什么都不想要。最不想要的，就是你。”

“甜蜜的惊喜……”罗马尼亚人应观众要求又懒洋洋地唱着。

“在青涩的怀抱里。”河中间有人声嘶力竭地吼着。

美妙的春天

卢阿维耶医生的疗养院里用炸鸡和火腿馅饼来庆祝这个美好的节日。

早餐后，病人们打扮得漂漂亮亮，开始等待客人们的到来。

傍晚，因为刚刚经历过的情绪激动，也因为吃了客人们悄悄带进来的平时禁止吃的食物，病人们开始歇斯底里。打铃了，怒气冲冲的铃声传遍每一间病室，女护理工们怀里抱着焐得滚热的洋甘菊和热水袋奔忙起来，医生令人心安的低沉声音开始埋怨。

“他们为什么要用爱来折磨我?”五号房里臆想自己患有肝病的西班牙女人用母鸡一般的声音咯咯道，“我要这些花、这些糖有什么用？他们知道我快死了。快帮我叫医生来，让他给我毒药，结束我的痛苦吧。”

十号房里靠吃利息生活的卡柳夫人把一个杯子砸在了自己温顺平和、脑筋却不大好使的护工玛丽身上。没有人来探视她，卡柳夫人，她也不允许丈夫和孩子们出现在她的眼前。她发狂是被西班牙女人的尖叫声刺激的。

实际上她算不上是病人。她住到疗养院来是想躲避家里的混乱。

“不要生气!”玛丽温柔地劝她道，“要做个乖孩子，要喝汤，才能早日康复回家，家里可怜的小丈夫正在思念自己的小妻子，孩子们正哭着要妈妈。”

卡柳夫人想起了自己的丈夫，这个混蛋用她的钱养小讽刺剧里的一个女演员，她也想起了儿子，模仿她的笔迹在支票上签字，还有她的女儿，跟一个大腹便便的银行家私奔了，还对温顺的玛丽拳脚相加。

但是这个晚上最受伤的是不言不语、胆小怕事的俄国护工丽莎。她看护的是一个希腊将军，一个身材魁梧的病人。首先，他吃多了斯特拉斯堡的午餐肉，吃撑了；然后，他又跟妻子吵了起来。妻子把这个午餐肉交给他的时候，对他说，他是一个大傻瓜、伪君子，说他花在治疗上的钱够她去一趟蒙特卡罗的。将军大喊大叫，说他已经快要死了，还要求打吗啡。丽莎极尽可能地安慰他，但他却对她动了拳头：

“您这个老处女！不可救药的老处女，当然，对您来说，您眼睛里的平静重于一切。可我全身有用不完的力气却注定死去!”

为什么他注定要死，他自己也不知道。丽莎也不知道，只是转过身去哭了起来。

她的眼泪对他起到神奇的作用，他立刻开心起来，也不要吗啡了，开始要蓖麻油。

他患有一种特殊的神经衰弱症，一见到别人发生点什么不愉快的事，立刻就忘记忧郁，心情极其愉悦。有一次，看到一个清扫女工从台阶上滑了一跤，扭了脚，他一整天都快活地吹着口哨，甚至打算搞一场家庭戏剧演出。

的确，这个世上什么怪病没有……

夜里丽莎久久没有入睡，她一边叹着气，一边翻着一些旧明信片，明信片上是保加利亚风光，背面写满俄语字母。然后她从墙上摘下一张一个秃顶、大胡子的先生的照片，用询问的目光久久地盯着它。

第二天一早，打理好自己的病人们，她下楼来了。

胖胖的温顺的玛丽急匆匆地喝完自己杯中的咖啡。

“我马上去车站，”她说，“得去取一个袋子。”

丽莎跟着她来到台阶上。

“要不然我跟你跑一趟。”她说，在清新强劲的春风中微微瑟缩着。

“您会感冒的，”玛丽说，“披上件衣服吧。”

“不用，挺好的!”

早来的复活节。

树木在寒冷而明朗的天空中清洗自己刚刚泛出粉红色、充满汁液的纤细枝条。

去年的草干干长长，硬硬的毛刺穿透密实的、泛着有毒一般绿色的草坪。

白云打着卷儿，像极了儿童书里幼稚的插画。一切都是新的，那么不牢固，不知道能不能留住，能不能在真正的春天稳固下来，还是会昙花一现，随着即将离去的冬天而去?

这色彩绚丽的天空，这预示着生机和活力的粉红色花苞，以及她像个年轻人一样不管不顾，只穿一件连衣裙就跑了出来，这一切突然像春天的美酒，径直击中丽莎的心。她黄色的脸庞泛起了红润，嘴角边愁苦的皱纹舒展开来，无精打采耷拉的嘴唇没来由地漾着幸福的微笑。

“我一直就这样的！我没关系的！”她清脆地说道，颇有些豪放地晃了晃头。

玛丽惊讶地看了她一眼。她来疗养院只有一个多月，还很少遇见丽莎。

“是的，你们俄国人是很特别，”她说，“所以大家都对你们着迷。”

丽莎欢快爽朗地笑了起来：

“不错，着迷是着迷，但远不是所有人都会。”

她的语气仿佛有多种含义。实际上就是脱口而出，未经深思熟虑，因为她完全不是指自己。

春天的空气令人沉醉，令人快乐。经过路边堆放的圆木时，丽莎跳到了一根放倒的粗粗的椴树上，伸开双臂保持着平衡，踩着树干跑了过去，然后跳了下来。

“您可真灵巧！”玛丽赞叹道，“就像个小姑娘！”

丽莎转过身去。她的脸红了，几缕头发从头巾中钻了出来。

从旁经过的邮差大喊道：

“再来一个！再来一个！”

丽莎顽皮地看了他一眼。

"啊呀，您可真淘气!"玛丽惊讶地叹道，"我一直以为，您是那么文静，没想到您是个小顽童。大概咱们所有的病人都会疯狂爱上您!"

"哪来的所有人!"丽莎娇俏地微笑着，"远不是所有人呢。邮差！您停一下。您那里有没有丽兹·科尔诺芙小姐的信?"

邮差用亮闪闪的目光瞄了她一眼，小胡子颤了颤，开始在袋子里翻找。

"您瞧他多开心，因为您跟他说话!"玛丽又快活、又激动地小声说。

"科尔诺芙小姐。是吗?"邮差问了一句，递给丽莎一张明信片。

丽莎瞥了一眼明信片上粉红色的兔子，它用爪子抱着一只蓝色的蛋，蛋上有金色的字母写着"X. B."。邮票是保加利亚的，但是信她没戴眼镜没法读。其实这也不重要。重要的是在中断了三个月后，她又收到了祝贺，这说明她并没有被遗忘，而她已经开始认为死去的、永远失去的那一切，还活着，还有希望，还在召唤。

她把明信片塞进前面的衣袋里，快活地笑了起来。抬眼时，看见就在眼前立着一棵幼小的樱桃树，仿佛恣意狂欢般，全身沐浴在一整片白色的花海中。这棵小小的、脆弱的树就这样将如此美丽的欢乐洒向天空，洒向太阳，洒进人的心里。

"是'他'寄来的?"玛丽用眼神示意从口袋里耷拉出来的明信片，问道。

丽莎笑了起来，毫不在意地挥了挥手：

"过去的事了！他不想理解，对我来说自由重于一切。我们曾经在一家医院共事。他是医生。本来他也应该一起来法国的，但他耽搁了，当然，很沮丧。”

“那您呢?”玛丽问道，还没听到答案，脸上就写满了同情。

“我吗，我亲爱的，我爱的是自由。”

于是，她笑得更开心，露出自己长长的、发黄的牙齿，用假声唱起：

“L'amour est un enfant de Bohême

Qui n'ajamais，jamais connu de loi...[①]”

“这是《卡门》里的!”

“您可真是个妙人！您说说，您这位希腊将军，大概也不会对您无动于衷吧?”

丽莎鄙夷地耸了耸肩：

“难道您以为我会注意一个如此卑鄙之人的感情吗?”

“真是一个神奇的女人!”心地善良的玛丽心想，“长得也不漂亮，也不年轻了，却能够让人发疯！唉，男人啊，男人啊，谁能明白，你们想要的到底是什么样的?”

而丽莎则迈着坚定的步伐快步跑开了，她从不知道自己有这样的步伐，笑了起来，惊讶于自己竟然直到今天才发现，原来生活是如此轻松美妙。

回到疗养院后，她们都有些疲惫。清扫女工立刻喊住丽莎：

“赶紧去看看您的将军吧！他正在骂人，谁都拿他没办法。”

丽莎非常想跑回自己房间取眼镜，迫不及待想看一下，那只粉

---

① 法语，大意是：爱情是吉普赛人的孩子，它无法无天。

红色的兔子到底告诉她什么好事。但她没有迟疑，直接去了 9 号房间。房间里散发着霉味儿，烟雾缭绕，那个凶恶的人绷着气鼓鼓的脸，一直在骂她是老处女、癞蛤蟆和寄生虫。

房间里拉着窗帘，帘外的天空死去了。

后来又送进来一个新的女病人，后来教授来了……

丽莎已经不再微笑了。她只是悄悄地碰一碰自己的衣袋，那里放着一张明信片，安静地、甜蜜地躺在那里。现在，整个天空，整个春天的美妙都在这里，在这张小小的、薄薄的纸片上。

只是午饭后，快到傍晚的时候，她才飞快地沿着楼梯跑上自己的房间，关上门，又插上插销，这才心满意足地长出了一口气：

“天呢，终于没事了！”

她戴上眼镜，在软椅上坐好，为的是一会儿可以久久地坐在这里思考……

这亲切熟悉的字体…… 写了这么多！啃！看起来没有这么快就忘了我！

“亲爱的丽莎维塔 · 彼得罗夫娜，”那熟悉的字体写道，“请原谅我沉默了这么久。我有非常重要的原因。请不要对这个新闻感到惊讶：我在垂暮之年竟然结婚，而且是娶了一个年轻姑娘。将来我介绍您同我的妻子认识，您便会理解我并且不会责怪我。因为她是那么美好。她通过我的讲述知道您并且已经爱上了您。

忠实于您的

“尼 · 奥布鲁科夫

“另：她的名字叫柳鲍芙 · 亚历山德罗夫娜。尼 · 奥又及。”

过去预言者

“依据手相术精确数据，预测现在、过去和未来。帮寻失物，提供婚姻不幸和发财致富建议。”接下来是地址，接待时间早 9 点到晚 11 点。

“应该去看看，”我想，“否则的话，岂不是白活，一无所知。我去看看，哪怕了解一下过去呢。”

我找到了那栋楼，向看门人打听。

“这里没有这种人，”他回答说，“以前这里确实住过一个扫院子的，会治牙。嘴里念叨几句，牙就好啦。帮很多人治过呢。现在他住在方坦卡那边儿，具体的门牌号我可不知道，因为这个不归我管。要是您现在打听的是 32 号房，那我倒可以马上告诉您：进院子，左转，6 楼。”

我进了院子，左转，上了 6 层。

楼梯坑洼不平，脏乎乎的。这里无疑成了猫们的天下。它们蹿上跳下，疯狂喵叫，充分行使自己的权利。而那扇能够预知过去的门，包着脏兮兮的油布，一只丑陋的门铃，直接在门上耷拉着。

有人给我开了门后就迅速溜进另一个房间。

“请往这边!”一个伤了风的嗓子低声说。

我谢过他。

房间很小，只有一扇窗户，没有窗帘。一张铁床上铺的不是床单，而是报纸。两把椅子，一张呢面折叠式方牌桌。桌子上方的墙上用大头针别着一张纸，上面画着一个五指张开的手掌。

主人坐在那里，神情忧郁地打量着我。他个子非常矮，牙龈肿得厉害，用黑色的方巾包着，在后脑勺上打的结，像只兔子的耳朵。

“啊，明白!”他突然开口说话，并且努力扯着脸上的包扎微笑了一下。“明白！……您是伊兹纳尔斯卡娅伯爵夫人派来的。”

“不是。”我惊讶地答道。

“这么说，是伊兹多尔斯卡娅公爵夫人了?”

“也不是公爵夫人。”

他对这个回答并不感到惊讶，似乎正等着我这样答。他饶有兴致地听完，仿佛为免受良心的责备，又问道：

“那大概就是伊兹康斯卡娅男爵夫人了，”然后立即骄傲地补了一句，“这些都是我的顾客。还有伊万诺夫上校——您认识伊万诺夫上校吗？他茶匙丢了的时候，也来找我问过。纯银的。打着成色戳子。一开始大家都按成色戳子去找…… 我能为您做什么？问现在、过去还是未来？伸出您的左手。哪只是左手？啊啊，抱歉，是这只。两只手太像了，以至于我们这些专业人士也经常弄混。让我来看看您的手纹。唔…… 不错。正如我所料！您会活到九十……嗯，完全正确，活到九十三岁，因为一场最微不足道的小病而去世…… 因为苯酚中毒。上年纪以后避免吃含有苯酚的东西！”

“谢谢您！”我说，“但是我更感兴趣的是另外的问题……”

“我明白！”他打断我，“给我一点点暗示我就明白了。您担心的是您最近这几天刚丢的东西！”

于是我开始想，最近我丢了什么东西：帽子上的佩针，最新一期《阿波罗》杂志，右手的手套……

“这件东西是您所珍爱且必需的——我根据您食指的纹理看出来的。”

显然，他指的应该是那只手套。它确实是需要的，我为了找它，甚至爬到柜子底下，还碰了额头。

“你一定想知道，这个东西现在何方！”手相术士用充满预言的嗓音继续说。

“是的，非常想！”

“它不会再回到您身边了。但因为它，整个一个家庭会免遭饥饿之苦。这个家庭将会传扬您的名字，尽管不知道您姓甚名谁。”

“不幸的人们！”

“现在我来说一说您的过去。您曾经生过病。”

我没有说话。

“不太严重。”我依然沉默。

“很久以前。还是在童年。”我还是没说话。

“是那种不太严重的病。我说过，是不严重的小病，”他辩解道，“不值一提！也就是头疼脑热的…… 时间也不长。不算什么！也就那么一个来小时。我还得跟您说，您的父母在您的生活中起到某种作用，简而言之，就是父亲和母亲。您的掌纹还告诉我，您个性慷慨。只要您发现有人需要钱，立刻就会给他。”

有一阵我们谁都不说话了。他是疑问的沉默，我是否定的沉默。

然后他想让我难受。他把头高高扬起，颤动着两只兔耳，揶揄地说道：

“您一辈子都不会嫁人的!”

“嗯，这有可能!”

“什么叫‘有可能’！我这是根据您无名指第六关节的纹理看出来的……”

“第六关节跟您说谎了。我早就结婚了。”

他的一对兔耳沮丧地垂了下来。

“我说的就是这个意思。既然您已经嫁人了，您怎么会再嫁一次呢？更何况您的关节并没有提示说您的丈夫已经去世了。他能活到九十二岁，也是因为一件微不足道的小事去世的，您甚至都没有发现。但对您的丈夫来说，火非常危险。他在火中非常容易烧着……”

“谢谢您，我们会小心。”

“总而言之，要提防一切不幸的事——这是我给您的建议。碰伤，残废，传染病，失去眼睛、手、脚和其他肢体，伤亡——这些对您都非常有害。这就是我用手相术对您的双手进行科学研究之后得出的全部结论。一个卢布。”

我付了钱，谢了他，走了出来。他站在楼梯上，一只兔耳朵朝上，仿佛在仔细听着我的脚步，另一只朝下垂着，十分无望。他久久盯着我的背影。

“请代我向扎多尔斯卡娅伯爵夫人问好!”他突然在上面喊道。

“什么?”我仰了头向上看。

“谢谢……男爵夫人的推荐。也谢谢公爵夫人……”

他微微眯起眼睛，傲慢地看着两只花猫，站在自家门口。“您,”他说，“这些动物，您知道您眼前看到的是什么吧?”

“那当然!”我回答。

我知道，既然有别人听着我们说话，就得客气一些。猫们彼此交换了一下眼色。

忘我之爱

献给洛洛

莉利娅·柳丽娜以前是光着脚跳舞的。

她不常跳舞，而且即便跳，也都是穿着鞋。因为柳丽娜的丈夫，悲剧演员金扎洛夫，非常爱吃醋。他有一次直截了当地问：

“今天露胳膊，明天露腿，后天露什么？”

出于对这个悲惨的“后天”的恐惧，柳丽娜即便在跳自己那些该光脚跳的舞蹈时，也穿上了袜子和鞋。

但这还并不是她痛苦的原因。

让她感到痛苦的是另一件事：她喜欢打牌，而她的悲剧演员不喜欢她对打牌的钟情。

她夜夜沉迷牌桌，悲剧演员就天天跟她怄气。

她凌晨回家时，常常遇到丈夫穿戴整齐，脸色苍白，狂躁不安。他整夜没睡。

她那种可耻的狂热令他愤怒。

要让她一次就永远记住，当她在牌桌前吵吵嚷嚷时，他却正一个人苍白憔悴，忧郁绝望，痛苦地微笑着在黑暗的房间里踱来踱去，问窗外熹微的晨光："生存还是死亡？"

莉利娅·柳丽娜因为他备受折磨，整个白天都不好受，一直到傍晚。到了晚上，她长叹一口气，又出去玩儿牌了。

但世上没有不散的筵席。

一天早上六点钟左右，柳丽娜输了个精光后回家。喜剧演员斯特卢金送她。他们走路回来。喜剧演员开玩笑道：

"您输牌的原因，莉利奇卡，是您的丈夫太爱您了。俗话说得好，情场得意，赌场失意。"

莉利娅在离自己家单元口不远的地方停了下来，仿佛惊呆了：

"您看，这是他。是他！"这确实是他，悲剧演员金扎洛夫。

他不知从哪个角落里跳出来，面色苍白，眼睛向外凸起，一下子钻进单元门里。

"这太奇怪了，他竟然没看见我们。"斯特卢金讶然道。

"上帝啊，上帝啊！"莉利娅唉声叹气道，"我看他是因为疯狂瞎了眼吧。看来他是在盯我的梢，想要打死我。我的朋友斯特卢金，您知道吗？我再也不打牌了。我可怜的鲍列奇卡！他发疯了。您觉得他还能好起来吗？"

她走进卧室的时候，是怀着一腔的温柔和悔意的。

金扎洛夫已经脱了衣服，甚至睡着了。但眼睛半睁半闭着。

"装睡，"莉利娅全身冰凉，"等我睡着了，他就会杀了我，就像杀鸡一样。"

她躺下了，一声不吭，十分警觉。

金扎洛夫坐了起来，仔细听了听动静，然后就悄悄起身，踮着脚尖走出了房间。

莉利娅浑身颤抖，也跟着起来了。

“他去拿刀了。上帝啊，上帝啊！我真是玩儿过火了……”

她悄悄地跟上他。

她在书房门口停了下来…… 怎么回事？他在说话？他发疯了，一个人在自言自语。

她把门打开了一道缝。

“小姐，请转 10513。谢谢。”

是打电话。

莉利娅兴奋起来，离得更近些。

“塔玛罗奇卡？是你吗？”金扎洛夫温柔地悄声说，“还没睡吗，宝贝儿？…… 啊，我也是全身发烧。还没从你那蛇一般的温柔中逃离。啊……啊…… 我也是……你能想象吗？我回来的时候跟莉利娅碰了个面对面。没关系……没事儿。她完全沉迷在对自己牌局的回味中，根本没看见我。哎！谁在碰……”

莉利娅站在他背后，目光灼灼，充满威胁。

“原来如此！原来我不在家的时候你就是这么过的?！你背叛我！混蛋!”

莉利娅先是哽咽，突然号啕大哭起来，是发自内心的、痛苦绝望的哭泣。

“我还以为……你，作为一个正直的人，只是想一刀劈了我……可是你……可是你……”

金扎洛夫摸了摸她的头，温存地说：

“亲爱的！你真是个小傻瓜！我这可全是因为爱你呀。我不否认。是的，我背叛了你。但是上帝保佑，我唯一的目的是你能在牌桌上得意。因为我实在太爱你了，为了你好我可以做任何事情。”

莉利娅·柳丽娜再也没有玩过牌。

丈夫的忘我之爱治愈了她对打牌的狂热。

是啊，我的孩子们。能够做出自我牺牲的爱情，一定会获得属于自己的奖赏。

永恒之爱

白天下了一场雨。

花园里十分潮湿。

我们坐在露台上，看远处地平线上圣日耳曼和维罗夫莱的灯火交汇在一起。从我们这里，从我们这森林覆被的高山上看来，远方仿佛一片海洋，而我们辨别着，哪些是堤岸上的灯光，哪些是灯塔之光、轮船上的信号灯。完全是不着边际的幻想。

寂静。

从客厅敞开的门里，从某个非此国带给我们的收音机里，传来《濒死的天鹅》结尾处那如泣如诉又激情澎湃的和弦。

之后又是一片寂静。

我们在昏暗中静静而坐，香烟头上的光点闪闪烁烁，像红色的眼睛。

“我们怎么不说话？跟消化自己午餐的洛克菲勒一样。我们也没定个纪录要活到 100 岁。”昏暗中一个男中音说道。

“洛克菲勒不说话？”

“早餐后沉默半小时，午餐后沉默半小时。40 岁时开始不说话。

现在他已经 93 岁了。他还总是请客人来吃午餐。”

“那客人们怎样?”

“也沉默不语。”

“真是愚不可及!”

“为什么?”

“因为他们有希望。如果是一个穷人突然想起来为了消化而不说话，大家一定都会认为，没必要认识这样的傻子。他请那些客人吃的，一定是某种非常卫生的海鲜餐吧?”

“那是自然。而且每块食物咀嚼不得少于 60 次。”

“无耻之尤!”

“咱们最好讲点有胃口的事儿。彼特罗尼，您给我们讲讲您的某次冒险。”

香烟头闪烁一下，那个在这里被叫作彼特罗尼的人穿着防寒鞋罩，打着跟西服色调一致的领带，漫不经心地懒懒道:

“好吧，恭敬不如从命。讲什么?”

“讲点儿关于永恒之爱的故事吧。”一个女人清脆的声音道，“您曾经遇到过永恒的爱情吗?”

“那是自然。我遇到的都是这样的。全部都是绝对永恒。”

“真的！是这样吗？那您哪怕讲一件也好。”

“一件？这种事太多了，真是很难选择讲哪个。”

“所有的都是永恒的?”

“都是永恒。比如说，我可以讲一个发生在火车上的小小冒险。当然，这是很久之前的事了。不久前发生的事不方便讲。这事发生在史前，我指的是战前。我从哈尔科夫坐火车去莫斯科。旅途漫长寂寞，但我是个善良的人，命运同情我，便在一个小站给我送上来一位非常漂亮的女旅伴。我一看，她十分严肃，一眼都不看我，就一边看书一边啃着糖果。不过最后我们还是聊了起来。这位女士的确非常严肃。几乎第一句话就宣称她深爱着自己的丈夫，是那种永恒之爱，至死不渝，阿门。

“好吧，我想，这是个好兆头。您设想一下，您在热带雨林里碰到一只老虎。正在惊慌失措怀疑自己的猎技和能力之时，那只老虎突然夹起尾巴钻进灌木丛，把眼睛眯了起来。这意味着，它胆儿小了。明白。也就是说，这至死不渝之爱就是那丛灌木，我的女士立刻钻进去躲了起来。

“好吧，既然她害怕，就要做得小心点儿。

“‘是啊，’我说，‘夫人，我相信并且崇拜。您说，如果我们不相信永恒的爱情，我们活着又是为了什么？而且爱情里水性杨花是多么可怕啊！今天跟这个女人搞点浪漫，明天又换了另一个女人，就别说这有多么不道德了，简直就是让人不舒服。

“这得弄出多少麻烦事儿。偶尔您把名字弄混了，那可了不得，她们这些‘爱的对象’个个气量狭小。您要是不小心把玛涅奇卡叫成了索涅奇卡，那就等着倒霉吧。就好像索菲娅这个名字比玛丽娅难听似的。或者您把两个地址弄混了，感谢爱之惊喜的信寄给了两个月没见过面的一个傻女人，而‘新人’收到的信中用矜持的语气说，很遗憾，往事一去不返。总而言之，这太可怕了，当然这些事情我都是听来的，因为我只会去谈一场永恒之爱，而这永恒的爱迄

今尚未遭遇。’

“我的女士听入了迷，甚至张开了嘴。真是可爱啊，这位女士。她完全被折服了，甚至开始说‘咱俩’：‘咱俩都明白，咱俩都相信……’

“那我当然也跟她‘咱俩’了，但用的却是最恭敬的语气，眼睛低垂，声音沉静温柔，总而言之，‘开始上演第六个节目’。

“快到 12 点的时候已经转到第八个节目，我提议明早共进早餐。

“吃早餐时我们已经成了朋友。只有一点尚不尽如人意：她言必谈自己的丈夫，一直‘我的科利亚，我的科利亚’的，而且不管说什么都能绕回来。我当然极尽所能地暗示，他配不上她，但也不敢太明显，怕引起反感，反感对我来说就有些棘手。不过若说到手，她的手我早就吻过了，毫无阻碍，而且想怎么吻、吻几次都没问题。

“快到图拉的时候我突然有了主意：‘哎，亲爱的！咱们赶紧下车，一起等下一列车吧！求您！快点儿！’

“她惊慌失措道：‘那我们在这里要做什么？’

“‘要——做什么？’我声情并茂地大喊道：‘去拜谒托尔斯泰墓啊！是的，是的！这是每个文化人的神圣义务。哎，搬运工！’

“她更惊慌了：‘您说这是……神圣人的文化义务？’

“然后她自己开始从架子上把纸盒箱拖下来。

“我们刚跳下来，列车就开动了。

“‘那科利亚怎么办啊？他肯定已经出发来接我了。’

“‘科利亚嘛，咱们给他发个电报，告诉他您夜车到。’

“‘那万一他……’

“‘理由很充分呀！他还应该感谢您做得漂亮！在普遍缺乏信仰、社会砥柱崩塌的今天，去拜谒这位伟大的老人之墓。’

“我让自己的这位女士在小卖部里坐下，自己出去雇马车。我请搬运工找一个讲究点儿的马车，这样跑起来舒服些。

“搬运工得意地笑道：

“‘明白，一定让您满意。’

“这个滑头，竟然真办成了，我都不禁惊叹了：一架带着铃铛的三套车，就像谢肉节用的那种。这样更好。出发。驶过科兹洛夫林区的时候，我对车夫说：

“‘您最好把铃铛包起来吧？这也太响了，毕竟是去墓地，不太好吧？’

“车夫却毫不在意：

“‘这个嘛，’他说，‘我们这儿没人管。既没有禁令也没有惩罚，谁想怎么去就怎么去。’

“我们看了下墓碑，读了崇拜者们在墓地围墙上留下的题词：

“‘托利亚和穆拉到此一游’，‘来自罗斯托夫的萨什卡一卡纳什卡和阿伯拉莎到此一游’，‘我爱玛丽娅·谢尔盖耶夫娜·阿比诺索娃叶甫盖尼·卢金’，‘M. Д. 和 K. B. 打破库兹马·沃斯特卢辛的狗头’。

“还有各种各样的画：被箭头刺中的心，头上长角的脸，字母组合的花字。总之，是对伟大作家之墓的尊敬之意。

“我们四处走走看看就往回返了。发车时间还早，也不能在车站干坐着，于是就去了一家餐厅。我要了一个单间，解释说：‘咱们有

什么必要抛头露面呢？还有可能遇到熟人，没准儿是些脑子有病的俗人，根本不理解精神的文化需求。’

“我们度过了一段愉快时光。该到去火车站的时候，我的女士说：

“‘这次朝觐给我留下了不可磨灭的印象，我一定会再次回来这里，而且越快越好。’

“‘亲爱的，’我大声道，“正该如此，越早越好。我们就在这里留到明天吧，早上一起去托尔斯泰故居雅斯纳亚·波良纳，从那里再上火车。’

“‘那我丈夫呢？’

“‘丈夫就不用管他了。既然您对他的爱是永恒之爱，怎么做有什么区别？这种感情可是不可战胜的。’

“‘您觉得什么都不用对科利亚说吗？’

“‘科利亚？当然了，我们什么都不告诉科利亚。干吗要打扰他？’”

讲故事的人有片刻沉默。

“那接下来呢？”那个女人的声音问。

讲故事的人长叹了一口气：

“我们接连三天去了托尔斯泰墓。然后我自己去邮局给自己发了一封加急电报：‘弗拉基米尔，马上回来。’落款是：‘妻子’。”

“她相信了？”

“相信了。非常生气。但是我说：‘亲爱的，谁能比我们更懂得永恒的爱情？我妻子对我的爱也是永恒之爱。咱们要尊重她的感情。’讲完了。”

“该睡觉了，先生们。”有人说。

“不，谁再讲点什么吧？Γ夫人，也许您知道些什么？”

“我？关于永恒之爱？我知道个小故事。非常短。我家农场里有一只鸽子，我让我的仆人，一个波兰人，从波兰给这只鸽子带回一只雌鸽。他真的带来了。雌鸽孵了雏鸽后就飞走了。把它捉了回来。它又飞走了。看来是思念故乡。它抛弃了自己的雄鸽。”

“Tout comme chez nous.”① 一个听众插言道。

“它抛弃了雄鸽和两只雏鸽。雄鸽就开始自己给雏鸽取暖。当时很冷，是冬天，而雄鸽的羽毛比雌鸽短。雏鸽都冻死了。我们把雏鸽扔了出来。而那只雄鸽10天都没吃食，虚弱不堪，从木桩上掉了下去。早上我们发现它在地上，已经死了。讲完了。”

“讲完了？那我们睡觉去吧。”

“嗯，”有人打着哈欠说，“这只鸟是昆虫，不是，我是想说，是低级动物。它无法理性思考，而只靠低级的本能活着。就是某种条件反射。现在学者们正在研究它们，这些条件反射，将会治愈所有人，将来不会有什么爱的忧伤、濒死的天鹅和疯狂的鸽子。所有人都会像洛克菲勒一样，嚼60次，沉默不语，活到100岁。这很奇妙，不是吗？”

---

① 法语，跟我们一样。

调情理论

所谓调情淡季开始得平平常常。正如大家所知的，这个季节通常从 6 月中旬开始，一直持续到 8 月中旬，有时（非常少见）也会拖延至 9 月初的几天。

“淡季调情”的竞演场主要是夏园。

人们一般都走在两侧的小路上。只有第一次和第二次 rendez-vous① 才可以在主林荫道上。以后再来主林荫道就会被认为很不讲究。

“她”来赴 rendez-vous 的时候永远不该先到。如果一不小心先到了，就应该赶紧离开或者找个地方藏起来。

也不应该沿着道路径直走到约定的地点，让等待的那个人老远就能直接看到您的身影。在大多数情况下，这是非常不利的。谁能够百分之百对自己的步态负责？万一发生一点小意外，类似某个淘小子全速奔过来，脑袋磕到您的膝盖上，或者把球扔到您的帽子上呢？谁能排除这种可能性呢？

---

① 法语，见面、约会。

就算这些问题都没有发生，一切顺利，您试着走上百八十步看看，是不是能一直步态优雅，一直保持轻盈、优美、谦逊，既有点风情万种的意思，又矜持、高雅、平易近人？

对于坐着的人来说，要做到这些就容易得多。

如果他是个男人，他可以读报，或者“神经质地一根接着一根吸雪茄”。

如果是女人，可以用伞柄若有所思地在沙地上画来画去，或者神情忧郁，恹恹地看着夕阳西下。把花瓣一片一片地揪下来也是很不错的。

至于揪花瓣用的花，就在此地，花园附近就可以用很公道的价格买到，但可不能说是在这儿买的。要做出一副花的来源很神秘的样子。

总之，女士不能第一个到。除非她想演一出嫉妒大戏。那就不仅可以，而且必须先到了。

“我已经打算走了……”

“上帝啊！这是为什么？”

“我等了您快半个小时了。”

“可是您说的是三点钟，现在还差五分不到……”

“当然，您总是有理……”

“可是表……”

“这关表什么事……”

这是非常好的开场白，推荐大家在类似的情况下使用。

接下来就很简单了，可以说：

“啊呀，对了…… 我想顺便问一句，那位女士是谁……”诸如此类。

效果非常不错。

还有一点特别重要：嫉妒大戏最好在塔夫里达宫的花园上演。绝对不要在夏园。为什么？我怎么知道？不为什么！这已经约定俗成了。既不是从我们开始，也不会由我们结束。

而且，还有一点，您在夏园试试看！肯定不会成功。

塔夫里达专门适合此戏。那里有忧伤的小径，幽静的池塘（“我所求不过平静!”），那里还能看到国家杜马（“……我还能有所期冀！……”）。

再也想不出比塔夫里达宫花园更合适的地方了。

只有一点不好：塔夫里达宫花园总是让人昏昏欲睡。要是上演激情大戏的话这个地方不太适合。对于那种凄凄楚楚的，那就再合适不过了。

要是您能够完全不露痕迹地打个呵欠，您可以抬起盈满泪水、充满讶异的眼睛望着“他”或者“她”，目光中带着责备。

万一您无意间打呵欠太过明显，您可以简短而悲伤地微笑一下，说：“这是神经紧张。”

总的来说，建议调情者在暴露自己生活中的不雅形象时，都可使用“神经紧张”一词。这个词的美化作用立竿见影。

举个例子，您有严重的伤风，就像热炕上的猫一样一直打喷嚏。喷嚏不知为什么，一直被认为是一种极其严重的现象。甚至打喷嚏的人自己也总是窘迫地微笑着，仿佛想说：“瞧，我在笑，我明白，这很可笑，我并不奢求您能对我的行为表示尊重!”

喷嚏之于调情者是毁灭性的打击。但即便在此时，说一句“啊呀，这是神经紧张!”也能够及时挽救危局。

在某些调情的程度特别深的情况下，甚至牙龈肿痛也可以归入神经性疾病之列。您的说辞会被相信的。认真负责的调情者一定会相信的。

可以两种形式结束“淡季调情”。无论是在夏园，还是在塔夫里达都适用。在夏园更加简单，也更加优雅。在塔夫里达更乏味，也更冗长，但却更有效。可以哭上一哭，也可以“抬起盈满泪水的眼睛”……

在夏园里告别推荐在骨灰瓮附近，只要一转身，即可最后一次将忧郁的目光投向珍爱神秘的林荫道。效果出奇地好。骨灰瓮，死亡，永恒，濒死的爱情，以及您半转的身姿，帽子的剪影…… 此刻此景将长记于心。然后您要迅速转身走向出口，让自己淹没在人流中。

上帝保佑，您可千万不要跟车夫砍价。你要记住，有人在注视着您的背影。最好是垂着头，步行走过链桥（啊，它也同样抛弃了自己的那些锁链！……）。您向前走，不要回头，一直走到潘捷列依莫诺夫教堂。到了那里您就可以买一块巧克力，咬上一小口。

我认为还有必要告知那些调情的先生们，现在每次见面的时候不再流行说：

“啊，是您呀?”

现在大家都明白，既然是约了见面，那人家在指定的时间来到指定的地点，就没有什么可惊讶的了。

除此之外，如果在调情进行得如火如荼之时，您不期遇到了某个老朋友，完全没必要感叹说：

“啊！今天就是不期而遇的日子啊。我也是刚刚遇到……（调情对象的名字），现在又遇到了您！”

曾几何时，这话还被认为是圆滑巧妙。现在却完全不合时宜了。

又过时又愚蠢。

碰　撞

这些碰撞并不常有。

它们也无法吸引我们长久关注。若是谁见过或是听说过这些碰撞，大部分时候只是一笑而过。

从旁而过，但还是会有一笑。因为碰撞产生的辐射总是非同一般，放射出某种非此世的光芒，因为不曾有过而比两个人类灵魂的碰撞更显神奇和美好。我说的是人与“渺小的”灵魂——动物灵魂的碰撞。

我所指的不是狗自我牺牲式的忠诚或者诸如此类的故事。这种事家喻户晓，已经毫无神奇之处了。我想讲的是那些对我们而言十分奇怪的一些时刻，当此之时，我们的灵魂会突然放射光芒，穿透人类的理智和愚蠢设置的千重阻碍，径直照耀蒙昧未化的“渺小的”动物之灵，怀着深深的爱意，在这个灵魂中找到自己的灵魂，一个善于理解、善于应答的灵魂。

而且，这奇迹并非发生在动物身上，因为它们总是一如既往，倾尽自己全部的理解力期待着这样的碰撞。这奇迹发生在人身上。

我就记得一次这样的碰撞。

布尔什维主义刚刚开始实行的时候。一贫如洗、破烂脏污的彼得堡。

拖着疲惫的步伐，浑身咣当作响的有轨电车。我们都在车厢里。一个挨一个，充满恨意地互相挤来挤去，都想用胳膊肘拐一下旁边的人，让他疼痛，哪怕把他挤出去一点点，因为呼吸困难，我们承受着来自四面八方的压迫。苍白的、凶神恶煞的面孔，青蓝的嘴唇，抿到鬓角后面的头发，半睁半闭的眼睛。

车站。没有人挤出来。相反，倒还有人抓住了车上的扶手，用力挤我们，一次次地挤压。于是大家都呼哧气喘，恶狠狠地咬牙切齿，向有人钻过来的地方挤回去。

——不要放进来！

仇恨让我们结为一体。所有人一起。大家一起挤，一起恨。尖叫。哈！挤出去了！谁让你往里钻？

于是电车又咣当起来，呻吟着。向前移动了。

路边的围栅倒了，路面塌陷了，人行道一侧边缘处躺着一匹死马。马肚子鼓鼓的，显得伸出的脖子更细、更长。它混浊的眼睛紧紧闭上了，马脸边儿上散落着一小捆干草。

这种画面屡见不鲜。人们总是这样，看见马倒下了，先是打它，等看到它起不来了，再往它的脸上扔一小捆干草。似乎抱着最后一丝希望：万一这些草能让它站起来呢。

的确，屡见不鲜的画面。但也有可能这匹驽马的脖子比一般的马更细，或者遮住它毫无生气的眼睛的薄薄眼睑格外显得饱经忧患，只有它身上有某种令人难以忘怀的忧伤。就像拉斯科尔尼科夫梦里的那匹马一样。痛彻心扉的怜悯以这样一种形式在噩梦中体现出来。

屡见不鲜的画面。所以大家都只是视同不见。只有这个又高又瘦的老者，费力地从拥挤的人群中抽出自己的手，摘下帽子，低下头。风微微吹动着他那一绺很久没有洗过的灰发，他缓缓地、恭恭敬敬地画了个十字。

老人旁边站着一个鼻孔朝天的红军战士，他张大嘴巴，眨了眨眼睛，准备嘲笑一下这位老人，却突然窘迫地噤了声。没有人露出一丝笑意。所有的目光都透着严厉和谴责。所有人都如此。所有人都理解。所有人都“亲见了这次碰撞”。

或许您听过下面这个故事？这事发生在战时。

一个德国飞行员向一架法国飞机扫射。德国飞机在法国飞机上方盘旋，法国人很快不行了，他必须马上跳伞。可是不知为何，他迟迟没有动作。

奇怪。此时此刻，每一秒钟都非常宝贵。每一秒钟！他在干什么？

这时，德国飞行员看见，法国人正在把一条狗绑到降落伞上。他的飞机上有一条狗。

法国飞行员把狗绑好了，放了下去，然后才飞速抓起另一个降落伞跳了下去。

那德国人又怎样呢？他又怎么做呢？

德国人打了个致意的手势，表示敬意，驾着飞机掉头飞走了。

他不能杀死一个不愿剥夺动物平等生命权利，把自己生的希望置于其后的人。

他做不到。他也“亲历了这样的碰撞”。

那一天的天空应该是碧蓝如洗！太阳应该是光辉灿烂！

这是一位著名的俄国演员。歌唱演员。老好人，心地善良，爱喝两口。

他在巴黎生活总觉得拥挤烦闷，一心想着去美国。终于，他的愿望实现了，他收到了聘约，签了合同，付了钱，收拾好行装，跟大家都道了别，就出发了。

但是几天以后，我来到这所熟悉的房子，却好像听见厨房里传来熟悉的声音，正是这位已经去了美国的演员的声音。

“怎么，难道是他在这里吗？”

“正是！”女房东笑道，“他没走。”

“为什么？”

“他说他不能走，他的鹦鹉病了。真是个傻瓜。简直是个笑话。”

“鹦鹉？我一点儿都不明白。”

“那您自己去问他好了。他会给您讲的。这件事情后你再跟俄国人打交道看。”

我们去了厨房。真真切切，正是这位歌唱演员坐在这里。他有些不自在地跟我打招呼。

“您真的因为一只鹦鹉没走成？这样您岂不是悔约了？”

“那有什么办法呢？”演员不好意思地说，“也许还有什么补救的办法。”

“这到底是怎么回事呢？”

"怎么回事？怎么回事……"演员十分受伤地重复道，"这只鸟生病了。正好是在临出发的前一天夜里。它的舌头出了毛病。整个晚上都在呻吟，就像一个人一样。我走到近前，它就看着我，一直看到我的心里，就是在诉苦，在请求帮助。我和我的鹦鹉忙乎了一整夜。一大早就要赶轮船。可是我能把它，这只生病的鸟带到哪里去呢？它病着，轮船不让上。他们要求非常严格。这不我就留下来了。现在，上帝保佑，它正在康复中。它活了过来。它跟我在一起已经十八年了。"

"真是个怪人！"女房东说，"把它随便留给谁不就行了。"

他责备地看了房东一眼，说：

"把这只生病的鸟留下？您真不害臊！"

"您以后再把它运过去呗。"这次女房东的话语间已经不那么自信了。

他非常严厉地看了她一眼，摇了摇头：

"不好。"

我们都不说话了。不知为何，我们都不再觉得这件事情可笑。

下面要讲的这次两个灵魂的碰撞就是不久前发生的。其中一个灵魂属于人类。

另一个——是一只猫。

人是一个俄国工程师。尼古拉·伊托罗夫。

猫是一只白猫，毛茸茸的，有一对琥珀色的眼睛。这只猫的名字叫拉普什卡。

对于工程师伊托罗夫来说，这就是一只别人的猫，他跟它甚至不太熟。它是女房东的猫，而伊托罗夫是租客，跟它没有任何关系，对它也丝毫没有兴趣。

如果拉普什卡钻进了他的房间，他就会对着房门大声说：

“把猫弄走!”

他甚至不知道它叫拉普什卡。

在“碰撞”发生前的一段时间，工程师伊托罗夫生病了。他病得很严重，上班困难，吃饭困难，睡觉困难，总而言之，活下去都困难了。他不得不去看病。

医生嘱咐工程师不要劳累，加强饮食，开心娱乐，总的来说，就是做一个富贵、幸福、健康的人。当然，除此之外，他还开了药。

工程师没有多少钱，所以他先尝试着做一个不吃药就幸福健康的人。但事与愿违。他不得不买点药丸和药水。买了药丸和药水之后，就不得不在加强饮食方面俭省。而为了能再次支付看病的钱，不得不连药丸和药水都省了。这就叫作捉襟见肘。

不过不管他有多么气愤，科学还是获得了胜利，他开始慢慢恢复了。于是，他决定不抛弃医生了，找他继续治疗。

他的女房东不知去了哪里。家里由一个婆子过来打理。他常能听见这个婆子打碎盘子和骂猫的声音。显然，她的意思是让租客把打碎盘子的账记在猫的身上，而不是怪罪她——来干活的婆子。可其实这个祸到底是谁闯下的，租客根本就无所谓。

有一次，晚上离开之前，婆子来找租客，说：

“最好把猫送到兽医那儿去，让它睡过去。”

伊托罗夫一开始没明白她的意思：

“睡过去？猫失眠了吗？简直一派胡言！”

但是婆子解释道：

“这只猫有病。反正也活不了了，干吗让它白受罪？”

伊托罗夫漫不经心地说：

“真是一只可怜的猫。”

“可怜”这个词突然让他的心起了一丝涟漪，是一丝怜悯。他站起身来去了厨房。

白色的拉普什卡躺在厨房一角一个铺着呢子的箱子上。

他弯下身子，抚摩了它。

它抬起头，径直望着他的眼睛，低低地叫了几声。

“这是怎么了，小猫咪？”伊托罗夫说，“咱们得治病，要不然你正当花季就凋零可太不值得了。”

他用围巾把猫裹了起来，带它去看了兽医。

拉普什卡的情况很糟糕。但还不是完全没救。要买一种什么小玻璃管的药，一天给它喂两次。

“你这只小癞猫可真会添乱！”工程师自己嘟囔说，“我自己都吃不上饭了。”

小玻璃管原来非同小可，一支就要 20 法郎。兽医更是大手笔，看病还要收 30 法郎。

伊托罗夫长叹了一口气，责骂猫道：

“真是难以想象，接下去还要怎样。把钱花在一只别人的癞巴猫身上。你见鬼去吧！”

不过，他还是买了玻璃管，并且把拉普什卡挪到了自己的房间：“为的是夜里不在冰冷的走廊里跑来跑去。”

他自己的治疗和加强饮食暂时只好搁置了。他的钱不够两条命用的。可是那一天终于还是来了，那个傍晚，拉普什卡爬上了他的膝头，望着他的眼睛，哀哀地低声呻吟着。

恰恰就是在这个晚上，一位可爱的女士跑来找他，她打扮得漂漂亮亮，开心地说，别人给了她两张夏里亚平音乐会的票，叫他跟她一起去。

“我不能去。”他郁郁地打断她，“不能去，完了。”

“你那么忙吗？”可爱的女士失望地问。

“忙。”他干巴巴地答道。

这一刻他十分痛恨这位可爱的女士，因为他非常想跟她在一起，因为他是个白痴，明明可以去开心快乐，却要照顾一只气息奄奄的猫。

而拉普什卡望着他的眼睛，完全像一个人一样，若有所求，又仿佛因为无法表达而痛苦不堪。

“这简直是愚蠢至极，我亲爱的，”伊托罗夫生气道，“你凭什么就认为我能救你？我已经尽了全力。再说，我自己也病着，没吃药扛着。我不是怪你，可是你把我的灵魂都掏空了。”

拉普什卡听着他的话，突然伸出一只爪子，放在了他的胸口，就仿佛在念着什么咒语。

“我的小宝贝，”伊托罗夫说，“你为了什么如此痛苦？有什么罪过要你这只什么都不懂的小兽来赎？我们人类的智慧已经习惯了评价、衡量、交换。从来不做没有回报的事情。可是你呢，是一只小兽，你不求上帝的回答，你是驯顺的。如果我是一个信教的人，我一定为你祈祷，可我连这一点都做不到。可是为什么你在快要死去的时候找上我，一个凶狠的陌生人？关于我，你又了解些什么，除了我对爱的冷漠和愤慨？你这只不懂事的小兽，又是从何而知呢？”

这只不懂世事的小兽用弱弱的呻吟、哀哀的眼神和放在一个人心脏上的爪子在回答他的问题。

当这只不懂世事的小兽，这只在尘世中名字叫作拉普什卡的白猫终于闭上了双眼，抽搐了一下，再也不发出声音了，这个不信教的人，工程师伊托罗夫弯下腰，亲吻了它毛茸茸的后脑勺，恭敬地画了个十字，神圣地，像对一个人一样，用手指抚摩了它白色的前额，胸膛，以及纤细的、兽类的肩膀。

美好生活

我们这些无病呻吟、愁眉苦脸的巴黎人，整日提心吊胆，就怕某个吃不上饭的同胞找上门来请求帮助，若非如此，还可以活得更好些。在这些人中，我终于遇到一位另类，他过得如鱼得水，唯一担心的，就是这美好的生活千万别终止。

真希望这唯一一个生活无忧、对自己的命运心满意足的难民能坚持得更长久 —— 对我们是骄傲，对布尔什维克是嫉妒。

阿门！

他身着丝绒上衣，头戴藤编礼帽，把名片郑重其事地在我眼前晃了晃又收了回去，我立刻就看懂了，上面用法语加重字体写的是："安德烈·伊万诺夫，音乐家"。

伊万诺夫的脸是圆的，俄罗斯式的，眼睛如孩童般纯净：这双眼睛自己不会说谎，也充分信任别人。

"我只是个小演员，"他对我解释，显然，是为了消除我看到他名片的惊吓，"我主要是伴个奏，抄抄谱子。当然，在俄罗斯的时候做的不是这些。我原来一直生活在外省。在当地还是小有名气。我在市立学校里教过唱歌。很多名人都曾经师从我。我们那里警察局长的女儿……她那嗓音，恕我直言，糟糕透顶。但是后来好多了，她还嫁给了一个相当有名的人物，嫁给了一个在好几家报纸工作的人，没准儿您听过这些报纸，订阅《脓肿》或者，我说错了，叫作《溃疡》。就是这一类的。”

“怎么叫这样的名字？”

“这让很多人都感到惊讶。但有什么办法呢？有时候这就是文学所需。”

“那您是怎么到的巴黎？”

“嗯，我是布尔什维克。攻占我们城市的时候，我受伤了。这让人很不舒服，而且到处特别脏乱，而我，是个十分爱整洁的人。我匆忙逃出来并且现在也不后悔。我在这里生活得很好。当然，也有过两天没吃东西的时候。当时恰好是个什么节，街上挂满了彩灯。法国人在跳舞欢庆，而我，不知为何有气无力，躺了两天多才爬起来。一起来，就满眼都是彩灯，晃得我差点儿没从楼梯上摔下去。不过这不是什么重病，就是胃的事儿。这时，恰好一个咱们俄罗斯人来找我。他在彼得格勒时工作很不错，好像是一个学校的指挥之类的。刚好他带来了一些谱子，让我帮一个非常有名气的演员抄谱。我就这样找到了工作！”

“工作好吗？”

“相当不错！当然，得会生活。我们大多数的难民最终销声匿迹是因为他们不会生活。首先，得找一间好房子。我的房间太好了。当然，不是在市中心，但这更好，因为郊区空气更干净。当然，是7楼，但是因此采光好。而且还相当相当不贵，只要3法郎。我有一把椅子，一张床，甚至还有一个小桌子。房间没有暖气，但是你得会想办法：我把门打开，对着楼梯，如果坐在门前，可以感觉到相当暖和的空气。得会安排这一切。知道吗？有时候看到人们就是因为不会安排生活而离开真是心痛……他们还很惊讶，为什么我能靠这么点儿钱过得这么滋润。我的样子看起来也一点都不疲惫，是吧？”

“的确如此。”

“这是因为我懂得膳食营养。知道吗？这里很多有钱的难民都在吃食上花费甚巨。这是因为他们不会安排。您说说看：早上煎蛋，中午煎蛋，晚上还要煎蛋。而鸡蛋，您知道卖多少钱吗？”

他十分严厉地看了我一眼，吓得我竟然忘了鸡蛋的价格。

“正是！”伊万诺夫令人难堪地停顿片刻后，继续说道，“鸡蛋要80先令。您倒是算算，您这钱够花多久的？可要是会过日子的人，他就会这样做：买两块肉汤调料，一块鸡肉的，一块牛肉的。牛肉汤料要便宜一倍，但是太咸了，而鸡汤调料里完全没放盐，所以您还得为鸡汤调料买点儿盐。不过要是会打算的话，您可以往锅里各放半块。这样您就能饱腹。如果您想加强营养，您还可以买些血肠，它相对要便宜，一挂3法郎。如果每次往汤里放一小块的话，一挂可以吃很久。放多了也不行，会引起恶心。”

“那您喝茶吗？”

“噢，不，我反对喝茶。茶对神经不好。有什么必要呢？我这样做：花80先令买一瓶非常好的红葡萄酒，半升开水中加一汤匙葡萄酒，再放上两块方糖。这种饮品能暖身，对饮食过重也大有益处。

说到穿衣，我也很会打算。瞧我给自己买的这件外套。我觉得大衣毫无用处。很多不会打算的人以为，在外面要比在房间里穿得更厚，这我就不能理解了。在街上人一直在动，就这一点他就不冷了。我本人在街上从来没觉得冷，可是在房间里有时候要裹上被子。得会精打细算。只有一件事很要命：如果房东发现我在房间里做饭，她肯定把我连锅一起一把扔到大街上。这里就算在好宾馆里也不允许住户做饭。不错，我一切安排得非常好。但是这个月工资还没发，还面临几笔非常大的开支。抱歉，我说得太直白了。”

他的脸微微红了。

“得买一双毛长袜。我的腿不知为什么有点风湿。地板下面风很大。我还可以好好过一周，特别是把血肠省了的话。再接下来就前景不明了。我身上还有米哈依尔·伊万诺维奇·格林卡的浪漫曲《不要诱惑我吧》或许我可以在卖彩票的地方给难民们演奏？您看，当一个人把生活安排得这么好，前途依然一片黑暗，那么，在经历过这么多考验之后会觉得非常可怕。您能理解吧？”

他顿了顿，惊慌而多疑。突然又说，他不理解，这世上傻瓜也不少……

“您理解吧？相当恐怖。”

“是的，是的，正是如此。我其实相当理解。”

但仅仅理解是不够的。

“先生们，有谁需要米哈依尔·伊万诺维奇·格林卡的曲谱吗？”

“不是。我……其实正是这样想过。”

我们的日常

逃亡的这些年里，阿罗索夫一分钟也没有忘记过母亲的面孔，当他离开祖国的海岸，在轮船的搭板上回过身时看到的母亲的面孔。

她，一个老太婆，一个人站在那里，失措、悲伤，一直在用眼睛寻找着他，却只看到一片灰衣的士兵，寻不到他的身影。她那松弛、干瘪的脸颊一直在颤抖着。她用围巾的一角擦了一下嘴，她被眼前的一切惊呆了，甚至忘了哭泣。

人有的时候是这样的。当意想不到的痛苦突然降临时，总是先被惊呆，仿佛一切都僵住了，无论是思想还是感情。他也毫无意识，不觉疼痛——什么都感觉不到。只是后来，当波浪涌起，仿佛打在他的心上，他才开始回过劲儿来，感受到痛苦。

阿罗索夫就这样一直思念着自己的母亲，无论他自己的命运如何折磨，他对母亲的思念和关心从未停止。

他一度生活得非常艰难。他没有什么才华，只能凭力气干活儿，什么活儿都干：在工厂做过，在火车站当过搬运工，擦过地板，做过熏鱼，当过打更的，给狗剪过毛，也在俄国合唱团里唱过歌。只要他赚到钱，哪怕是一点点小钱，他全都寄给母亲，还会附上信：

“对不起，这次给您寄的钱太少了，是因为这个地方社会上的年轻人都讲究穿戴，在这方面花了不少钱。我争取下个月省着点儿花。”

他最怕的是母亲会猜到他陷入困境。那样的话她拿他的钱会很难过。

他丰富多样的赚钱活动的最后一个阶段是开车。

就是那时他认识了卡佳·格列奇科。卡佳跟他住在同一个小旅馆里。她年轻、快活、圆脸、翘鼻子、热情奔放，在马戏团里跳舞。

阿罗索夫爱上了卡佳。说实话，他自己都没未想过，他会陷入爱河。有一次他帮卡佳修好了电熨斗，给她送过去的时候，在她的房间里碰到了一位衣着“阔绰”的老先生，他身前的小桌子上放着一盒大大的糖果和一束用透明纸包着的大大的花束。显然，这些东西是这位先生带来的。

阿罗索夫送上了熨斗，草草敬了个礼，急忙离开了。

他一边走在街上，一边想：

“这位阔绰的先生给卡佳带来了糖果和花束。可今天既不是她生日也不是过年。就是说，他在追求卡佳。这很明显。”

这很明显，正因为太明显了让人非常不快。

这种感觉让阿罗索夫很惊讶。为什么不快？卡佳那么可爱，他应该为她高兴，因为大家都喜欢她，她能收到礼物。但不知为何有些不快。我这是怎么了，是嫉妒？因为我没有能力给女士们送花？

总之，在这个问题上他一时也理不清头绪，但也不想去找卡佳，所以一连几天他都没有见到她。

后来是她自己来敲他的门，并且第一次走进了他阁楼上的小屋，歪斜、不规则、窗户开在天花板上的小屋。

“我来没事儿吧？您是不是在生气？”

于是，一连几个傍晚他们都一起在他那张窄窄的小床上坐过去了。

他觉得自己如在梦中，幸福，也惶恐，怕这一切转眼之间就会结束，他会从梦中醒来。

有一次，卡佳说：

“您有没有什么要缝缝补补的？我会做针线活，您别客气。”

说完，她腼腆地笑了起来。

就是这个腼腆的笑容唤醒了阿罗索夫，让他突然清晰地意识到了一件特别奇怪的事：卡佳想要嫁给他。而她自己对此一无所知。于是，他拉起她的手，说道：

“卡佳！所有这些都要抛在脑后。卡佳，我的生活永远都不会变好。我有一个神圣的义务，为此我才存活于世。我的母亲留在了俄罗斯。我尽我所能，甚至超我所能，把钱都寄给她，给她攒路费。我只为了这一个念头而活，那就是把她搬到这里来。卡佳，你要理解我。我离开的时候，她站在岸上，那么孤独，那么可怜。我，卡佳，我不能结婚。”

卡佳突然抽出自己的手，大喊道：

“您说什么呢，真是倒霉的傻瓜！您怎么敢以为，我什么时候同意嫁给您了？您这么想对我来说都是一种侮辱。我是个演员，我前途光明，而您固执己见，是个不折不扣的自私鬼。请您今后再也不要和我见面了。”

或许，他就不应该说起婚姻的事。又或许，没有这次谈话，一切都会像从前，会维持很久，很久。她并没有要求过什么，也没叫他一起去看电影或者喝咖啡。她只是到他这里来，那么亲切，那么温柔地坐在他的小床上。为什么他要用自己这倒霉的诚实，用自己的愚蠢把她吓跑？

那又有什么办法呢？命该如此罢了。等到把母亲搬过来，一切都会不一样。

他给母亲写道：“您不要害怕，在我这里您会过得很好。我的工资足够两个人过活。您会过得很安稳，我会保护您。”

他买了一个旧屏风，自己重新收拾了一下，绷上了花布，又弄来了一张小沙发，一个暖和的毯子。把自己小房间的墙重糊了一遍。小阁楼很小，而且有一个角特别尖，怎么都没办法走进去。但不管怎么说，这是属于自己的角落，整个小房间都是自己的地盘。母亲回信说，她住在公共住宅里，房间里除了她还住了两个人，厨房是六个人共用，有五个气炉子，第六个人是用煤油炉做饭。她们都很爱生气，不能和睦相处。她非常想搬到巴黎去过无忧无虑的生活，就像在过去好时候那样的生活。

阿罗索夫很高兴收到她的信。他把小阁楼的地板擦得干干净净，擦净了酒精灯，又买了一盏更亮的灯。他没有租更好的房子，因为他要把每一个铜板都攒下来用来买票和办签证。

跟卡佳·格列奇科的事让他很受打击。他开始感受到寂寞。之前他不知道这世上还有一种东西，能让人莫名地担忧又亲切，陌生又亲近，无与伦比，无可替代。现在他知道了这是什么，而他自己又把自己的幸福吓跑了。

而且正如常言所道，祸不单行。各种各样的小挫折从四面八方向他涌过来。然后又发生了一件最可怕的事，这件事很久以来就像一架敌机，一直在他的头顶盘旋，最后终于扔下了一枚炸弹。他丢了工作，又找不到新的工作，成了失业者。

真正痛苦这才刚刚开始。他整天整天到处寻找，用尽各种办法。而在此之前他已经给母亲寄够了钱，母亲写信说，她很快就能来了。

他非常受煎熬，以至于最近瘦了很多。房间还不错，关于房子他可以安心，房间非常舒适。对付对付养活一个老人他还是能做到的。

她哪有什么过多的需求，只是担心她会受到惊吓，看到他那么瘦弱。

只希望她不要猜到他过得这么糟糕。只要她不失望。

老太太阿罗索娃住在公共住宅里。除了她以外，这套房子里还住了六个老太太。在这些同住的人中，阿罗索娃很受尊敬。她很富有。儿子经常从国外给她寄咖啡、大米、猪油什么的，有时候还寄钱过来。

所以大家都巴结她也毫不奇怪。

总的来说，公共住宅里的日子过得热火朝天。老太太们彼此之间吵架、搬弄是非、互相监视、诽谤、偷东西，有时候还动手。

吵得不可开交或者难断对错时大家常会去找最受尊敬的人，就是老太太阿罗索娃，请她来出主意或者向她控诉。把她拉到自己一边非常有利。你跑到她那里嘀咕一番，她还会请你喝茶（加糖的！），还会切下一小块甜面包招待你。

“您为什么要走呢？”大家对她说，“儿子，当然是个理由，不过话说回来，这里毕竟是故乡啊。”

“我想好好休息了，”阿罗索娃说，“我想看见光明。而且儿子早就叫我去了。除了我，他没有别的亲人了。”

不过要走这么远，她心里还是会有些害怕。但是谁又能拒绝？儿子在等待，安稳平静、无忧无虑的生活在等待着她。

据说，那里想喝多少咖啡都没问题。

她卖掉了床、桌子、椅子，以及所有多余的家具。拿到了必需的通行证就出发了。

儿子应该到火车站来接她。但是他没来。

“或许他就在这里，而我们彼此认不出了？”

她在火车站等了两个多小时，拖着自己的大包袱，那里面有枕头，还有一个白铁的茶壶。后来她决定自己找过去。

“难道生病了吗？”她自己去了，找到了房子。

“阿罗索夫先生？”

一个法国女人跟她解释了什么，脸色十分慌乱。但她什么也听不懂，再次重复道：

“阿罗索夫先生。”

于是法国女人带她上了楼，一直上到七层，把她领到那个奇怪地歪斜着的小阁楼，自己走开了。这时，老太太看到墙上挂着自己的照片，明白自己是到家了。

破烂的衣服挂在钉子上。脸盆和水罐放在凳子上。

“他就是这样生活的。他为什么要撒谎呢？他为什么要欺骗我！折腾了这么远的路，是开玩笑的事吗？”

这时，房间里走进一个穿着帆布短大衣的人，非常苍白，嘴唇不停颤抖着。她甚至被吓倒了——难道这是她的瓦洛佳吗？但是这个人问道：

“您是阿罗索夫的母亲吗？我是他的熟人。”

“您好！”阿罗索娃开口道，“他就住在这里吗？他人在哪里？”

来人咬了咬嘴唇，说：

“请您千万不要着急。他出了点儿 accident。”

看到她听不懂法语词，那人又解释道：

“他被车撞了。昨天晚上。”

“怎么会这样？”她惶恐地摊开两手，“我真不能明白。”

“我可以载您去那里，”那人说，“我是出租车司机。”

“那里——哪里？”

在把她载去的那里，她被引领着走过长长的走廊，然后又下楼梯，来到了一个不大的房间，房间的墙上挂着耶稣受难的十字架，十字架下面放着一张床，上面盖着帆布。

揭开帆布，她看到了尖鼻子，如木刻一般的颧骨，黢黑的眼窝和灰白的鬓角。

当人家带着她走过走廊的时候，她就已经明白了，这里是医院，而当她看到盖着帆布的床时，她也猜到了，她将看到她的儿子，但是当她真的看见他，她不能相信。

“我想这不是他。这个人太老了，头发都花白了。”

她看着面前这个陌生而衰老的人，没有任何的感受，既不怜悯，也不悲伤。

“这哪里是他，不是他！”

乡　愁

旧帽缎带上莫斯科的灰尘

我作为神圣的象征珍存

洛洛

昨天我的朋友有些安静，一直若有所思的样子，后来他哂笑了一下说道：

“我害怕，等一切都尘埃落定，我又要开始思乡了。”

我知道如果人们笑着说起巨大的痛苦意味着什么。这意味着，他们在哭。

不要害怕。您所害怕的东西，已经来临。

我见过这种病的症状，而且越来越经常会看到。

我们的难民不断来到这里，来时疲惫不堪，由于饥饿和恐惧虚弱黑瘦，等到养胖了，心里踏实了，熟悉环境了，似乎新生活一切安好，却突然之间就没有力气了。

目光开始暗淡，双手无力地下垂，心灵渐渐枯萎——那是面向东方的心灵。

我们没有信仰，无所期待，也无欲无求。

我们死去了。

害怕布尔什维克式的死亡，却死在了这里的死亡。

这就是我们，用死亡来挽救死亡的人们。

我们一心牵念着，那里现在如何？我们只感兴趣，从那里传来什么消息。

可其实在这里还有多少事情要做。要自救，还要救别人。而意志和力量所剩无几。

“请问，森林应该留下了吧？他们不可能把森林都砍了，既没有人力，也没有必要嘛。”

森林留下了。还有绿草，油绿油绿的，俄罗斯的绿草。

这里当然也有草。这里的草还非常不错呢。但这毕竟是他们的I’herbe①，而不是我们鲜嫩的小绿草。

他们的树木或许也非常不错，但这是别人的，它们不懂俄语。

我们那里随便一个村妇都知道，如果苦痛太深，就要哭诉一番，那就要去树林，抱着一棵白桦树，紧紧地，用双手抱住，把胸口紧贴着它的枝干，跟它一起摇晃，扯开嗓子尽情诉说，尽情流泪，跟它融为一体，跟洁白的、自己的、俄罗斯的亲亲的白桦树！

而在这里你不妨试着说说：

“Allons au bois de Boulogne embrasser ie bouleau!”②

---

① 法语，草。

② 法语，我们去布洛涅森林拥抱白桦树吧！

把俄罗斯的心灵翻译成法语……

如何？愉快些了吗？

我记得，革命之初，我们的移民刚开始来这里的时候，一个久未去过俄国的未来布尔什维克，久久地盯着城郊的一条小河，看着它流过一堆又一堆的石头，涓涓细流嬉戏着，纯朴、寒酸而快乐。他看着看着，突然间脸上的神情变得痴呆而幸福：

“我们的小河，俄罗斯的……”

呸！这就是你的第三国际！

多么温暖！

因为，也许，很快那里也会……丁香盛放。

我的熟人家有一个老保姆，从莫斯科带来的。她从来都从容不迫，最纯正的俄国保姆——体胖、易怒、不喜欢新秩序、谨守老规矩、会烤奶渣饼，全家人都敬畏她。

晚上，等孩子们上床睡着了，保姆就来到厨房。

法国厨娘在那里做晚饭。

“Asseyez-vous.”① 厨娘搬来一个凳子。保姆不坐。

“没必要，上帝保佑，我腿脚还行。”她站在门边，严厉地看着，“你告诉我，为什么你们这儿听不到教堂的钟声？教堂倒是有，可听不见敲钟。许是不说话！不说话谁都会，不说话太容易了。可是我

① 法语，请坐。

亲爱的，为了自己的信仰，每个人都必须承担罪过，也承担责任。就这话!”

“我往汤里放了芹菜和绿豌豆。”厨娘殷勤地答道。

“原来是这样…… 你晨祷没有钟声怎么行呢？正是呢，我看你们也没人去晨祷。这罪过要惩罚，不惩罚可不行…… 可是你们为什么没有狗呢？这么大个城市，也就那么一两只狗，还是染过色儿的，尾巴一直在哆嗦。”

“四法郎一公斤。”厨娘表示反对。

“现在你们就卖草莓，难道四月份就可以卖草莓吗？我们那儿现在多好啊，婆娘们都把红莓苔子挂在篱笆上晒，第一拨的，长在雪下面的。放茶里也很好的。你呢？你可能连红莓苔子羹都没尝过吧?”

“Le president de la republique?”① 厨娘惊讶道。

保姆靠着门框站了很久。一直在滔滔不绝地讲着森林，田野，修女，腌蘑菇，黑色的蟑螂，圣水祭的宗教游行，是为了祈雨，浇灌种子。

说够了，愁够了，人也佝偻起来，好像变得矮小了，就去儿童室继续自己夜间的愁思，做自己的老太婆的梦——想的和梦的还是那些事。

一个药剂师从俄国南方来到这里。他说，过两个月布尔什维主

---

① 法语，共和国总统吗？

义一定终结。

大家听着药剂师的话，朝向东方的苍白的心灵微微变成红色。

“当然了，过两个月。难道还会再长吗？这是不可能的！”

人的心灵早习惯于“极限”，并且相信，痛苦是有极限的。

一个伤者在越来越强烈的可怕的痛苦折磨中奄奄一息。我永远也不会忘记，他反复在说同一句话，好像十分惊讶：

“怎么会这样？这不可能啊！”

可能。

猫

我按响了门铃。

门里传来奥莉娅的声音——这声音我太熟悉了，她清晰地说：

“安娜，快去开门！我站不起来，尼古拉抱着我的肩膀，往我鼻子里吹气呢。”

“尼古拉，”我想，“从哪儿冒出来个尼古拉呢？她的丈夫叫德米特里．米佳呀。看起来，我已经有三年没来这里，这段时间可能发生了很多变化。原来是米佳，现在，看来就是某个尼古拉了……”

用人开了门。突然间响起一声激动的吼叫：

“我亲爱的小宝贝们！我的小亲亲！”

“她是有多么爱我！”我微笑了一下。

奥莉娅蓬蓬的、香香的、金黄色的头发，跟三年前一模一样，向我跑过来。她敷衍地在我的脸上吧嗒亲了一下，转过脸对着厨房，温情脉脉地说：

“你瞧！这不是太美好了吗！”

厨房餐桌上蹲着一只棕色的胖猫，正在打哈欠。

“这是尼古拉，”奥莉娅向我介绍她的猫，“但是我们一般都叫它雅可夫。你可以摸摸它，只是不能摸头顶，只能摸肚子，而且动作幅度不能太大——猫们都不喜欢剧烈的动作。”

我一点儿都不想抚摩那只胖猫的肚子，所以我只是满怀同情地摇了摇头。

“弗朗茨！弗朗茨！”女主人叫道。

她这是在叫马夫，让他帮我脱掉皮大衣。

“别麻烦了，奥列奇卡，我自己来。”

她看了我一眼，惊讶地说：

“怎么叫——自己来？它不会听你的声音就跑过来的。弗朗——茨！瞧，我们来了！”

从门帘后面四平八稳地踱进来另一只棕色的胖猫，伸了个懒腰，然后用爪子撕扯着地毯。

“弗朗奇克！”奥莉娅柔声唤道，“到我这儿来，我的小鸟！过来，我的小星星！来呀，我非凡的美男子！”

“呲……呲！”我叫道。完全是出于礼貌，因为我根本不在意，这只棕猫会不会到我们这边来。

“天呢，你在干什么！”奥莉娅惊恐地叫道，“难道可以这样唤猫！它们可不是普通的猫，这是暹罗猫。这猫可是有野性的，它们在暹罗是当武士的。国王的宝座旁边总会站着这种猫，它们保护国王。它们凶猛、强壮，而且绝对不会被收买。它们只吃生肉，所以才那么强壮。它们还吃果酱、熏鱼、烤牛肉、面包干、奶酪、饼干，总之，吃很多东西，所以它们才这样强壮。它们还极其勇敢。这样的猫一只就能扑倒一头疯牛。”

“这种事显然不会经常碰到吧。”我冷淡地说。

“什么不常碰到?”

“疯牛啊。起码我自己这辈子……”

“可是我们也不是在暹罗嘛,”奥莉娅也很冷淡地说,“啊,对了,我忘了,你的箱子放哪儿了?你怎么不脱掉大衣?总之,怎么有点怪怪的……我很高兴,很高兴你最终同意到我们家来做客。梅丽妹妹会来吃早饭。她也非常高兴见到你,她让你一定要到我们这儿来做客,哪怕一天也好。不过,这当然是咱俩私下说,她养了两条狗,而且因此变得傻乎乎的。嗯,就是完全彻底变傻了。这你自己会看到的。你真是太好了,你来了!亲爱的!”

她皱了皱鼻子,用她的脸蹭了蹭我的脸。简直就是猫。

“来吧,我带你去你的房间。你就在这里睡觉,在这里休息。这是写字台、收音机、留声机,冰鞋在这里,万一用得上呢。窗子对着花园。安静。只有一点我得提醒你,你不能关门,因为弗朗茨有时候喜欢夜里到这张床上来。所以如果夜里它突然跳到你身上,你别害怕。瞧,梅丽来了!”

梅丽个子高高的,头发梳得平整光滑,身上的套裙一丝不苟,真诚地直视着我的眼睛,然后,就像古老的小说里面写的那样,“紧紧地,像男人一样握了握我的手”。

“真诚欢迎!”她用非常低沉的女低音说道,“三年不见了。你明显见老了,亲爱的。”

“梅丽!”奥莉娅愤怒地打断她,“你在说什么呢!正相反,她那么可爱,她这些年甚至还年轻了些呢。”

梅丽生气地挑了挑眉：

“首先，为什么叫我梅丽？为什么我们单独在一起时你叫我玛丽娅，可是一有外人，我立刻就变成了梅丽？然后，为什么不能对亲近的人说实话？为什么要信誓旦旦地说她年轻了？背着她你可不会这么说她吧？她非常好，非常美，我非常爱她，但我不能当着她的面撒谎，因为我非常尊敬她。你看，”她指责的声音突然变得十分惊恐，“你看，你那只倒霉的猫跳到餐柜上了，它会把茶杯打碎的！”

“永远都不会！”奥莉娅骄傲地说，“这些猫特别灵活。它们经常上桌子，在水晶器皿中间走过，从来不会碰到。这猫可是非常特殊的品种。”

“那套蓝色的餐具呢？”梅丽说，“那只中国花瓶呢？还有灯，那盏漂亮的瓷灯？那个装花的水晶杯呢？”

“那又如何？”奥莉娅冷淡地回答，“它们打碎过所有易碎的东西，现在就不害怕了。”

“啊哈！”梅丽郑重道，“你自己也承认……”

“好了，该吃早饭了。”奥莉娅打断了她。

胖猫在餐具间走来走去，嗅着面包和盘子。

“我的小可爱们！”女主人动情地说，“难道它们不可爱吗？我美丽的小团子们！”

这时，梅丽低声对我说：

“她对我可从来没这么温柔过，我可是她的亲妹妹！要是你们吃早饭时，我像这样爬到桌子上，把鼻子伸到盘子里，用尾巴去扫芥末酱，她会这么跟我说话吗？”

“你怎么能拿自己来比？”

“当然能。而且这种比较当然不会对你的癞巴猫有利。我是人，是自然之王。”

“别说了，求你啦！”

梅丽做了一个无法忍受的动作，叉子清脆地掉到了地上。猫们哆嗦了一下，一下子跳到了地上，挤在一起，飞快地跑出房间。

“啊！你怎么这么不小心！怎么能这么吓它们？”

“你不是总说它们无比勇敢，能扑倒疯牛吗？”

奥莉娅的脸红了。

“是这样，亲爱的，”她转过身来对我说，并且以此强调她对梅丽刚才所说的话毫不在意，“是这样的，这些猫是出色的猎手。在暹罗，它们被用来训练大象和老虎。前不久有一只鸟从窗口飞了进来。弗朗茨一下子就冲过去，在空中抓住了它。然后，作为野性动物，它跟自己的猎物跳舞。它把鸟用前爪高高抓起，跳啊，跳啊。然后又把它扔起来又接住，一会儿工夫就把这只鸟整个吞了下去，连鸟喙，连羽毛。”

“无耻，”梅丽粗暴地打断道，“卑劣的天性。狗就永远不会……”

生活自有自己的轨道。

梅丽让我亲口答应去她那里做客后，离开了。

奥莉娅经常不在家。我一个人留在这所寂静的大房子里。一个人和两只猫。

那只用爪子抓着死鸟跳胜利者之舞的猫根本就对我毫不在意，而且还特别表现出，我对它形同空气。它看见我从房间里往外走，就故意躺在门槛上，要是它觉得挤到沙发角里更舒适，就从我身上跨过去。我写东西的时候，它就直接坐在纸上，而且为了表示最强烈的鄙视，还背对着我。要把这只肥胖而沉重的猫移开非常困难，所以我经常是绕着它的尾巴写信。

有时候它会无声无息地突然从地板上跳起来，差不多贴着天花板飞到瓷砖砌的壁炉上，然后把尾巴环成弧状摇来摇去，像老虎坐在岩石上。

但它的主要工作最能表达对我的鄙视，这就是挡我的路，不让我过去。在这件事上，它甚至甘愿冒险，因为在周围一片黑暗中，我踩到过它的爪子，它尖叫着跑向主人那里控诉我。但它却不放弃自己的这项工作，或许是希望有一天最终能把我扑倒在地?

另一只猫，尼古拉，也叫雅可夫的，表现完全不同。它在我面前的桌子上坐下，盯着我看，就是所说的那种聚精会神地看。它的眼睛极大，是浅蓝色的，瞳孔也非常大，是黑色的。这双眼睛盯着我，一动不动，一眨不眨，那颜色浅得发白，因此让人觉得，这只猫是在惊恐地瞪着眼睛。

它能这么盯着我半个小时，一个小时。它没什么事可做。显然，没什么可着急的。就坐着，盯着。

有一天早上我醒来，是因为有人碰到了我的膝盖。

是猫！这只叫尼古拉的猫。

它缓慢而轻柔地抬起自己的爪子，好像在仔细听着什么，十分警觉地走到我面前。我眯起了眼睛装睡。它的脸伸了过来，鼻子里的气息吹到了我的眉毛、睫毛和嘴巴，痒痒的，让人想笑。我睁开了眼睛。它后退了一步，躺下来眯起了眼睛。睡了。我也眯缝起眼睛，假装睡着，偷偷透过睫毛观察。猫在睡着。但是我看见，它的一只眼睛微微闪着一丝亮光。这个坏蛋在偷偷打量！这个狡猾的动物。狗就从来不会……好吧，我自己也是眯着眼睛在偷看。但我是人啊，自然之王，我是在观察动物。总之，这是正常的。

猫爬起来，气息直接吹进了我的鼻子里，它伸出爪子，把指甲更深地收回到手掌的肉垫里，突然就拍了拍我的下巴。它拍的方式非常的手下留情、居高临下，非常的轻慢，就像一个上了年纪的花花公子对待他看上的一个女佣。我睁开了眼睛。

“马上从这里滚开，”我发号施令，“无赖!”

我非常平静地说出这些话，不带有任何威胁的语气。但是效果却令人震撼。猫瞪大眼睛，抬起爪子，摇了摇挺直的尾巴，一下就消失了。猫跑掉了。

找猫找了三天，甚至报了警——猫走失了。

女主人非常沮丧。我则保持沉默。

第四天，我走出房门的时候，看见了我的侮辱者。它蹲坐在隔开我们和隔壁花园的篱笆墙上，背对着我。

“啊哈，”我揶揄道，“原来您在这里呀!”猫神经质地转过身，惊恐地瞪大眼睛，这时，突然发生了一件非常耻辱的事，不仅对于暹罗猫这光荣的皇家近卫军而言，就是对任何一个品种的普通猫来说都是从未听闻的耻辱。这只猫掉了下来！它失去平衡，掉到了篱笆墙的另一边。树枝咔嚓，木板嘎吱。然后一切归于安静。

猫掉下去了！

我们的故事到此为止。

当天晚上我离开了这里。

女教师

我很久之前见过她，大约十年前。也许，我永远也不会想起她——要知道在我们的城市环境中，能够让我想起她的事情实在太少。

总之，我很早之前见过她，大约十年前，在偏远的小县城里当地医生家的晚会上。

准确地说，不是在晚会上，而仅仅只是在晚上。因为医生没有请客人来，他也没法儿请，因为他客厅里所有的家具只是一张大桌子，桌子下面坐着三个孩子。

“孩子们在那儿玩得更开心，而我们的腿脚也更暖和。”医生说。

晚上八点左右，孩子们就大喊着从桌子下爬出来去儿童室。桌子四周放着一些凳子，而桌上则是茶炊、切成了大块儿的甜面包和装在小铺袋子里的糖。

我们喝茶聊天，因为外面现在是晚上，因此，相应地，医生的房间里也是晚上。

除了主人和我之外，还有两个人：城里的教师片金和乡村女教师莉扎妮卡·芭宾娜。

教师片金是一个孤僻的人，不善言辞，看起来一副没睡醒的样子。除了教学工作外，他还非常积极筹备着期待已久的巴黎行。至于片金为什么要去巴黎，尽管自那时起到现在我已经思考这一问题十年了，但我至今依然不明白为什么。他准备这趟旅行的方式非常独特：死记硬背了马卡罗夫的法语词典，并且完全是不加选择地背诵所有单词。

“那么，瓦西里·彼特罗维奇，”有人问他，“你已经背下来了很多单词吗？”

“已经背到字母‘П’[①] 了，”片金懒洋洋地，但诚实地回答说，“佩加斯，佩戈，佩古兹，佩尼……”[②]

“佩尼？这听起来像是俄语的‘树桩’。”

“不，这是另一个‘佩尼’，法语里的。”

“那这个单词是什么意思呢？”

“我得背完整本字典后，才能记熟意思呢。现在只剩下一点儿啦。已经看到‘П’了，随后我攒够了钱就直接出发去巴黎。”

片金如此津津有味地用俄语读这些法语单词，以至于最普通的单词都在瞬间失去了自己的法语意义，增添了新的、戏谑而神秘的色彩。

我就是在这里认识了女教师莉扎妮卡·芭宾娜。

芭宾娜毕业于圣彼得堡的一所中学，甚至还学习了一年的师范

---

① 法语共有 26 个字母，“П”音是第 16 个字母。

② 此处为片金所读字典里的法语单词音。

课程。随后她担任了地方女教师的工作，在远离城市八十俄里之外的小乡村库克泽罗给年轻人教课。那里一年中有四分之三的时间哪儿也不能去。

冬天时人们可以讲究地乘坐无座雪橇出门，秋天与春天则完全不出行，而夏天里女教师则乘坐“弓”去城里。

听说这些时，我很天真地以为所谓的“弓”就是小提琴的“弓”，因此无论如何也不明白这是怎样奇怪的交通方式。要是那样的话坐在小提琴上面岂不是更方便？

后来他们对我解释说，“弓”是这样的装备：将两根长长的车辕架在马身上，在它们尾部距离地面大约一俄尺的地方用横木连接。而女教师莉扎妮卡就坐在这一横木上，“越过树桩，跨过木墩，掠过高高的篱笆墙”，并随着土墩的起伏而颠簸。在那车轮过不去的地方，只有坐在擀子上的巫婆和坐在弓上的女教师莉扎妮卡能飞驰过去。

“弓”碰到了腐烂的树桩，顶起来又弹回去，颠簸起来。莉扎妮卡将旧的宽皮腰带束紧些，以便“五脏六腑不会来回摇晃”，继续前进。

她乘坐“弓”去城里只有一件事——去领薪水。薪水一个月发放一次，但为了领它却不得不跑两趟。因为地方自治局没有钱，但是有一间提供消费品的小店铺。

“芭宾娜，您是来领取糖充当薪水的吧？”有人问她，“我们有很多糖。”

“我要您的糖有什么用呢？我想要牛肉。”

“我们的牛肉，抱歉，没有为您储备。而糖呢，您真是个不会打算的姑娘，可以把它卖给庄稼汉啊。”

“庄稼——汉？糖——？在我们库克泽罗庄稼汉连盐都只能在梦里看到，更别说糖了。”

她坐上“弓”，将宽皮腰带系紧，“越过树桩，跨过木墩，掠过高高的篱笆墙”颠簸着回家了。

有时在城里时她会去看看医生，艳羡城市的奢华生活，切成大块的甜面包和桌子底下的三个孩子。但更多时候她是沉默的，因为医生和妻子都是关注生活的人，他们无所不知，阅读杂志！而莉扎妮卡则孤陋寡闻。

她听教师片金说已经读到字母“П”，并且很快攒够了钱急着去巴黎。她听着，想起了自己大约三年前曾打算去瑞士。她甚至听取经验丰富的人的意见为自己缝制了印花布的灯笼裤以便爬山。灯笼裤她已经穿破了，因为一直穿着它坐在“弓”上出行。而关于出国的梦想几乎也破灭了，因为它已经变得陈旧，消失得无影无踪。只有在城里，在医生家做客时，莉扎妮卡才想起了它。

莉扎妮卡坐着喝茶。她面色发黄，有些浮肿，双手通红。

我望着她。

她只是夸张地说着自己的事，坚信自己工作的重要性，坚信自己的贡献是必须的。她甚至相信明天早上就会收到薪水。

她好像有点儿奇怪，有点儿愚蠢似的。

但医生的妻子今天满腹怀疑。她刚从杂志上读了某个新唯美主义者所写的一篇不同寻常的天才作品。如今就连杂志上也开始刊登新唯美主义者的作品了。

医生之妻往嘴里塞了一些面包，开始谈起美来：

“是的，莉扎妮卡的生活是不成体统的，而人甚至没有权利有意糟蹋自己的生活。她如此扭曲了天性，因而，也就违背了上帝的旨意。是的，当然，美学意义中的上帝……什么？啊？那您就自己读一读最近的书吧……”

莉扎妮卡表示抗议。她不懂这些。

“您竟然这样说！”医生之妻感到愤怒，“您，作为过去的高等女子讲习班学员，您就不感到羞愧吗？要知道您的生活是有损尊严的。您那最偏远的小村子里最贫穷的庄稼汉都过得比您好，因为他对这种不可忍受的生活已经习惯了，而您呢——您可是讲习班学员啊，小姐。”

莉扎妮卡突然跳起来。她的黄色面孔燃烧起来，眼睛闪闪发光：

“不，我以前这样想，今后也将会这样想。我的工作是有益的，我的生活是美好的，我的贡献是神圣的。”

随后她突然脸色发白，就像是疲惫了，低声补充道：

“而我如果哪怕是一分钟停止这样想，我就没法活到明天早上了。”

在夏天

献给安东·契诃夫

俄罗斯人喜欢批判且悲观地推究哲理。

外国人如果心情不好，就会对妻子挑剔，对现在流行的东西表示不满，指责秩序。并且，在极端情况下，如果他们喝多了，还会批判政府。但打击面不会很广，只是略略提及，并不深入地在两种开胃酒之间进行，并且完全在理智范围内。

俄罗斯人不是这样的。俄罗斯人甚至在最平和的心境中，如果给他一分钟自由时间，特别是在愉快的用餐之后，只要有空——他就开始了。他选择的情节令人非常不舒适：死后的生活，世界福祉，人类的退化。而要是谈及无论他自己还是听众都一无所知的佛教时，他就开始胡言乱语了。一切都很悲观，他对什么都不认可，什么都不相信。

听听——世界是如此糟糕，而他们为此感到如此惭愧。

所有这一切，在我看来，缘于俄罗斯人非常喜欢“不喜欢”。“不喜欢”令他们感到怡然自得和幸福。偶尔也有个人善良温柔，可他的善良与温柔连他自己都感觉无聊。只有在可以厌恶谁的时候，他才感到快乐——那时他神采奕奕，心情舒畅，远离了生活的枯燥无聊。

这是巴黎附近的别墅，现在则成为俄罗斯公寓。

当然，这是别墅，但它只是在去年之前是“巴黎附近的别墅”，如今它是亚罗梅卡太太装修过的公寓。自那时起它就不再是别墅，而是坦波夫附近的公寓。因为在任何一座别墅的任何一个花园，您都不会听到如此刺耳的声音：

“玛尼卡，牛奶罐在哪里？啊？在小木桶下面吗？”

或是压低声音的谴责声：

“每天都是肉饼，这简直太过分了。哪怕换个花样做些奶渣饼啊。二十二法郎的包伙是可以对餐食提出更高一些要求的。”

早饭之后小凉台就有些闷热了，从厨房窗户飘来了残余的炒熟的洋葱气味。

沿路散步很热，又懒得去小树林里，而坐在闷热的凉台上则意味着刻意让自己思考忧郁的哲学，重审世界使命。可除此之外还能做什么呢？

萨布卢科夫坐在种有月桂树的木桶下方。在他对面，在另一个种有另一株月桂树的木桶下方，坐着佩特鲁索夫。两人长时间听着二楼关闭的窗板后女抄写员家婴儿的大声啼哭。

“多么幸福的时刻啊!”佩特鲁索夫说着，叹了一口气。

“这算什么幸福啊?”萨布卢科夫讽刺似的问道。

“童年，我亲爱的，童年。不可重复，一去不返的童年。”

萨布卢科夫叹了一口气说：

“童年有什么幸福可言？显然，是沃洛佳的哭声让你产生了这些美好的念头。这样幸福的人，哭上两个小时，就像是要把他的皮剥掉了。”

“知道吗？这就是这个年龄的痛苦。大人让他躺下睡觉，他就哭。”

“人到底为什么陷入绝望，原因不都一样的吗？某个大高个儿扑向您，强行把您推倒——您会开心吗？不，我亲爱的，我告诉您，生命中最该死的时期正是人们大加赞扬的童年。打后脑勺儿，拍打，弹指，不可以这样，不可以那样，吃各种糟糕食物，稍好的——就是有害的，不许说话，不能晃腿，不准叫喊，不得敲打。这简直是服苦役！而他们竟然能够仅仅只是低下头而没有去跳河，这简直令人惊讶。”

“那包围着他们的温柔与爱呢？要知道这可是之后值得回忆一生的东西啊。”佩特鲁索夫站起来，又叹了一口气。

“您是指随便什么人用脏兮兮的手捏痛他们的脸，用亲吻涂抹他们的脸吗？如果您被这样揉搓了一顿，您会高兴吗？某个上了年纪的老大娘张着没有牙齿的嘴对您‘特普鲁纽什卡——秋秋纽什卡’呜噜呜噜说着什么，这简直令人毛骨悚然。而长大一些后就要学习，什么样的胡说八道没有灌入他们的思想呢。”

听，小鸟落网了，站住！

你逃不出网了。

坦白说，你摸着胸口自问，这种“小鸟，站住”在生活中会对哪个正常人有用呢？谁需要这个呢？况且还有某个先生用诗歌来讲述雏鸟如何孵出，又如何飞走了——他们为什么总喜欢说鸟儿呢？记住，或许，您这是在死读书了：

一整天啾啾不停，

就像孩子在闲聊，

远处，远处，远处！

鬼知道这是什么玩意儿！简直是耻辱！纯粹的胡说八道这样结束：

远处，远处，远处！

哦，如果给我一双翅膀……

为什么突然要给一个正常人翅膀呢？正常的人如果想去哪里的话，按合法程序买票就好了。而这里呢——一直什么也不做，就待在小窗口旁，“叽叽叽喳喳喳”，还买什么票呢——给他一双翅膀好了。简直放肆又无耻！

“呵，知道吗？也不可以这样说。”佩特鲁索夫打断了他，“您这是完全否定诗歌了。诗歌——这是好东西，特别是对年轻人来说。在诗歌中，诗人总是像这样梦想着什么。还记得吗？”

请给我高高的宫殿
四周是绿色的花园。

“怎么不记得呢！哈哈！”萨布卢科夫忧郁地笑了起来。

让琥珀色的葡萄，
在它宽广的背阴处成熟。

我记得很清楚，“让葡萄在背阴处成熟”。这是很巧妙地杜撰出来的！为什么不在人类呵护下，不在太阳照耀下成熟？不，既然他是诗人，自然就与众不同。其余的就好理解了：少女，自己的马，大理石厅——谁会拒绝这个呢？但结局，最后的结尾又是非常奇怪的。诗人表达了自己渴望能在田野上飞驰一次的愿望，以及，他不需要幸福。对不起：有房子——其一；有田野——其二；有花园，其背阴处有小葡萄园——其三；少女和马——其四。他还需要什么呢？他到底拒绝了什么样的幸福呢？

孩子们什么也不明白，却要死记硬背。你要是不知道这个穿着讲究的人想要怎样飞驰的话，就无法获得中学毕业证书。

萨布卢科夫感到生气。他沉默了一会儿，又说道：

“要知道并非仅仅只是死记硬背本国诗歌，外国诗歌也植入我们脑中了。还记得《森林之王》吗？这是多么令人愤慨的事啊！那时我还小，以为这是某种，比方说，某种不太好的事呢！您自己想想：爸爸骑着马，带着儿子在寒冷的黑暗中疾驰。好吧，在黑暗中就在黑暗中吧——那是他的事。而在他们身后有老魔鬼——森林之王在追赶。他的大胡须在风中飘荡，眉毛是银色的。好吧，就算如此。”

而他，这一最老的林妖，在说什么呢？他在做什么呢？他在诱惑小男孩。

孩子，我迷恋你的美貌——
愿不愿意，你将是我的。

扪心自问——这正常吗？这体面吗？我明白，在童话中圣诞老人爱上了美丽的姑娘——但并不是爱上了小男孩！而这个大胡子大叔，不管您信不信，说“愿不愿意，你将是我的”。而孩子们却应该熟记这个。光听这个就会感觉非常愚蠢：

亲爱的，森林之王对我说，
他许诺黄金、珍珠和快乐。

给这个小男孩珍珠！小男孩要珍珠有什么用呢？坦白说，这是很愚蠢的！应该给小男孩冰鞋、自行车、夹香肠的小白面包。这才是应该给小男孩的东西。怎么会突然来个“珍珠”？这也是臆想出来的。

“这是翻译，”佩特鲁索夫说，“原文中似乎不是这样。原文中是关于他的什么喃喃自语，说她有一条金色连衣裙。”

“这就更离谱了！老巫婆有什么样的衣服和小男孩有什么关系？森林之王自己也不是年轻的大叔，而妈妈，或许，将近一百岁了。呸！这是诗——歌——幻想！你给我展示的是美丽，而不是别的什么东西！他答应给小男孩老巫婆，而爸爸却疾驰着，什么也听不见。”

“这是暗示，意思是父母总是最后才知道所有事情。他们不知道孩子们背着他们都做了些什么。”

萨布卢科夫皱了皱眉，压低嗓音说：

“不，我亲爱的，这里还要更糟。这里他们想要破坏思想。什么思想呢？沙皇的思想。看，这里说了沙皇在做什么事儿。他们生活奢靡，胡作非为。布尔什维主义，我亲爱的，这是布尔什维克的宣传。而这就是所有令人痛苦的‘寒冷的黑暗’！这一切都是调味品，是障眼法。这是布尔什维主义，我亲爱的！”

“您是从哪儿听说这个的？”佩特鲁索夫不信任地问道。

“是，是，是！没什么‘这个’。这已经不是‘这个’。我们这儿的一切都是这样。我记得，音乐会上的演员们朗诵道：

回忆日日夜夜折磨着她，

就像邪恶的刽子手，就像迷人的统治者。

我那时就注意到了。“‘对不起，’我对主持人说，“‘这一迷人的备受折磨的统治者是什么样的呢?’这，据说，是阿普赫京说的，与我们无关。无关！不该容忍这样。而您也说‘这个’还不错！这是在毁灭俄罗斯，您高兴了吧。”

“这个，您知道吗？实在……”

“我什么也不知道，也不想知道。”萨布卢科夫打断了他的话，“我完全不想再和您谈论类似的话题了。我心中还有理想。”

萨布卢科夫站了起来。

沿路散步很热，又懒得去小树林里。他重新坐了下来，叹了一口气，忧郁地说道：

“您不觉得，说实话，整个欧洲都在走向灭亡吗?”

“又开始了!”佩特鲁索夫想。但沿路散步很热，又懒得去小树林里，因此他只能叹了口气，简短回答道：

“是吗?”

随后他闭上了眼睛。

心思细腻的人

尼古拉·阿尔达利内奇的事业一直很顺利。

尼古拉没想到这次会耽搁，特别是他在内阁中还有一只手——自己人，他的朋友兼中学同学拉夫留沙·米古诺夫。

“亲爱的！”拉夫留沙说，“我已经为你尽力了，平静一些。你现在需要什么呢？你需要获得拨款。你会得到的。”

“只是别耽搁了，”尼古拉·阿尔达利内奇很焦虑，“对我来说现在最主要的就是获得拨款，不然我就要坐牢了。”

“你怎么会坐牢呢？我亲爱的！不然我为什么活在这个世界上呢？拨款完全取决于将军，而将军又盲目地信任我。此外，你的事业——是纯正的、诚实的事业，这对内阁来说也是有利的。你有什么可担心的呢？”

“我自己知道，我的事业是很清白的。要知道，据说，没有贿赂的话哪里也行不通，可我没有对任何人行过贿。”

“这个已故的库普费尔收取了贿赂，自那时起我就坐在了他的位子上，你自己也明白，不能说这个。将军是最廉洁的人，非常守规矩，极其多疑。没错儿，你自己也会看出来的。明天快十二点你来吧。但我求你一件事：内阁中谁也不应该知道我们是朋友。不然现在就会有传言，比如，他们会说，米古诺夫是为自己人谋利。还有人会认为，我对物质利益感兴趣呢。”

第二天早上尼古拉·阿尔达利内奇心情愉悦地去了内阁处。

“你好，拉夫留沙！”

米古诺夫整个人激动起来，四处瞟了瞟，眼睛避开朋友低声说道：

“天，别作声！别说一句话，出去到走廊里。”尼古拉·阿尔达利内奇感到很惊讶。他来到走廊里。米古诺夫过了大约两分钟跑了过来。

“怎么可以这样？要知道你把一切事情都毁掉了！‘拉夫留沙！你好！’我对你来说是什么‘拉夫留沙’啊？你本不应该认识我的。”

尼古拉·阿尔达利内奇甚至感到了委屈：

“怎么，我让你感到羞愧了吗？是这样吗？怎么，我就不可以和你认识吗？”

拉夫留沙忧郁地扬了扬眉毛：

“我的天！你怎么就不明白呢？我，也许，内心非常自豪于我们的相识，但你要明白，在这里不应该让大家知道这些。”

“确实，他们可能会认为，你会为我做什么下流勾当呢。那我们坦白来说：你不得不向你的将军胡诌些什么吗？”

“当然没有！上周给伊万诺夫拨款——我就这样直接建议将军别错过这个事了。我是真诚而坦白地建议的。因为我是一个诚实的人，忠于自己的事业。我与伊万诺夫没有任何私人关系。我就像一个诚实的人那样提议的。你自己也明白，当我全身心期待你成功时，又怎么可能推荐你的事呢？要知道如果将军猜到了这个，你自己也明白，失败将不可避免。小点声儿……有人来了。”

拉夫留沙跳到一旁，装出一副很不自然的冷漠面孔，用指甲抠着墙壁。

某个官员走了过去，好几次惊讶地回头看了看。

拉夫留沙望着尼古拉·阿尔达利内奇，叹了一口气：

“科利亚，能怎么办呢？我一直希望一切都能顺利地进行。现在你去找他吧，我从另一个门进去。”

将军接待了尼古拉·阿尔达利内奇，给了他一个热情的拥抱：

“祝贺你，真心祝贺你。非常，非常有趣。我们不需要多余的拖延，现在就给您写拨款单。拉夫连季·伊万内奇！现在需要给您的朋友写拨款单……”

拉夫留沙脸色苍白地走到桌子前面，眼神闪烁着。

“给……给哪个朋友？”他含糊地说。

“什么——哪一个？”——将军感到惊讶，“不就是韦尔宾先生吗？要知道，您，记不记得，说过他是您的朋友。”

“绝……绝不是这样，”拉夫留沙颤抖地说，“我不认识他……我和他不熟悉……我开玩笑的。”

将军惊讶地看了看拉夫留沙。拉夫留沙脸色苍白，嘴唇颤抖，眼神闪烁，像个卑鄙的家伙一样站着。

“真的吗？”将军问道，“那，也就是说，我弄错了什么事。尽管如此，然而，还是需要给韦尔宾先生写拨款单。”

拉夫留沙脸色变得更苍白了，他坚定地说：

“不，安德烈·彼得罗维奇，我们现在不能写拨款单。韦尔宾先生还没算清账呢。他需要首先呈报所有的结算，而且还应该有一份复印件……”

“没关系，”将军说，“今天就可以下拨经费，至于结算，我们随后并入业务里一起算。要知道那儿一切都很清楚！”

“不！”拉夫留沙忧郁地坚持到底，“这不符合规矩。我们不可以这样做。”

将军冷笑了一下，转身对尼古拉·阿尔达利内奇说：

“抱歉，韦尔宾先生。您看看，我有怎样的官员啊——严格的形式主义者！不得不请您首先提供所有需要的东西，按程序……”

“阁下！”尼古拉·阿尔达利内奇跳了起来。

将军摊开双手：

“没办法！您看看，我的手下多么严厉。”

而拉夫留沙用眼睛死盯着朋友，瞳孔在叫喊着：“闭嘴！闭嘴！”

在走廊里拉夫留沙追上了他：

“你别生气！我已经尽力了。”

“谢谢你！”尼古拉·阿尔达利内奇生气地低声说，“如果没有你，我就拿到拨款了。”

“我亲爱的！要知道他现在并没有意识到，我心里是站在你这一边的。你得承认，我是个心思细腻的人。”

而将军这时对自己的助手说：

“知道吗？我今天不喜欢我们的拉夫连季·伊万内奇。非常不喜欢！他对自己这位朋友表现得很奇怪。在走廊里和他窃窃私语，随后又坚决否认认识他。这一点儿也不光彩。”

“大概，他想获得贿赂，但并未成功，于是他出于气愤就祸害朋友。”将军的助手猜测说。

“是的……某种不光彩的事。应该请求把这位机灵的年轻人调到离我们远一些的地方。他，显然，是个心思细腻的人。”

蒸　汽

剧院里一片黑暗。

只有舞台被照亮了，那里在进行排练。

池座里一小队演员出现了，等待着按顺序上场。

他们蜷缩在皮大衣里低声交谈着，彼此很难区分开来。

西班牙高级贵族——风情万种的女人阿尔维德娜眯缝着惺忪的睡眼，打着呵欠，再次问道："嗯?"然后忘记了回答。她早上九点躺下，十点却已经被叫醒了。

在阿尔维德娜手底下，在她的胳膊肘与手笼之间，两颗挨得很近的圆形扣子一闪一闪。

"哈，佳普卡和您在一起呢?"演员穆拉科夫问，用手指抚摩着两颗圆形扣子。

那里有丝一般柔软的绒毛，冰冷潮湿的小鼻子蹭着演员的手。

"佳波奇卡！佳波奇卡！它也来参加排练吗?"

"不能把它留在家里。我不在它就一整天尖叫着，什么也不吃。"

"您觉得它可怜了！您这是多么奇怪啊！多少人都被害了，而您却可怜小狗。"

“我担心它会死去。”

“死就死了吧，也不算是大灾难。地狱痛苦对它来说并不存在。它的灵魂如蒸汽般并不存在。噗！——就完了。”

“最好我把它卖了。”阿尔维德娜认真地说，“这是很昂贵的品种，怎么能让它白白消失呢？”

小狗不安起来，低声叫着，将头藏到女演员背后。

“阿尔维德娜！该上场了！”导演助理大声喊着。

阿尔维德娜跳起来，扔掉小皮袄，沿着架在空乐池上的小桥走过去。

在她身后，黑色的小线团紧挨着她的脚滚动着，小铃鼓轻声叮当作响。

“您走进来，手伸向约瑟夫。就这样！”阿尔维德娜伸长手臂，向前迈了一步。

“不是这样，不是这样！”导演制止了她，“要知道您是在央求他——也就是说，需要更激烈的行为，急切冲到前面！再来一遍。”

阿尔维德娜返回到原来的地方，重新伸出手臂，向前走了两步。

小狗也轻声叮当作响，跟她一起回来，再次跑了出去。

“脸！脸！把脸转向说话的那个人！当你的情人将要杀你时，不能看向池座。就这样，试试吧。”

“约瑟夫，我没错！”头戴绣花小圆便帽的工作人员在舞台前的提词室里说道。

“约瑟夫，我没错！”阿尔维德娜用贵族女子中学学生般委屈的腔调重复着，她脚下的小狗因为烦闷焦急地转来转去。

戏剧情节铺展开来。

睡眼惺忪的女主人公慵懒地缓缓转过脸。她的脸像极了小牛肉饼，被厨师借助自己的想象赋予了美女的面庞。

“活跃起来，阿尔维德娜，活跃起来！您猜到了陷阱，应当愤怒起来，岂有此理！”

“我知道，您有什么能力。”提台词的人嗡嗡说道。

“我知道，您类似什么。”①

“有什么能力。”

“您有什么能力，”阿尔维德娜镇定地改正了，跺着脚，“我恨您！”

呜……佳普卡背上毛竖了起来，呜……

它全身警觉起来，注视着自己女主人的每一步。

“现在我能怎么办呢？”在提词人的帮助下阿尔维德娜大声说道，并且扑倒在沙发椅上痛哭起来。

佳普卡全身颤抖，低声尖叫起来。它也哭了。

“不，不是这样的！”导演制止了她，“难道是这样号啕大哭吗？肩膀抖动起来。就像这样！这样！这样！”

阿尔维德娜抬起自己睡眼惺忪的脸，重新扑向沙发椅哭起来。小狗低声地，持续不断地低声尖叫着。

“这些场景足够了。”提词人大喊起来，相当艰难地指示着。演员扎塔卡诺夫扑向痛哭的女人，开始疯狂地摇晃她的肩膀。

---

① 俄文单词里“有能力”与“类似的”发音相似，这里是女演员听错了提词人的话。

呜！—— 佳普卡开始发出低沉的怒吼。

"你要杀死我！"阿尔维德娜突然喊起来。

弱小的、毛发蓬松的佳普卡神情怪异，它像因为恐惧而发了疯的褐色毛线手套，带着深深的绝望尖叫着扑向了扎塔卡诺夫。它跳起来，又落下去，突然用自己小小的牙齿紧紧咬住演员的鞋子。

进入角色的扎塔卡诺夫没有中断自己的答话，只是用脚踢了踢它。

小狗被踢出去很远，脸撞上了提词室的边缘，惊呆了似的在地上躺了一会儿。随后它缓缓爬起来，站立着，垂下了头。

与此同时，阿尔维德娜已经整个人从沙发上跳起来，扑向了演员扎塔卡诺夫的怀抱，号啕大哭起来：

"你是爱我的，约瑟夫！哦，多幸福啊！你爱我！"

她抱住了扎塔卡诺夫，在他的耳旁隔空亲了亲，想装出幸福的笑容，却并不成功。

佳普卡有那么一瞬间惊慌失措，但它突然明白了，低声尖叫着扑向拥抱着的一对儿。显然，它伤着了肋骨，因为身体两侧左边的脚掌都是跛着的。但尽管如此，它围着他们跳着，短促而幸福地吠着，激动地摇晃着尾巴，以至于整个身体都来回摇晃。

它以自己疯狂的热情与极度的欣喜弥补了女主角情感的不足。因此，它自身也参与到这场戏中来，获得了导演要求的整体感觉。

"还行，"他对作者说，"可以不删去阿尔维德娜的角色，她和它一起，或许，是能够胜任的。最后一场她甚至是带着激情演出的。我很惊讶，但应该承认，她，或许，有时也可以忘我地投入演出。"

阿尔维德娜在餐馆和中尉巴尔斯基一起吃了午饭。

佳普卡留在家里，它跳上窗台，微微晃动耳朵倾听着喧闹声及沙沙声，嗅了嗅馅饼，尖叫起来。

阿尔维德娜回来后扔给了佳普卡一小块巧克力。佳普卡出于礼貌把它叼起来，悄悄塞到沙发底下去了——它并不吃巧克力。

阿尔维德娜在演出前躺下休息，很快就睡着了。

她圆乎乎的脸庞上嘴唇半开半闭，似乎就像是在仔细倾听着什么，并且惊讶于自己的鼾声。

佳普卡在沙发边的地毯上蜷成一团。

它久久地躺着，在原地翻来翻去——它的肋骨受伤了。随后它也睡着了，梦里哆嗦了一下，轻微地、压抑地吠了一声，重新并永恒地感受着爱的全部痛苦——这非凡的、忠诚的、胆怯却又充满了忘我精神的痛苦。

春　天

因为戴着黑色帽子的缘故，她的眼睛看起来更大，更忧伤，脸色看起来也更苍白。

或许，她确实因为可怜鲍里斯·尼古拉耶维奇的缘故，脸色变得苍白。可爱的博比克，漂亮的、快乐的博比克，却如此愚蠢地开枪自杀了。

听说，他输了很多钱，走投无路了。

又或许，不是因为这样……

她记得，几天前他来找她，也就仅仅只是几天前。事实上，几乎就是他死亡的前夜，他说：

“我亲爱的！我的小心肝！我想看看你的眼睛！”

她俯身看向镜子，看着镜中自己的眼睛：

“我亲爱的！我的小心肝！博比克，要知道只有你这样称呼我！亲爱的博比克……”

她的眼睛突然变得更苍白，更清澈了，就像是投入杯底的宝石一样。它们哭了。

于是她小心地用手帕的一角擦干它们，戴上手套，去参加追悼会了。

傍晚充盈着春的气息，稍稍有些闷热，令人心神不宁。这样的晚上，人们都忙着赶往什么地方，因为春的欢愉似乎就在什么地方等待着，只需找到它们就好。他们忐忑不安地奔波着，向遇到的人询问："你知道吗？你知道这个吗？"

离家不远处，在博比克被子弹击中死去的地方，头戴黑帽子的女人，那个他称之为"我亲爱的"的女人，走进了花店：

"请给我拿一束白色的百合花。就是这些。多少钱？"

留有鸡冠状发型的年轻人跑到花瓶边上：

"一卢布一枝。这些是带蓓蕾的。"

他有些吃惊地瞥了一眼坐在收款处的女主人，好像在说，卖得并不便宜。

"真贵啊。""亲爱的"说。

百合花散发出湿润的、即将凋谢的味道，但依然是鲜活的。有时这个或那个嫩枝微微抖动一下——这是新的成熟的蓓蕾在舒展自己的花瓣。而当入口处的门被人碰触砰砰作响时，长长的、带有花边的丁香便整个颤抖起来，就像神经质的女人，长时间轻轻抖动着，无法平静下来。

"请给我四朵花。""亲爱的"说，"不，给我六朵。"

她想起来，他曾对她说过："我的小心肝。""我要给他买六朵百合花，因为我爱他。是的，我爱你，傻博比克！为什么，为什么你要这样做呢？"

她走了出来，打开精美的包装纸，吸了一口温室百合花暖和的懒洋洋的气味。

“抱歉，我似乎撞到了您！”

一张年轻而快乐的面孔如此近距离地贴着她，笑盈盈的眼睛闪烁着，在询问着什么。

“亲爱的”感觉受到了侮辱。在这种时刻！她要去追悼会……她走向了街道的另一侧，但心情完全被毁掉了。“你是如何亲昵地称呼我的啊，亲爱的博比克？你对我说：‘我亲爱的！我的小心肝！’你可是这样对我说的啊？我永远也不会忘记这些话。”

“抱歉！您，似乎，掉了手帕！”

还是那双微笑的眼睛，此刻多了几分腼腆与固执。他是大学生。他递给她劣质的、卷成了一团的手帕。显然，这是他刚从自己的口袋里掏出来的。她不由得笑了。他的眼里也流露出坦率而大胆的笑意：

“我认为，它不是您的。我有这方面的某种才能。”

他匆匆将手帕塞进自己的口袋：

“您不生我的气吧？”

她，当然，很生气。这种行为是如此粗鲁——在大街上纠缠！但他还在说着什么：

“事实在于，我不能不走向您。如果我不走近您，我之后就永远无法原谅自己这一点，永远无法。”

“我不明白，您想说什么？”

她将自己的百合花卷起来放入纸袋，放下它们，望向周围人群笑意盈盈的眼睛。

“因为，您是如此与众不同！您这样的人，在生命中只可能会遇到一次。或许，您自己在生命中可能也只有这一次机会，就是现在。难道我能够不拦住您吗？难道我能够不说出这一切吗?”

“需要大笑起来，然后说，他是颓废主义者。”“亲爱的”想了想，但没能笑出来。她什么也没说，只是看着他，微微笑了笑。

“您要急着去哪里吗?”他又重新问道。

“是的，要去参加追悼会。就是这个入口。”

“去追悼会——也就是说，不会太久。我会在这里等您。”

“没必要。”

“不，有必要。难道您不明白，这是非常有必要的吗？您就像百合花一样！您是独一无二的……我会在这里等您。”

她沿着台阶走上去，走到房子里。那里门敞开着，穿着黑衣的人群沉默地站着，在颤抖的蜡烛静静燃烧的火苗上方低垂着头……

“哎，博比克!”她想起他，“亲爱的博比克，我爱你！你都做了什么事啊!”

但她的灵魂没有听到这些话，她再次重复道：

“博比克，我爱你！我的博比克！你是怎样称呼我的啊，亲爱的？你对我说：‘您就像百合花！您是独一无二的。’要知道你就是这样对我说的。我永远也不会忘记这些话。”

雅弗多哈

献给阿·德·纽伦堡

周日，磨坊主的雇工特里丰从村庄拐弯处驶向凹地里雅弗多哈的农舍，递给老大娘一封信：

“这是您儿子从部队里写来的。”

瘦弱、高个、驼背的老大娘站在那里，瞪大眼睛眨巴着，但并没接过信：

“大概，不是给我的吧？”

“邮递员说，给雅弗多哈·列斯尼科娃。拿着吧，是您儿子从部队里写的。”

于是老大娘接过了信，久久翻转着信，用折断了指甲的粗糙手指抚摩着它：

“那你读一读，或许，不是给我的。”

特里丰也摸了摸信，但又把它还给了老大娘：

“我不识字。你去村里吧，那里有人会读。”

随后他就离开了。

雅弗多哈仍旧站在农舍边，眨巴着眼睛。

农舍很小，窗户以下部分深陷入地里，窗玻璃呈虹色，带有裂缝。而老大娘是高个子，住在农舍有些憋闷。显然，也正因如此，命运使她的背有些弯曲了——她也不上街了。

雅弗多哈眨了眨眼睛，钻入农舍，将信塞入黑色的圣像里。

随后她走向了公猪猪舍。

公猪住在带窟窿的干草棚里，紧挨着农舍。因此夜里当公猪用身体蹭墙挠痒时，雅弗多哈总能够听到。

老大娘满心怜惜地想：

“挠吧，挠吧！你就要在圣诞日被吃掉了，那时你就不挠痒了。”

她早上为了猪才起床，左手戴上厚粗布的不分指手套，用一把旧的、细得像线一样的镰刀收割长在路边的结实的纤维荨麻。

白天她将猪放牧到洼地里，晚上再把它们赶入干草棚里，大声斥责它们，就像真正的农妇一样，有正宗的、井然有序的事业。而一切，谢天谢地，都是好好的。

她已经很久没见过儿子了。儿子在城里工作，离她很远。如今有信寄来了，“来自部队”。也就是说，他上了战场。那么，节日不会有钱汇来了，那么，不会有面包吃了。

雅弗多哈走向猪，眨了眨眼说：

“我的儿子，帕纳斯，从部队寄来了信。”

这之后她平静了许多，但晚上还是久久无法入眠。临近早晨时沿路响起了沉重的脚步声。

老大娘起身透过缝隙瞧了瞧——一群士兵走了过来，很多很多人，灰色的、安静的、沉默的士兵们。“他们要去哪里？做什么？为什么沉默？为什么这样安静？”

有些可怕。她躺下，盖住了头，太阳升起时就打算去村子里。

又高又瘦的老大娘走了出来，四处张望，眨巴着眼睛。这里夜间有士兵走过，所有的道路都是黏糊糊的、泥泞的，就像是被研钵捣碎了一样，路旁的草也被压到了路面上。

“给公猪的荨麻都被践踏了，全都被践踏了！”

她走着，用瘦弱的双脚揉了揉泥土，拄着木拐杖走了八俄里。

村庄里正是好日子：姑娘们为独眼的甘卡编织花环。她被许配给赫洛缅科夫的儿子尼卡诺尔。尼卡诺尔本人上了战场，而老人家赫洛缅科夫家里需要女工。尼卡诺尔要是战死了，那时就无法找到女工了。因此，姑娘们为独眼的甘卡编织着花环。

甘卡的农舍里很沉闷，散发出酸面包和酸羊皮的味道。

姑娘们挤在凳子上围桌而坐，脸色通红，汗涔涔的，眉毛很淡。她们翻转着，逐一查看着废布料做的花朵和带子，那健康的、充满劳动活力的身体用尽全力唱着响亮的歌。

她们的脸庞是暴躁的，鼻孔是膨胀的，就像忙于工作般唱着歌。而歌曲是田间的，自由自在的，从一处到另一处，远远就可以听到。这里，歌声在拥挤的农舍里被击落、被压皱、嗡嗡作响，碰撞着极小的、挂满了黏土的没有通风口的窗户。而聚集在周围的男女们只是眯缝着眼睛，就像风吹进了他们的眼睛里。

嗬——！嗨！咳——咳——咳！嗬！嗬！咳——咳——咳！

男低音吼叫着，且无论说什么，听起来都像是“嗬——嗨——咳——咳咳”，非常吵闹。

雅弗多哈挤进门里。某个村妇转身看向她。

“我儿子，帕纳斯，”雅弗多哈说，“儿子从部队里寄来了信。”

妇人什么也没说，或许，她压根儿就没听到：因为姑娘们在嗡嗡吵闹。

雅弗多哈开始等待。她在角落里坐下了。

突然姑娘们都沉默了——一下子，就像是被噎住了，紧靠门边的小提琴发出凄凉的公鸡般的嘎吱声，紧随它则响起了铃鼓声。人群挤向门口，两个姑娘走到农舍中间。她们胸部扁平，腹部突出，穿着没有收腰的直筒胸衣。她们相互拥抱着就开始了，跺一下脚，再往上跳一下，就像是绊了一下。她们走了两圈。

一个穿草鞋的小伙子拨开人群走了出来，他撩开几缕油乎乎的浅色头发，蹲下，绕圈走。罗圈腿或伸出，或合到一起，不像是在跳舞，倒像是一个笨拙的，令人可怜的残疾者——畸形人在爬行。他很想站起来，却又无能为力。

他环绕了一圈，挺直腰身，勉强挤入人群。突然，所有人开始叫喊：

“萨赫费娅奶奶，跳一个！萨赫费娅奶奶，跳一个！”一位身披厚披肩，裹着缠头巾的小个子老太太生气地摆摆手，摇摇头——说什么也不跳。

“他们纠缠老人做什么呢？”不明就里的人们惊讶地问道。

而那些明白原因的人，叫喊道：

“萨赫费娅奶奶，跳一个！”

突然老大娘皱皱眉，笑了起来，转向圣像：

“好吧。让我们在圣像面前祈求宽恕吧。”

她在身上画十字，将身子弯得很低很低向圣像鞠躬，说了三次：

“上帝，请原谅我！上帝，请原谅我！上帝，请原谅我！”

她转过身来，微笑道：

“我祈求宽恕过失。”

的确有什么需要祈祷求恕的！瞧，她是如何挺胸叉腰，如何递眼色，如何扬起头的啊——咦——赫，——开始了！

一个又瘦又高的年轻人突然出现了，他穿着草鞋，步履踉跄。谁也没有看他，大家都在看萨赫费娅。现在她没有跳舞，只是站着，等着自己的顺序。当年轻人跳到她面前时，她还在等待着。也就是说，是小伙子在跳舞，而她仅仅只是等待着。可舞蹈的灵魂在她身上，而不是他。他穿草鞋的脚踉跄着，而她每一根血管都活跃着，每一块骨头都演奏着，每一滴血都沸腾着。不必看他，只要看她就够了。终于轮到她跳了——她转过身，一跃而起，开始了！咦——赫！

老大娘知道自己在做什么，就像是在圣像前“祈求宽恕”一样。这样的罪过在阴间的确是要受到严厉训斥的。

而雅弗多哈坐着，挤在角落里，她什么也看不到，而且也没必要看到。那里有什么呢?

她休息了一会儿，挤去了门厅里。

新郎尼卡诺尔在门厅里站着，用碎木片逗弄小狗。

“尼卡诺尔！你或许识字吧？我儿子帕纳斯从军队里给我寄来了一封信。”

新郎犹豫了一会儿——不想中断有趣的事。他迟疑了一会儿，扔掉了碎木片，拿起了老大娘的信。他撕开了信封一角，看了一眼，然后小心地将手指塞进去扯开了信封。

“这的确是一封信。你听听：‘向雅弗多哈伯母致以深深敬意，祝您健康。我们都在行军中，所有人都在前进，非常疲惫。但也还可以。您的儿子牺牲了。或许，他受伤了，但您也别指望什么了，因为他牺牲了。您所认识的菲利普·梅利尼科夫。’就是这些。”

“菲利普？”老大娘再次问道。

“菲利普。”

随后她想了想，再次问道：

“谁受伤了？菲利普？”

“谁认识他呢。或许，是菲利普。上哪儿弄清楚呢？很多人都死了。这是战争。”

“战争，”老大娘同意这一看法，“你能再读一遍吗？”

“现在没时间。你周日过来，我再读给你听。”

“我再来，周日再来。”

她把信藏进怀里，挤着身子往房间里瞧。

“怎么了？”小伙子用胳膊肘推开她，正是那个跳舞的小伙子，就像是畸形人——残疾者那个，“怎么了？”

“我收到一封来自部队的信，它来自我的儿子，来自帕纳斯。菲利普·梅利尼科夫或者受伤了，或者没有受伤，死了很多人。这是战争。”

晚上她沿着泥泞又打滑的道路走向自己的农舍，思考着两件事——忧伤的和平静的。

忧伤的事是：“所有公猪吃的荨麻都被践踏了。”

而平静的事则是：“帕纳斯寄来了信，他也会寄来钱。寄来钱后，就可以买面包。”

而后就什么也没有了。

婚前谈话

她给眉毛和嘴唇涂上油，将头发梳得光滑整齐，以便自己的侧脸看起来更漂亮。她穿上深红色的裙子，为了自己可爱的女友卡托奇卡，她准备好了一切。

卡列涅夫是个唯美主义者。卡列涅夫是不会和发型俗气、衣着庸俗的女人说话的。

而且，她不仅需要和他谈话，还要他仔细听她的建议和理由，倾听并服从。

她有些焦虑，对着镜子练习一些特别重要的句子。

“您应该做这个!”她对着镜子自言自语，威严地耸了耸涂着油的眉毛，“您应当使卡托奇卡成为自己的妻子。爱情一只手给予我们权利，而另一只手则赋予我们义务……不，无疑，这时脸色应该更苍白一些。”

她久久地、仔细地擦着香粉，用小刷笔修着眉毛，重新排练道：

“爱情一只手给予我们权利，而另一只手……”

这样好多了。

这一切多难啊！但是，亲爱的卡托奇卡，你可以放心。你将自己的命运托付给了聪明而智慧的朋友。

这一刻终于来了！

卡列涅夫精力充沛地来了，他甚至有点儿惊讶。

“您的字条使我非常开心，亲爱的莉多奇卡。但您承诺这将会是一场严肃的谈话，这让我很惊讶。到底是怎么回事呢？”

她转过身，侧脸对着他，威严地扬了扬眉，坚定地说着：

“弗拉基米尔·米哈伊洛维奇！爱情一只手给予了您权利，而另一只手则赋予……”

“什么？”卡列涅夫很惊讶，“另一只手赋予。”

“别打断我的话！”莉多奇卡突然激动起来，“另一只手赋予您义务。”

卡列涅夫想了想，然后握住莉多奇卡的两只手，先亲吻了其中一个，接着是另一个。

“我一直知道，您是一位很善良、很严肃的女人。只是为什么您和我说话就像是传教士和埃塞俄比亚人在说话呢？我做错了什么呢？”

莉多奇卡有些不知所措了：

“不，沃沃奇卡，您没有错。只是您是一位非常轻率的人，所以我为我朋友的命运感到担忧。”

卡列涅夫的脸变得严肃起来：

“到底是怎么回事？莉多奇卡，请直接对我说。显然，您指的是，卡托奇卡？”

“对，您猜中了。我是卡托奇卡最好的朋友。我对她许诺过，对任何人也不讲。我要履行诺言。您是否知道，卡托奇卡去基辅找姑母了?”

“去基辅? 什么时候? 为什么?”

“昨天。她离开您了。我发誓，不会告诉您她去的地方，所以我不会说的。”

“但您已经说了，她去了基辅。”

“是吗? 那就是我稍稍提了一下。”

“听我说，莉多奇卡，别折磨我了! 给我说实话吧——到底是怎么回事? 我向您保证，这对我来说非常重要。”

他的脸色甚至都发白了。莉多奇卡有些困惑地看着他：“难道他真的很认真地爱着这个轻佻的女人卡秋什卡吗?”

“好吧，我告诉您实话。”她非常郑重地回答，“我的朋友，卡托奇卡，认真而真诚地爱着您。她不善于轻浮地卖弄风情，她生来就是为了做妻子和母亲的。而您夺去了她的心，却又轻浮地对待她。因此她决定离开您孤独生活，或是忘记您，或是……”

她不祥地沉默起来。他抓起她的双手：

“莉多奇卡! 千万别这样讲! 您说什么呢? 要知道我也是爱她的!”

“或许，”莉多奇卡讽刺地撇撇嘴，“或许，您爱她，但不是能够配得上这种女人的那种爱情。”

“但这是场误会! 我非常认真地爱着她。我打算向她求婚了。”

“真的吗?”莉多奇卡非常不合时宜地惊讶起来。

“是的! 是的! 我认为卡多奇卡是非常严肃的，非常聪明的姑娘。”

“关于这个，我，假定，不能同意您的看法。在中学时她就学得很吃力。毕业考试时她回答说，赫洛斯塔图斯是亚历山大·马克东的马[①]。不，让我们坦诚来说——无论如何也不能称她为聪明的姑娘。我可以这样说，因为我是她最好的朋友。”

“我，当然，不和您争论。”卡列涅夫结巴起来，“但她有如此认真，如此深刻的灵魂，这是我在现在的女人身上没有见过的。”

莉多奇卡发怒了。谁乐意听到这些话呢?

“认真的，哈哈！为了一顶新帽子她都可以出卖灵魂!”

“您说什么呢?当然，她和一切优秀的人一样，喜欢一切漂亮的东西。”

“这个所谓的卡多奇卡也算得上是优秀的吗?卡多奇卡费力地用手指在钢琴上叮咚乱弹。‘柳——柳——乌夫人！我爱您——乌——!’[②] 就像是发动机的喇叭。哈哈！您太令我惊讶了!”

“那么您没发现她是多才多艺的吗?”卡列涅夫忧伤地说，“那么，或许，您是对的。每次望着她那迷人的小脸蛋儿时，总会不自觉为她添上某些精神品质。她有非常迷人的外表。她在自己的众多女友中是如此显眼。如此优雅的美！就像某幅水彩画儿一样!”

莉多奇卡的脸色甚至都发白了：“这是怎样一个白痴啊！简直就是某个疯子!”

---

① 古希腊的赫洛斯塔图斯因公元前356年纵火焚烧了阿尔忒弥斯神庙而名垂青史。而亚历山大·马克东大帝的马绰号则是布塞弗勒斯，这里是讽刺卡多奇卡。

② 这里是莉多奇卡模仿卡多奇卡弹奏钢琴不和谐的声音。

“您知道吗？弗拉基米尔·米哈伊洛维奇，您可以荒谬可笑，但不能到这种程度！卡多奇卡有优雅的美！当然，她为自己涂上了整整四瓶花的色彩，水彩画都很难做到这一点。而早上当她还来不及用假衬垫和假发包裹自己时，您要是看到她，您就会感到惊讶的！您可以相信我！我是她最好的朋友，我知道她所有的秘密。”卡列涅夫安静下来，长久地沉默着。

“莉季娅·尼古拉耶芙娜，”他最终说道，“别怜惜我，她，请告诉我实话，是她委托您和我谈谈吗？”

“不是！……也就是说，对。我承诺不出卖她，但您也别告诉她这些！这多少是有些难为情的，既然我是她最好的朋友。”

“这样的话，也就是说，她仍然爱着我，对吗？也就是说，她，尽管有些轻浮，以及，唉……有缺点，但她能感受到我们这个世纪的真诚和严肃，当女人们……”

“哎，别说了，沃沃奇卡！您是有多幼稚啊！每个小姐都努力以这种或那种方式嫁人。您完全不懂。卡托奇卡是我最好的朋友，而我，当然，不允许自己说她任何不好的方面，但当然……”

“对不起，莉多奇卡，那为何您似乎暗示着，她甚至都该自杀了。或者这只是我的错觉？”

“当然，是您的错觉。”

两人都沉默了一会儿。莉多奇卡深深叹了一口气，忧伤而又同情地说道：

“那怎么办呢？亲爱的朋友，您这是不得不结婚，也没什么办法了。”

卡列涅夫也叹了一口气：

“总的来说我完全不反对婚姻。只是担心，我和卡多奇卡彼此不太合适。但好在天无绝人之路。”

他忧伤地走了，但内心平静。莉多奇卡望着镜中的自己笑了很久。她也忧伤，但也平静。

“亲爱的卡多奇卡！我为你做了力所能及的一切！

“但要知道这个卡列涅夫——是个如此倔强的白痴！”

可卡因

舍尔科夫又生气，又好笑，又确信——没什么能起作用。女演员莫列季在自己女友索妮奇卡的支持下，不屈不挠地念叨着同一件事情。

“我们永远也不会相信。”索妮奇卡尖声说道，“您这样一个堕落的人，突然就不再吸食可卡因了！”

“对，确实如此！我向您发誓！再也没有了！”

“您自己发着誓，可您的眼睛却在笑！”

“听我说，舍尔科夫，”索妮奇卡坚决地尖声说着，甚至抓起了舍尔科夫的衣袖，“听我说，您要是不给我们吸食可卡因的话，我们无论如何也不会离开这里。”

“不离开？”舍尔科夫并不害怕这一玩笑，“那么这个，知道吗？从你们这方面来讲的确太残忍了。你们是怎么知道，我有这个可恶的东西的？”

“您自己说着‘可恶’，自己又笑着。用不着！用不着！”

“那么谁告诉您的？”

“是索妮奇卡对我说的。”女演员诚实地回答。

“您?”舍尔科夫瞪大眼睛望着索妮奇卡。

“没错，是我！这有什么可奇怪的?既然我完全确信您有可卡因，我们决定就直接来您这儿。”

“是的，是的。她起初想通过电话来打听这事儿，但我决定最好还是直接来您这里提出要求，就是这样。打电话的话，您或许还不知道会怎么躲避呢，现在我们就不会放您走了。”

舍尔科夫摊开双手站起来，在房间里走来走去：

“你们知道我是怎么想的吗?我一定想办法给你们弄到可卡因，然后立刻就打电话告诉你们，或者，最好直接寄给你们。”

“这不行！这不行!”两个女友尖叫起来，“您简直太狡猾了！您这是为了摆脱我们！我们说什么也不会离开。既然我们决定今天要尝尝——我们就一定要达到自己的目的。”

舍尔科夫沉思了一会儿，突然笑了一下，好像明白了什么。随后他走向莫列季，拉起她的双手，真诚而温柔地对她说：

“我亲爱的，既然您要这个——那好，我让您尝尝可卡因。但现在还为时不晚，您再考虑考虑。”

“绝不！绝不!”

“我们不是小孩子了！没必要担心我们。”

“首先，这会伤害身体。其次，它会引起可怕的幻觉、噩梦、恐惧，以后想起来会觉得很可怕。”

“这有什么，小事一桩！没什么，我们不怕。”

“那么，我亲爱的，”舍尔科夫叹了一口气，“为了劝阻你们，我已经做了力所能及的一切。如今我可以把手洗一洗，从自己身上卸除所有的责任了!”

他迈着坚定的步伐走向卧室，在梳妆台前久久地翻寻着。

“天哪！也太不走运了！哪怕找到一点白粉也好……”

他走进浴室。那里他看到架子上有两个盒子。其中一个里面是牙粉，而另一个里面是硼酸。他沉思起来。

“我们先来尝尝牙粉。”

他捏了一撮倒到纸上。

“他是个非常好的人!”女演员莫列季在这时悄声对自己的女友索妮奇卡说，“高尚又慷慨。注意看他的睫毛和牙齿。”

“哎呀，我早就注意到这些了。”

舍尔科夫忧郁而果断地走了回来。他沉默地望着女友们，突然他有些怜惜莫列季好看的小鼻子。

“我们从索妮奇卡开始。”他决定了，“我的可卡因是过期的，或许，已经失味了。你们中的一个人先来尝一尝吧，看看它起不起作用。索妮奇卡，请吧，躺到这张沙发椅上。这样。现在拿起这一小撮牙粉……啊不，可卡因——大家这样称呼它：‘牙齿可卡因’。因为……因为它非常强劲。来吧，安静一些。吸一口。深吸！深吸!”

索妮奇卡吸了一口，惊叫一声，一跃而起：

“哎呀！为什么鼻子里这么冰凉？就像薄荷一样!”

舍尔科夫摇摇头，同情而又忧郁地说：

“是的。很多初吸者都会有这种感觉。安静地坐会儿吧。”

“没法儿坐！鼻子直接肿胀了。”

“瞧，我就知道会这样！幻觉已经开始了。安静坐着吧。千万要安静地坐着，闭上眼睛，试着打打盹儿，不然我什么也不敢保证。”

索妮奇卡坐下来，闭上眼睛，张开嘴。她的脸聚精会神，又有些惊慌失措。

“让我也赶快试试吧!”女演员莫列季担心起来。

“我亲爱的！现在回心转意还不算晚。您看看，索妮奇卡的鼻子成什么样子了!”

“无所谓，我做好一切准备了！既然我就是为了这个而来的，那么我就不会退缩。”

舍尔科夫叹了一口气，重新走进了浴室。

“我给她些硼酸，消消毒，这样鼻子就不会肿胀了。”

“我亲爱的，”他说，把粉末递给了女演员，“请记住，我劝阻过您。”

莫列季吸了一口粉末，难受地笑笑，闭上了眼睛：

“哦，多么幸福啊……”

“幸福?”舍尔科夫感到惊讶，“谁会这样想！事实上，非常神经质的人总会这样。别担心，这很快就会过去的。”

“哦，多么幸福。”莫列季呻吟道，“我亲爱的！带我去另一个房间吧……我不能听索妮奇卡说话……这妨碍我打盹儿。”

舍尔科夫帮助女演员站起来。她几乎站不住脚，差点儿摔倒了。而没倒下仅仅是因为，她及时想到用双手搂住了舍尔科夫的脖子。

他将她放在了一张小沙发上。

“哦，我亲爱的。我感到窒息！把我的衣领解开吧。哎！我几乎已经完全无法意识到自己在说什么了……哎，我完全昏迷了。不，不……紧紧抱住我……我仿佛觉得，有什么鸟儿在我们身边飞舞，有些矢车菊在我们周围盛开……这里是小扣子，而不是按钮，它们几乎完全解开了。哎……我完全什么也意识不到了。”

索妮奇卡回家了，没有等到女友，写了一张便条留在桌子上：

“我急忙冲洗了鼻子。我发现吸食可卡因……这的确是非常不道德的事。索尼娅。”

第二天清早，女演员莫列季去找了舍尔科夫，神情果断而又严肃。

舍尔科夫文质彬彬地接待了她，客气地问道：

“非常高兴，我亲爱的朋友。是哪阵风……”

“阁下!”女演员严厉打断了他，“我来您这里是为了告诉您，您的行为非常卑鄙。”

“您怎么了，亲爱的朋友?”舍尔科夫天真地扬起眉毛，“我不明白您的意思。”

“不明白?”莫列季嗤鼻冷笑道，“那我现在就对您解释！您的行为非常卑鄙。您明明知道，可卡因会对神经质的女人产生什么样的影响，但还是把它给了我。”

“哎，我亲爱的朋友，要知道我已经警告过您了，这是不好的东西。您自己要求尝试的。”

“是的，但您不应该这样做！利用女人的无助与昏愚——正派人是不会这样做的。”

“对不起！您说什么？”舍尔科夫再次感到惊讶，“我完全什么也不明白。我做了什么？您指责我什么呢？”

莫列季涨红了脸，她结巴起来，换了另一种腔调说：

“您……亲吻了我，还拥抱了我……您没有任何权利这样做。要知道，我是处于无意识的状态的。如果没有娶她为妻的意愿，那么这样对待一个正派女子是卑鄙的！就是这样！”

舍尔科夫惊慌失措，他直直盯着她的眼睛，突然间笑得浑身颤抖。

“您为什么要笑呢？”莫列季小声嘟囔着，面红耳赤，差点没哭出来。

“哎，我亲爱的！您要整死我呀！您有可能确实是说胡话了。您现在所说的这可怕的一切，不是别的，正是幻觉！吸食可卡因引起的最常见的幻觉。”

莫列季安静下来，吃惊地望着舍尔科夫：

“您这样认为吗？”

“当然了！您就像个怪女人！您在这里安静地坐在沙发上，说着呓语——关于什么亲吻，不然就是什么纽扣，我没弄明白您的意思。是的，我承认，我并不认为仔细听是正派行为。呓语里说的胡话难道还少吗？旁人不应该知道这些。”

莫列季张大嘴听完了这一切。临走的时候，她停在门边，难为情地问道：

“那么请问……吸食可卡因是否会出现这样的幻觉，人们会觉得，他假装自己有幻觉呢?”

舍尔科夫友好地拍拍她的肩膀，愉快地说：

“当然了！经常如此！这是最普遍的状态。科学中这也是众所周知的事实。您可以咨询任何一个教授。”

莫列季叹了一口气，仔细望着舍尔科夫真诚而坦白的面孔，闭上嘴巴，若有所思地，但平静地走了出去。

玛尔基塔

巧克力、连衣裙柔和的丝绸及烟草散发出令人窒息的味道。

脸色通红的女人往鼻子上搽粉，懒洋洋地、高傲地环顾人群——我知道，她说，我和你们是不同的，但我迁就你们。

突然，她忘记了自己引以为豪的慵懒，在盘子上弯下腰去，急匆匆地、诚恳地、贪婪地咀嚼着馅饼。

服务的女仆们，所有省长的女儿们（我们何时可曾想过，我们的省长们竟有如此多的女儿），吸着肚子，在小桌子之间挤来挤去，不知所措地重复着：

“一块巧克力，一张馅饼，还有一瓶奶……”

咖啡馆是俄式的，因此有音乐和“表演”。演出的是一位温厚的、长着一双浅蓝色眼睛的大高个儿，他是被开除了的中等师范学校学生，喉结凸起，跳着粗野的阿帕希舞。

他猛然抛出自己瘦小的、像通心粉般分开腿的舞伴，但他的脸是善良的、难为情的。

“没有办法，每个人都需要吃饭。”——那张脸表现出这样一副神情。

在他之后上场的是“茨冈女歌唱家拉伊萨·茨韦特科娃”——拉耶奇卡·布柳姆。她卷起上嘴唇，就像是打呵欠的马，声音穿过鼻孔释放出来：

再见，再见，我亲爱的朋友
再见，再见——茨冈的家人。

有什么办法呢？拉耶奇卡想，茨冈人就是这样唱的。

下一个节目是——萨舍妮卡。

她像往日一样胆怯地走了出来，悄悄在自己身上画了画十字，然后环顾四周，用手指威胁自己的大头儿子科季卡，让他安静地坐下。科季卡非常小。他圆圆的鼻子在桌子上翘着，呼哧呼哧吃着小碟子里的馅饼。科季卡安静地坐着。

萨舍妮卡挺胸叉腰，高傲地挺着自己那像科季卡一样圆圆的鼻子，仿西班牙式动了动眉毛，开始唱“玛尔基塔”。

她的嗓音很纯正，唱出的词简洁又恳切。

观众们很喜欢。

萨舍妮卡脸色微微发红，回到自己的座位上，用依旧颤抖的嘴唇亲了亲科季卡。

“就是这样，安静地坐着吧，现在你可以吃点甜品了。”

坐在那张桌子后面的拉耶奇卡低声说道：

“把他放下吧。主人在看着您呢，在门边。鞑靼人和他在一起，黝黑的鼻子，很有钱。他们朝您看时，您就笑一笑。有人看她时，她甚至都不知道要笑一笑!”

当他们从咖啡馆离开时，女店员意味深长地看着萨舍妮卡，给了科季卡一包糖：

“有人吩咐把这个交给您儿子。”女店员也曾是省长的女儿。

“谁吩咐的?”

“这就和我们无关了。”

拉耶奇卡拉起萨舍妮卡的手，悄声说道：

“这一切，当然，都和您有关。接下来我还要建议您——您别总带着孩子。您要相信，这会使男人们非常扫兴的。相信我，我知道一切。得了，孩子，糖果，妈妈——这就是一切！女人应该是一朵神秘的花（的确如此!)，而不是展示自己的家庭环境。每个男人都有自己的家庭环境，那正是他所逃离的地方。或者您想一辈子都在这茶馆里唱抒情歌曲吗？即便您能坚持下去，这个茶馆也迟早要关门的。”

萨舍妮卡恐惧而又充满敬意地听着：

“那我把科季卡放哪儿呢?”

“让伯母先照顾他吧。”

“哪个伯母？我没有伯母。”

“这太令人惊奇了，在俄罗斯家庭中怎么总这样安排，怎么会没有伯母呢?”

萨舍妮卡感觉很羞愧。

“以后应该高兴一些。上周什努特列里两次为您而来，是的，是的，他鼓掌了，坐到桌边。而您对他，或许，说丈夫抛弃了您。”

“完全不是这样。”萨舍妮卡打断她的话，但却因为愧疚而面红耳赤。

“他很想听听您丈夫的事。女人应该成为卡门[①]，残酷的，热烈的。在我们尼古拉耶夫身上……”

这时拉耶奇卡像往常一样开始讲述关于尼古拉耶夫[②]的奇事，最豪华的城市，激情的巴比伦。这时，刚中学毕业的拉耶奇卡，已将自己与卡门、克利奥帕特拉[③]、圣母马利亚和做帽子的大师联系起来。

第二天，长着黝黑鼻子的鞑靼人对茶馆主人说：

“我的兄弟，格里高利，介绍饿（我）[④] 和这个姑娘认识一下吧。她夺走了我的心。她亲吻了自己的孩子——她有一颗善良的心。我是个粗人，而她如今就像是我的亲戚，她就像是我的侄女。你介绍我们认识一下。”

鞑靼人小小的、明亮的眼睛眨了眨，鼻子因为深受感动而鼓胀起来。

“那好吧。你为何这么伤心呢？我来给你介绍。她的确，看来，是个可爱的人，尽管——谁弄得清楚呢？”

主人将鞑靼人带到萨舍妮卡身边：

“这是我的朋友——阿萨耶夫，他想要和您，亚历山德娜·佩特

---

① 法国现实主义作家梅里美（1803—1870）代表作《卡门》的女主人公，无拘无束的吉卜赛女郎。

② 乌克兰南部港市，尼古拉耶夫州首府。

③ 埃及艳后，古埃及托勒密王朝最后一任女法老。

④ 鞑靼人说话带有口音。同下。

罗夫娜，认识一下。”

阿萨耶夫在原地跺了跺脚，慌乱地笑了笑。萨舍妮卡站着，脸色发红，惊慌失措。

“可以一起吃个饭。”阿萨耶夫突然说……

“我们……我们这里没有午饭。我们只有茶，五点到六点半。”

“不……饿（我）是些（说），我们一起乘车去吃午饭。您愿意吗?”

萨舍妮卡完全吓坏了：

“谢谢……下次吧……我赶时间……我的孩子还在家里。”

“孩子？那我明天来吧。”

他弯腰鞠了鞠躬，一下、两下，就像庆祝似的，随后离开了。

拉耶奇卡抓住了萨舍妮卡的手说：

“岂有此理。这简直太荒谬了。最富有的人爱上了她，而她却用小男孩搪塞他。听我说，我明天给您带来我的黑帽子，您再给自己买双新鞋子。这很重要。”

“我不想靠别人生活。”萨舍妮卡说着，哽咽了。

“靠别人?”拉耶奇卡感到惊讶，“谁强迫您了？如果有钱的男人因为爱您而备受煎熬，对您又有什么妨碍呢？有人会给您送花，这会打扰到您吗？当然，如果您所有时间都用来叹气，并且照看孩子们，那他也不会和您持续太久的。他是东方人，喜欢火一样热烈的女人。您就相信我吧——我全知道。”

“他，似乎是非常……可爱的!”萨舍妮卡笑了笑。

“那么如果您能够迷住他的话，就结婚吧。晚上来取帽子吧。您有香水吗?”

萨舍妮卡睡得不好。她想起了鞑靼人，不由得心软了，他竟然这样难看：

“他是如此可怜。应当温柔地爱他，可我做不到。应该骄傲一些，热烈一些，完全就像卡门那样。明天我去买双漆皮鞋！他的鼻子毛孔粗大，呼哧呼哧。太可怜了。确实，他孤零零的，感受不到温暖。”

她想起了自己帅气却又卑鄙的丈夫：

“他不会可怜科季卡。他经常在舞厅跳舞。他们看到他和黄头发的英国女人在自己的汽车里。”

她哭了一会儿。

早上她去买了鞋子。鞋子立刻使她变得有了卡门范儿。

还有更幸运的事：隔壁的女邻居又一次牙龈脓肿——这就是说，她三四天都会待在家里。她答应照顾科季卡。

戴着拉耶奇卡的帽子，腰带上插着玫瑰花，萨舍妮卡感觉自己风情万种。

“您认为，我是如此简单的女人吗?”她对拉耶奇卡说，“哈！您还不了解我。我掌控着一切。难道您觉得，我认为这个亚美尼亚人有什么意义吗？那我如果愿意的话，我就会有数以百计这样的人了。”

拉耶奇卡怀疑地看着她，建议她将嘴唇再涂抹得鲜艳一些。

鞑靼人迟到了，他立刻对萨舍妮卡说：

“我们走吧，去吃午饭。”

当她做准备时，他靠近她原地踏着步，用鼻子碰了碰她。

他的私家车停在街上。萨舍妮卡甚至没法想象这个。她有些不知所措，但漆皮鞋自己跑开了，跳了起来——似乎对它们来说这是司空见惯的事……对于这个，似乎，它们已经被安排好了。

在车里鞑靼人抓起她的手说道：

“我亲爱的，你就像是我的侄女。我要告诉你一些事情。你稍等。”

他们一起到了一家昂贵的俄式餐厅。鞑靼人心不在焉地点了一些羊肉串。他一直微笑着望着萨舍妮卡。

萨舍妮卡一口气喝光了一高脚杯的波尔特温酒，她想，这对魅惑力而言不错。鞑靼人摇动起来，灯都移向了一侧。

显然，没必要这样大动作。

“我是个粗人，”鞑靼人说，望着她的眼睛，“我这样粗野，甚至于很无聊。我完全孤身一个人。你也是一个人吗?”

萨舍妮卡本打算谈谈丈夫，但她想起了拉耶奇卡的话。

“一个人!”她无意识地重复道。

“一个加上一个将会是两个!”鞑靼人突然笑了起来，抓起了她的手。

萨舍妮卡不明白什么是“将会是两个”，但她没有表现出来，只是把头往后一仰，充满激情地笑了起来。鞑靼人感到很惊讶，放开了手。“应该成为卡门”——萨舍妮卡想起来。

“您能够疯狂起来吗?”她问，懒洋洋地眯起眼睛。

“不知道，没遇到过这情况。我住在外省。”

萨舍妮卡不知道接下来该说些什么，她摘下自己的玫瑰，将它随意放在脸颊旁，开始哼唱起来："玛尔基塔！玛尔基塔！我美丽的姑娘！……"

鞑靼人忧伤地望着她：

"你感到很无聊，需要唱歌吗？你很难受么？"

"哈哈！我喜欢歌曲，舞蹈，伏特加酒，狂欢。哈！您还不了解我！"

玫瑰色的小灯，柔软的沙发，桌子上的花朵，爵士乐队懒洋洋的歌声，银桶中的伏特加酒。萨舍妮卡感觉自己像是西班牙美女。她似乎觉得，自己有黑色的大眼睛和威严的眉毛。

美人儿玛尔基塔……

"你的孩子很棒。"鞑靼人小声说道。

萨舍妮卡耸了耸"威严"的眉毛：

"哎，别说了！难道我们现在要在这里谈谈孩子、襁褓和碎麦米粥吗？当高脚杯中葡萄酒浮泛泡沫，伴随这一探戈舞美妙的声音，我们应该谈谈美，谈谈生活的明媚，而不是关于它的平庸……我爱美、疯狂、华丽，我骨子里就是卡门。我是……玛尔基塔……这个孩子……我甚至无法认为他就是我的——到这种程度上我的过去如今于我而言是完全格格不入的。"

她放荡地将头往后一仰，将高脚酒杯紧贴嘴唇。突然她的心灵暗暗哭泣起来！

"抛弃！抛弃科季卡！抛弃瘦弱的，浅蓝色的，可怜的……"

鞑靼人沉默地一杯接一杯喝完两杯酒，垂下了鼻子。

萨舍妮卡不知怎的糊涂起来，也沉默了。

鞑靼人结了账，站起来。

他们一路上坐在车里沉默地前行。萨舍妮卡不知道该如何重新开始轻松的谈话。鞑靼人一直坐着，垂着鼻子，就像是打盹儿。

“他实在喝多了。”她想，“他实在太焦虑了。他身上有某些可爱之处。我想，我疯狂地爱上了他。”

告别时，她意味深长地握紧他的手说：

“明天见……好吗？”

她还想再补充一些什么卡门式的话，但是什么也想不起来。

回到家里，牙龈脓肿的女邻居出来迎接了她：

“您的孩子嘤嘤哭泣，还发火，真拿他没办法。我再也不想和他待在一起了。”

在半明半暗的房间里，报纸包裹的灯管下，幼小的科季卡坐在巨大的巴黎民族风情床上，浑身颤抖。

看到妈妈后，他颤抖得更厉害，尖叫起来：

“你去哪里了，傻瓜？”

萨舍妮卡抱起了生气的、尖叫的孩子，轻轻拍着他，却在他还没来得及大哭之前，自己就哭了起来，紧紧将孩子搂在胸前。

瓦利亚

我已经迎来了人生的第二十一个年头。

我的女儿，则是第四个年头。

我俩在性格上不完全一致。

我在她那个年纪是个胆小的、喜怒无常的女孩——或是哭，或是笑。

而她，瓦利亚，则非常沉着、安静，从早到晚跟我做交易——从我这儿获得一小块巧克力。

早上如果没有给她巧克力，她就不想起床。她不想去散步，不想在散步后回家，不想吃早饭、午饭、喝牛奶、洗澡；不想从澡盆中爬出来，不想睡觉，梳头。所有这一切她都指望着报酬——一小块巧克力。没有巧克力的话，她所有的生活和活动就停止了，随之而来的则是震耳欲聋的不间断的号啕大哭。那时我就会觉得自己是恶魔，是杀死孩子的人，于是只好让步。

她因为我的杂乱无章而鄙视我——这是可以看出来的，但她对我并非很不友好。有时她甚至会用柔软的、温暖的，因为吃糖果而总黏糊糊的手抚摩我。

“你是我心爱的人，”她说，“你有小象一般的小鼻子。”

在这些话中，当然，没有任何赞美的意思。但我知道，在她眼里自己那只橡胶小象的美丽胜过米洛的维纳斯。每个人都有自己的理想形象。我很高兴，只是努力不当着外人的面激起她的柔情。

除了糖果，她很少对别的什么感兴趣。只有一次，她给相册里的老姑母们画胡子时，顺便问道：

“现在耶稣基督在哪里呢？”

但还没等到回答，她就又开始索要巧克力。

她对礼节要求很严格，要求所有人首先跟她打招呼。有一次她来找我，焦虑而愤怒地说：

“库哈尔基娜·莫季卡穿着一件裙子去了阳台，可鹅在那里走来走去的。”

没错儿，她是很严格的。

那一年的圣诞节过得既忧伤又忙碌。我勉强笑了，因为很想生活在上帝创造的世界里，但却哭得更伤心，因为无法实现这个愿望。

瓦利亚给小象讲了一整天的枞树。自然，那么，必然要张罗枞树了。

我悄悄从“缪里与梅里利济”商店订购了纸板制品，夜间还在整理。

纸板制品看起来非常美妙：金色小笼子里的鹦鹉，小房子，灯笼。但最漂亮的是一个小天使，他长着五光十色的云母一般的翅膀，整个人看起来金光灿灿的。他悬挂在橡胶上，小翅膀微微抖动。他是什么做成的——我不知道，好像是蜂蜡。他有绯红色的脸颊，手里拿着玫瑰。我从未见过这样的奇迹。

我立刻想到——最好别把他挂在枞树上。瓦利亚毕竟还不明白他的全部美妙之处，而只是会弄坏他。我要把他留给自己。就这样决定了。

早上瓦利亚打了个喷嚏——看样子是鼻炎。我有些担心：

"她看起来这样壮实，但这不意味着什么。她或许还很脆弱。而我没有关心她。我不是个好妈妈。我把天使也藏起来了。我想着更多的是自己。她不懂！……她不懂的原因在于，我没有培养她对美好事物的热爱。"

圣诞节前夜，夜晚收拾枞树时，我取出了小天使。

我长久地看着天使。他是多么可爱啊！他小小的，肉乎乎的手里握着玫瑰。他自己是愉快的，脸颊绯红，又温柔可爱。应该把这样的天使藏到盒子里，在邮递员送来了不幸的信件，油灯黯淡燃烧，风像铁一般敲打屋顶的阴郁日子里——只需让自己取出小天使，轻轻拿着橡胶欣赏，看他金色的光片如何闪耀，云母制的翅膀如何变幻出各种色彩。或许，这一切都是可怜而遗憾的，可再没有比这更好的了……

我将天使高高举起。他是所有物品中最漂亮的，自然，应该将他放在尊贵的地方。但我还有一个秘密的卑鄙的主意：把他放得高高的，这样"小个子"就无法轻易看到它了。

晚上我们点燃圣诞树，邀请了厨娘莫季卡和洗衣妇列舍妮卡。

瓦利亚言行举止如此可爱，如此温柔，以至于我冷酷的心都融化了。我把她抱在怀里，将天使指给她看。

“天使?”她机灵地问道，“把他给我吧。”

我给了她。

她久久地看着天使，用手指抚摸着他的翅膀。

我看得出来，她很喜欢他。我自己也为女儿感到骄傲。要知道她从来不曾注意过愚蠢的小丑，而对天使却如此关注。

突然，瓦利亚飞快地低下头，亲吻了天使……

“亲爱的!”

我的女邻居纽申舍妮卡刚好带着留声机出现了，我们就开始跳舞。

“应该还是把天使先藏起来，不然他们把他弄坏怎么办……瓦利亚哪儿去了?”

瓦利亚在角落里书柜后面站着。她的嘴以及双颊都涂上了某种明亮的深红色，神情非常窘迫。

“瓦利亚，这是怎么回事？你怎么了？你手里拿的是什么?”

她的手里拿着云母制的翅膀，撕坏了，也压皱了。

“他有些甜。”

应该首先为她清洗，擦净她的舌头。或许，颜料是有毒的。这是我应该想到的事情，这是最主要的。似乎，谢天谢地，一切都顺利地结束了。但当我将撕坏了的压皱的翅膀扔进壁炉时，又为何哭了呢？这难道不傻吗？可我还是哭了!

瓦利亚用自己柔软的，温暖而黏糊糊的手温情地抚摩着我的脸颊，安慰我说：

“别哭啦，傻妈妈。我给你买钱[①]。”

① 四岁小女孩安慰妈妈的话，本意应是用“钱”再买“小天使”。

委员会

慈善晚会筹备工作会议正在进行中。

“邀请谁呢?”

“哎，让安娜·帕夫洛夫娜来这儿吧，如果她能同意跳舞，这的确也是个节目。”

“是的。那邀请哪个歌手呢?各位先生，知不知道你们中谁会唱歌呢?谁会同意呢?”

“哎，让夏里亚宾来吧。如果他能同意演出，那么这的确……”

“对不起，各位先生，说正事儿!”

“打广告的话需要有影响的名字，需要名人，他们能够吸引观众。”

“我知道一个小姐，她似乎唱得不错。或许，如果她能够同意的话……”

“那好吧。我们就请这位小姐吧。她姓什么?”

“很遗憾，我也不知道。好像是什么费莉科。”

“不是费莉科，而是布玛泽耶娃。但她是画画的，不是唱歌的。”

“不都一样吗?各位先生，有什么好争执的!应该尽快拟定表演者，不然我们永远也无法结束。”

“那么，各位，谁负责邀请布玛泽耶娃女士呢？伊万·佩特罗维奇，您似乎有这个念头？”

“我，说实在的……当然，可以试试，但我不知道她的地址。”

“这样的话，或许，您需要在下次会议前负责打听到她的地址？明白吗？我们必须邀请女高音歌唱家。”

“我当然可以这样做。只是她并不唱歌。她是画画的。”

“那您就想办法好好劝劝她，对她解释说，这是公益事业，是每个公民的义务……”

“请允许我说两句话。邀请某个法国文学家怎么样？比如说，皮埃尔·洛蒂。他，据说，很喜欢俄罗斯人。”

“很好，我支持洛蒂！”

“说什么呢您？先生，要知道他不久前去世了。”

“去世了？那可真是不巧啊。”

“相信我的经验吧，请法国人是行不通的。所有优秀的法国人晚上都很忙碌。”

“可以邀请某个不太优秀的人来，毕竟不是所有人都是内行。或者某个自编自唱的艺人……”

“抱歉，先生们，但我们不该忘记，晚会应该具有思想性质，它是为了穷人而举办的。”

“那么您知道吗？慈善晚会从来就不是为了富人利益而举办的，但这并不妨碍它的娱乐性。”

“那我就不懂了。我个人认为当人们受苦时，娱乐是不合适的。”

“那就不应该举办音乐舞会了，我也不知道该怎么办了，要鞭打他们所有人，还是怎么着？”

“先生们，别跑题了。我们时间不多。既然决定举办舞会，那就举办舞会。”

“我们以后可以再举办什么忧伤的，或完全不愉快的晚会。”

“哎，先生，节目——这，正如通常所说，是之后的事了，现在最主要的是——卖票。”

“但我们还没确定节目时，也没法卖票。”

“在科斯特罗马有个中学生口哨吹得很好。”

“什么？”

“没事，我只是随口一说。”

“我认为，既然需要从节目开始，那么就从节目开始吧。请给我一支铅笔。第一个节目——器乐还是声乐？谁可以演奏？”

“库谢维茨基①可以。他在美国。”

“嗯，库谢维茨基。那就是说，我们这样写：第一个节目——库谢维茨基在美……哦，对不起，该怎么写？……”

“可以组建爱好者合唱团，进行三十至四十次很好的排练……”

“那您从哪里寻找爱好者呢？”

“在报纸上登广告，搜集意见，展开宣传，组建一个很严谨的团体。别忘了，帕季就是街头歌唱家。”

“或许，这主意很好，只是我们时间很少。要知道准备这个，或

---

① 谢尔盖·库谢维茨基，俄罗斯著名的乐队指挥及大贝斯演奏家。

许，需要十年左右……”

“您说什么呢！俄罗斯人民是很有天赋的！”

“那么排练呢？要知道我们只有三周时间。”

“你们总是说排练！我们需要灵感，而不是排练。我们俄罗斯油漆工人不需要任何排练就能歌唱，而且，也总是让人听得入神。”

“那好吧。也就是说，您打算为我们的舞会来组织爱好者合唱团吗？”

“为什么必须是我呢？这很简单，这个主意，也可以说，是个草稿，只是第一步。”

“那如果某位作家能够演出呢？毕竟他们是俄罗斯最杰出的人物。”

“得了吧，我们知道这所谓的杰出人物。他们只会坐下来低声嘟囔，实在无聊透顶。他们彼此间窃窃私语只是为了娱乐观众，不让他们起哄。”

“哎呀，您是这样推断的吗？在我看来——正是要请作家。让作家参与到他们中来，以便他在舞台上用自己热烈的话语抨击什么。您，就是说，来到这里就是为了娱乐吗？是为了哈哈大笑吗？消遣吗？那您想过那些无法开心的人吗？声嘶力竭地大声喊叫，只会让事情更糟。”

“听我说，这是为什么？人们来到这里，付钱买票，你们却用这个那个音乐会、舞蹈、爵士乐队和小吃部引诱他们。为什么要得罪他们呢？”

“不是得罪，而是改造他们。之后他们自己就会感恩了。”

“先生们，我们还是毫无进展。好吧，如果不请文学家，那么该请谁呢？从哪里开始呢？”

“我们不是决定从音乐开始吗。”

“这我不反对。音乐很好，只是有些阴郁。瓦格涅尔的送葬曲选自《众神之死》……啊！随后整场晚会都得坚持住。‘传播理性的、善良的、永恒的东西，传播吧，真诚的俄罗斯人民会谢谢你们。’就这样……”

“那就传播吧，我已经说过了。您还需要什么呢？”

“先生们，你们有谁认识哪个杰出的报幕员吗？应该请个报幕员。”

“可以问问尼基塔·巴利耶夫①，他现在在伦敦。”

“他在那里有演出！”

“那又怎样？可以在某个晚会……”

“已故的戈尔布诺夫是非常棒的说书人。”

“您认为，他会同意吗？”

“关于场地谈妥了吗？”

“我认为，应该按巴黎歌剧院的标准，所有票按五百法郎出售，有过这样的事儿。”

“伊利亚·谢尔盖维奇，您的妻子似乎会唱歌。那么，或许，她会同意参加演出？”

“上帝与您同在！她这辈子都没唱过，五音不全。”

---

① 尼基塔·巴利耶夫，莫斯科著名夜总会歌剧院“蝙蝠”的经理。

“但，为了这样神圣的目的，或许，她会同意？这也不是多大的事，对吗？”

“但我给您说了——她一点儿不会欣赏歌曲，也不会唱歌。”

“那如果是歌剧的片断呢？目的是如此崇高。您对她解释一下，讲讲道理。”

“天，已经四点多了，我开会要迟到了……”

“难道已经四点多了吗？我也早该走了。”

“稍等一下，我们需要听秘书读一读今天会议的结果。请亚历山大·伊万诺维奇简述一下。”

“我们决定制作忧愁的广告和悲伤的节目，邀请来自美国的夏里亚宾、安娜·帕夫洛夫娜（不知身在何处）、库谢维茨基（也来自美国），还有不出名的姑娘及布玛泽耶娃太太、使观众伤心的文学家、尼基塔·巴利耶夫（伦敦）和已故的戈尔布诺夫参加演出。目前就是这些。”

“瞧，先生们，我们还是做了些事儿的。时间没有白白浪费。下次会议我们再把所有事情最终弄清楚。”

“再见。”

“再见。”

“或许，既然事情已经办好了，我们就不需要再聚集起来了？”

科罗布卡医生

“科罗布卡医生?”

“是我。请进。谁来了?”

“这是我儿子。我，说实话……”

“抱歉，我打断一下您。请坐。让您的儿子也坐下吧。首先，谁介绍您来我这里的呢?”

“孔西耶尔日卡介绍我来的。她说，医生住在这里，只是关于您，她说，别去他那里。可下着雨我们还能为一点琐事去哪儿瞎转呢，因为……”

“抱歉，我打断一下您。孔西耶尔日卡是个傻瓜。她夜里十二点手指扎了根刺。我给她清洗了手指，但这还没完。她或许两点还会再来。但问题不在这里。我，说实话，已经差不多二十年没有从事实践了。我是个地主，狂热的猎人。我曾有过多好的狗啊！叶夫斯基格涅耶夫说过：‘卖了它吧。’我说：‘别妄想。’我在结婚前的确实践过，在产科部。那是很糟糕的事。两个晚上都不能睡，给丈夫缬草滴剂，给岳母溴剂，用快乐的趣事来鼓励所有人，而蠢女人大喊大叫着，鬼知道她在生什么呢。别妄想顺从的仆人。我结了婚，就成了地主。而如今不得不依然像年轻时那样做医生。逃难者的状态，但也想要成为有用的人。总之，夫人，您有什么不舒服的呢?”

“是我的儿子咽喉疼。”

“啊，是儿子啊。好吧——儿子就儿子吧。您多大了，年轻人?”

“十二岁。”

“十二岁？那么，就这样写……十……二……岁。咽……喉……疼[1]。这样。怎么样，疼得很厉害吗?”

“吞咽时有点疼。”

“抱歉，我打断一下您。您父母是因什么病去世的呢?”

“医生，要知道这是我儿子，我还活着呢。”

“那么父亲呢?”

“战死在前线了。”

“抱歉，我打断一下您。病人的奶奶没遭受什么痛苦吗，比如：长时间狂饮，手关节痛风，遗传性胃溃疡？您奶奶有没有抱怨什么呢？病人，我问您呢!”

“奶……奶一直抱怨说，没有钱了。”

“抱歉，我打断一下您。需要系统了解一些问题。您在童年时代生过什么疾病呢？有没有出现嗜酒症，关节痛风，遗传性胃溃疡？您看着我做什么？我的胡须总是直接从眼睛下面长上来的。这样一来，也就是说，父母，甚至是祖辈确实没患过什么病。那就这样写，十二岁，咽喉疼痛，父母及祖辈健康。您的家庭里有没有肺结

① 俄文中医生写“疼”这一字时拼写错误。

核史？”

“没有，上帝保佑。”

“好好想想。”

“妈妈，家庭女教师瓦丽娜阿姨得过肺结核。”

“瞧，看见了吧！遗传性不是那样的。那就这样写。结核病——唯一的情况。您有孩子吗？我问您呢，您有孩子吗？”

“您是在问我吗？”

“我在询问病人。事实上，错了……在这种情况下——当您……有错时……您抱怨什么呢？瞧，没错儿，我这里写道：十二年（岁），咽喉疼。您为什么这样耽误病呢？十二年了！”

“不是的，医生，他只是昨天临近傍晚时分才生病的。”

“嗯……奇怪……为什么记录上写的是另一种情况呢？……您的爷爷，曾祖父，没有抱怨过咽喉疼吗？没有？没有听说过吗？不记得了吗？那好吧，现在请让我看看。请说‘啊’。再说‘啊——啊——啊！’这个，大口喝白兰地酒真好，年轻人，没错儿。但不可以这样。这一切都会伤害自己的咽喉。”

“对不起，医生，要知道他……”

“抱歉，我打断一下您。不可以这样。当然——为何不饮酒呢！我完全明白这个。喝一杯吧，再来一杯。一句话——用高脚酒杯喝几杯酒，而不是用玻璃杯喝很多。什么样的咽喉能受得了呢！鳄鱼皮都受不了这个，更别提黏膜了。”

“您说什么呢？医生，清醒一下吧！哪有什么白兰地酒呢？我甚至从来不让他喝淡酒。要知道他还是孩子！我不明白。”

“抱歉，我打断一下您。我，当然，不和您争吵，或许，他是不喝酒，尽管……我很少诊断错误。在这种情况下，他喝的是过热的饮料。这是绝对不能容许的。哎，人怎么就不明白这有什么样的意义呢？为什么，请问，动物，狗都能明白，而人却不能够明白呢？当然对您来说，狗是不会因为多少钱就吃热东西的。就算是在它面前的桌子上放上一万——也不会。而人则白白地燃烧整个咽喉，随后又麻烦来看医生——治疗他，下流东西，白痴。”

“对不起，医生……”

“抱歉，我打断一下您。病人昨天的体温是多少度？”

“昨天他完全没有发烧。今天我们也……”

“抱歉，我打断一下您。您在说不可思议的事情。世界上任何东西都有自己的体温，不仅仅是人，物体也有。”

“是的，我是说，他没有发烧。”

“我打断一下您，如果您儿子甚至是零下五十度，那么这才叫作体——温，而不是狗尾巴。多么令人惊奇的人们！他们来看医生，却不知道体温，不明白自己的病，不记得自己的亲人们，甚至还争吵，不听我说话，就让我来救治他们！‘孔西耶尔日卡让我来找您！’那如果她让您去找鬼，那么您就会去找鬼吗？您会去哪里？哎！用硼酸漱口来治疗这点小事儿吧，我也不需要您的钱，我不收俄罗斯人的钱，特别是笨蛋的钱。别在严寒里唱歌！哎！您走到哪儿了？别在楼梯上滑倒了！您跑着去哪里呢？我又不会揍您！”

总之，我们这样写：第二个病人……第二号病人。喉部令人费解的病……哎！我就这样开始给人治病了。如果这样合适的话……

格里高利·佩特罗维奇

他的名字就叫作：格里高利·佩特罗维奇。

他曾是俄罗斯军队的大尉。如今他是难民。

在巴黎他还不完全是穷人。他曾有两千法郎。

但作为讲求实际的人，主要是，看着俄罗斯难民的痛苦，他决定在艰难的日子里（确实可能比我们如今的日子要更艰难!）保管这些钱，并尽快地寻找兼职。

动用最高级的关系——俄罗斯烟筒清扫工，前警察局长。命运对他微笑了。他在俄罗斯美味食品店找到了一份差事，成了店员。

格里高利·佩特罗维奇鼓起鼻孔，对老板说：

“我像一个诚实的人一样努力，诚实地完成自己应承担的责任。”

老板认真看着他，陷入了沉思。

格里高利·佩特罗维奇身穿白色围裙，将头发向后梳成金属丝刷子状，开始研究商品。他一整天围着木桶和箱子转，重复着：

“这个木桶里装着黄瓜，这个木桶里是黑李子干儿，这个袋子里是芜菁。那个盒子里是杏，那个盒子里是水果软糖，盘子里是乳蘑。箱子里右边是酥糖，木桶左边是鱼子酱，中间是通心粉……”

老板听了很久，终于不好意思地问道：

“说实在的，您这样做是为了什么？”

格里高利·佩特罗维奇感到很惊讶：

“嗯？什么‘为了什么’？我应该知道，哪个东西放在哪里啊。”

“对，但是全部商品都是可以看到的——瞧瞧吧，您能看到所有东西。”

格里高利·佩特罗维奇更惊讶了：

“或许您是对的。您的方法相当简化了问题。确实，如果看一看，那么就都能看到了。这一切都相当新奇。”

一周后他习惯了新环境，认真研究后就开始做买卖。

“夫人，您有什么吩咐吗？要凝乳吗？说实话，它有点儿酸了，但如果您不是非常挑剔的话，那也可以买。当然，其中也不会有特别大的愉悦。您最好去另一个地方买更新鲜的。”

“难道这样可以吗？”购买者感到很惊讶，“您的女老板告诉我，您专门订购某个农场的凝乳。”

“绝没有的事。”

“她说，除了您的商店，在整个巴黎都没法买到凝乳。所以我才从很远的地方换乘了三次车来您这里。”

“这完全是徒劳的。您可以去中心市场，那里您随意挑选，非常多。”

“那不可能。”

“怎么不可能！不然我们从哪里进的商品呢？我自己每隔一天就去一次市场，购买商品。我不会撒谎。我是俄罗斯军官，不是骗子。”

太太勉强让步了，承诺自己会去市场。

“这样就很好。”格里高利·佩特罗维奇告别时对她说。

“那您呢，先生，需要什么呢?”他用肩膀挤开老板，朝另一名购买者走去。

“我要十根黄瓜。”

“十根? 不会稍嫌多些了吧——十根? 您，抱歉，是几个人吃呢?”

“八个人。”

“这样的话您需要四根黄瓜，而不是十根。这里的黄瓜不是俄罗斯式的，这里是大黄瓜。它要切成两半平分——两个人完全够吃了。如果拿五个的话，这就足够了。我是俄罗斯军官，我不能骗人。那您呢，太太，您需要什么?”

“我要二十五法郎的长形大烤饼。”

“对不起，——您是几个人吃呢?”

“十个人。”

“对不起，——除了烤饼外，还有什么需要的吗?”

“当然了。还有汤，鸡肉。”

“哦，如果不要鸡肉，那么十二法郎是足够了，但还有鸡肉。再加十法郎足够了。”

“但您的女老板告诉我，应当是二十五法郎。”

“您再听她说的话，她告诉您的还会更多呢。我是俄罗斯军官，我不会骗人。”

格里高利·佩特罗维奇被开除后（这大约是在他开始做买卖两天后发生的），他又受雇于汽车工厂。

他鼓起鼻孔说道：

“我是个诚实的人，坦白说——我什么也不会做，也没觉得自己有什么特别的才能。”

工厂里的人很惊讶，但还是给了他一个职位，安排他在机床边磨螺母。格里高利·佩特罗维奇磨了四天，三根手指全都受伤了，第五天他被叫去了收款处：

“您可以获得挣得的钱了。”

格里高利·佩特罗维奇非常高兴：

“可以了？您知道吗？你们的一切都安排得非常好！”

“是的，我们这儿的一切都很严格。”

“我只是在想，在别的一些工厂里都不早于十五天发工钱，而你们这里却突然是第五天就发钱。”

“我们也不是对所有人都是这样支付的。”出纳员解释说。

“不是所有人？”

格里高利·佩特罗维奇甚至因为快乐满面通红：

“这个我一点也没有想到……我甚至以为，自己能力不足……那么，也就是说，不是所有人？”

“对，不是所有人。”出纳员客气地回答说，“这只是针对那些被开除的人……”

在寻找工作的过程中，格里高利·佩特罗维奇认识了两个黑人。黑人住在巴黎已经很久了，两人都是从马提尼克岛来的。

得知格里高利·佩特罗维奇有两千法郎时，黑人非常激动。他们想要专门为马提尼岛出版杂志。他们知道这个岛的需求。他们为这事儿出力，格里高利·佩特罗维奇则出钱，利润均分。

格里高利·佩特罗维奇高兴地同意了，只是心里很痛苦，因为黑人将会为他工作。他在梦里看到了汤姆叔叔的小农舍。第二天碰面时，他开始劝说黑人，让他们每个人拿走利润的两份，而他只要一份。黑人怎么也不明白，甚至开始怀疑他。但他们非常努力地工作着。他们这样决定：每个人都写文章。一个人写关于橄榄油——据说，这是现在最流行的；另一个人写古塔波胶制的口袋，并配上图片。随后两人都翻译某外国短篇小说，并邀请一位熟识的西班牙将军写诗，他们也会对这些诗进行翻译。所有这一切都美妙地组成了第一期杂志，它们将全部寄往马提尼岛，并且售罄，当然，第一天还要按照出奇好的价格出售。随后，他们将分享利润，还可以再出版第二期。

只是西班牙将军有些耽误了事情，他在很长时间里执意拒绝请求，并使他们相信，他从来也不写诗。但最后他勉强被说服了。黑人们翻译了他的诗。

“这是什么，”格里高利·佩特罗维奇羞怯地问，“想必，是关于某种爱国主义的、战斗的、战争的诗吗？我完全不懂诗。”

“不是，”他们回答说，“恰恰相反，是关于铃兰的。”

试验性的杂志刊印了。格里高利·佩特罗维奇的所有钱都花在这上面了。黑人们使他相信，还需要再增添一些人手。随后他们很快就去了马赛装载杂志。

格里高利·佩特罗维奇从此再也没有见过他们。

他痛苦了很长时间——黑人在这件事上是不是失败了？他感到自己是个骗子。

四月一号

当他回来时，莉泽塔从床上跳了下来。她在那儿按自己一贯的做法，好几个小时将注意力集中于自己的腿，并为自己的演员事业思考一个艺名。好的艺名及好的长袜子——这个，当然，是重要的。只要这事情处理好了，那么艺术自然也就会出现了。而如果让自己从事绘画，那就不需要长袜子，只需要一个艺名就可以应付了。她最新的一个艺名是“莉泽塔”。莉泽塔从床上跳下来：

“给你了吗？带来了吗？快回答！”

但她看着他，不需要回答瞬间也就明白了：

“回答，卑鄙的家伙！”

他的脸无望而沮丧，挺直了身子望向一旁，摇了摇头，就像是摔碎了碗的村妇：

“没有，莉泽托奇卡，一切都结束了。我的事情没有办成，彻底失败了。”

“什么？”

“失败了。也没什么可指望了，不得不在工厂寻找一份工作了。”

他坐下来，呆呆地望向角落里。

莉泽塔惊慌失措地张开嘴，就像是喘不过气来。她突然蹬了一下两条腿，大声尖叫起来，惊得他甚至都颤抖了一下：

“啊！这样！那么，现在没有任何指望了？也就是说，所有这一切都是谎话吗？回答我啊，你这卑鄙的家伙，我和你说话呢！”

“你喊什么呢？”他很惊讶，“哪有什么谎言？”

“哪有什么谎言？我们第一次见面他就一再重复说我会得到两万。八个月来他每天都在撒谎，费尽心机。而我这个傻瓜居然相信了他，相信了这条狗。我每天早上为他将牛奶放在酒精灯上煮沸，就像彻头彻尾的白痴，还给他，给这个坏透了的家伙缝补夹克。”

“纽罗奇卡，也就是说，莉泽塔，冷静下来，你都说了些什么啊！”

“哄骗女人，大骗子！”

“天哪！这是什么表达，是什么行话啊！莉泽塔，我都认不出你了。军官普列奥布拉任斯基的妻子……”

“我们在国外都是普列奥布拉任斯基家族的人，没必要装傻。”

“这样的话，那么……”

“‘那么’！你在哪里还见过我这样的傻瓜吗？我因为他，因为粗脖子的卷毛狗断送了我的青春，也失去了前程。而我要不是在自己不幸的路上遇到你这个骗子，那么如今，或许，我早已经在剧院里唱歌了。”

“莉泽塔！”他异常高兴地喊了起来，“莉泽塔！要知道你，原来，是个十足的傻瓜，十足的傻瓜。”

“现在说我是‘傻瓜’了！当我明白了一切时，就成了‘傻瓜’！

而当我相信你的钱和你这该死的骗子，为你缝补西装上衣时，那就不是傻瓜了吗？那就聪明了吗？”

“最庸俗的妇人！”他感到惊讶，却依然带有较多喜悦。

“现在是‘妇人’，那我给他煮牛奶时，就不是妇人了吗。不，我给你煮过牛奶后，你才有资格称我为妇人。”

“这太……令人惊讶了。不，怎么回事呢！这简直就是你臆想出来的！”他摊开双手。

“你干吗随便就坐下了?！你认为，会是这样吗？不，我亲爱的，你给自己另找一个傻瓜吧！你根本就配不上我。”

“天哪！天哪！”

“从柜子上把箱子取下来吧！我要收拾行李了。”

“可是这个，顺便说一句，是我的行李箱。”

“你——的？这里现在没有你的任何东西了。我为他工作了八个月，缝补西装上衣，就像是服苦役般，最后居然连行李箱都没法摸吗？不，老兄，不能落到这种地步。我要拿走枕套，还有果子酱罐头——它对我的新生活可能是有用的。当然，我还要拿走酒精灯。它对任何职业来说都不会是多余的。”

他站起来，惊讶的眼神一直盯着她拽着手柄将行李箱从柜子上拉了下来，抖掉袖子上的尘土，然后平静地低声说：

“你听我说，你这个不幸的傻瓜！我已经拿到所有的钱了，总共两万。瞧，就是这些，在我的口袋里。看到了吗？两万。而我记得，今天是四月一号，所以决定和你开个玩笑，骗骗你。”

“住嘴，沃洛季卡，你这个傻瓜！哈哈哈！”

莉泽塔哈哈大笑着倒在了地上，蹬着腿：

“哎呀！我不能！所有事情都破坏了！哈哈哈！四月一号！四月一号！哈哈哈！”

随后，她平静了一些，但还是笑着，蹦跳着扑向他，搂着他的脖子说：

“为什么你要承认呢，愚蠢的孩子？要知道我想收拾行李，甚至想要走出屋子，然后突然从那里喊起来：四月一号！然后再跑回来。而你毁了所有事情！”

“那么，也就是说，你……也就是说，我……”他含糊不清地说着，试图将脖子从被她搂得很紧的手里挣脱出来。

“住嘴吧，小糊涂虫！亲亲你的莉泽塔吧，她实实在在地欺骗了你！”

“我完全不明白。也就是说，你知道，我拿到了钱？”

“我什么也不知道。你有没有钱，不都一样的吗？我爱你。而你说事情都搞砸时，我立刻决定和你开个玩笑。瞧，我在想，你是会相信呢还是不相信？而你呢，傻瓜，相信了。哈哈哈！”

“好吧，我承认……”他含糊不清地说。

“你的钱对我来说有什么意义呢？我自己——就是财富。昨天温斯基坚定地承诺安排我演电影。你想想，我现在需要钱做什么？”

“那，毕竟，起初……”

“只是起初，”她不乐意地同意了，想了想又补充道，“而我，实际上，非常不开心，因为你可能会相信，我就像是个粗野的、贪婪的女人！可你还对我说，你爱我！”

“请原谅我，亲爱的！我是个傻瓜。但我确实相信，你的确是个很有才华的女演员。把手给我。还生气吗？”

“还——有点儿……一点点！”

究竟谁欺骗了谁？

高贵的灵魂与卑微的灵魂

1. 阿涅特

所有人很早以前就知道，他快要死了。但是都对他的妻子隐瞒了严重的病情。

“应当尽可能长时间地爱惜可怜的阿涅特。她无法承受他的死亡，他们一起生活了三十年。他是如此溺爱她和她的狗。她又孤独，又年老，如今谁会需要她呢？这是多么可怕的灾难！应当爱惜可怜的阿涅特，应当慢慢筹备这件事。”

但来不及筹备这件事：很早就预见到的结局终究还是出人意料了。病人在医生检查时去世了，妻子和亲戚当时都在场。

“夫人，”医生离开病床时说，“勇敢一些。您的丈夫去世了。”

亲戚们惊叫道：

“阿涅特！拿水来！缬草滴剂在哪里呢？盐，盐！”

阿涅特扬起眉毛问：

“也就是说，死了？”

随后她转向助理护士：

“既然如此，今天我只给您支付半天费用。现在还没到六点。”

助理护士惊得目瞪口呆。医生把头缩到双肩里，踮起脚来走出了房间。死亡！你的毒刺到底在哪里？

2. 乔　伊

乔伊是一只普通而快乐的狗，非名贵品种，充其量也不过是中等品种。

它住在圣彼得堡，是一个女医生的狗。

它活到了人们开始吃狗肉，并互相残杀的年代。它消瘦，叫声响亮，就像干枯的细木条一样，没有得到饲料，只是在公共厨房里看管女医生的口粮，使得任何人也不能偷走一丁点儿。在大家看来，它生活得好极了。

“不死的瘦老头儿①！它是靠什么生活的？”

糟糕的时代还会更糟。女医生被捕了。

朋友们为求无愧于心，无精打采地打听消息，并立刻互相安慰说：“不可能有什么严重的事，因为女医生跟什么也没有牵连，关押些天，也就释放了。”

狗乔伊没法打听到任何消息，但它也四处奔走，非常难过。它什么也吃不下。看管院子的人多次出于怜悯想要喂养它。但乔伊都没有吃。它不想吃，非常痛苦。

---

① “不死的瘦老头儿”是东斯拉夫神话故事中的人物，他的死亡隐藏于环环镶嵌的众多物品和动物体内，极难寻到。

每天它都在固定的时间跑到医院门口等医生们出来。又在固定日子里跑去离城市很远的门诊部，女医生有时会在那里接诊。它依次看看所有的熟人，了解并记住他们的地址，它一直思索并且寻找，寻找。

经过三周后，女医生的确被释放了。

但狗没有等到。它没有活到那一天。

因为思念和担忧，因为对主人非凡的爱所引起的痛苦，它在她被释放的前一天死去了。

据说，这是一个非常平凡的故事，狗常常会在主人墓前死去，因此这也就没有什么令人惊奇的了，尽管这时常会发生。

3. 法　妮

鲍里斯·利沃维奇在十年幸福的婚姻生活之后背叛了自己的法妮。他爱上了年轻的看护妇，她有着一张涅斯杰洛罗夫圣母般的面孔，靓丽又温柔。

但法妮是很好的妻子，一生都忠实地爱着他，真挚而温柔。他们在一起生活是如此舒适，一起甜蜜地安置了自己的房子，并仔细选择了每一件物品：

“要知道这会用很久。”

鲍里斯·利沃维奇有一颗善良的心。他为自己的法妮而感到痛苦。他变黑了，也憔悴了。但他无论如何也无法告诉她，将要离开她。他没法想象这个可怕的时刻。他一直望着她，心里想着：

“你微笑着，你整理了毛毯，你将苹果藏到了食品橱留到明天再吃。而你什么也不知道。”

“你不知道，对你来说，事实上，已经没有地毯，没有苹果，没有‘明天’，没有微笑，是的，再也没有‘任何微笑’。当然。我知道所有这一切。我拿着将要杀死你的刀。拿着，又哭着，但却不得不杀死你了。”

他想起了上帝：

“我可怜上帝，他就像我现在一样，看到了一个人的命运，因而悲伤并痛苦。”

鲍里斯·利沃维奇完全忍受不了了，成了神经衰弱患者，他去找了占卜婆。他一直想着可怕的时刻，一直想象着，法妮会如何尖叫，会如何倒下，或者，有可能，会沉默地望着他。她会不会突然发疯？可千万别是这样，这是最糟糕的了。

而他爱着“圣母马利亚”，又不能拒绝她。他想了又想，思考了又思考，绞尽脑汁，愁肠百结。可是有什么办法呢？

我不能立刻就离开这个或那个。

“我要等待时机，心理机会。我要等待吵嘴。哪怕是因为某件琐碎的小事。小事总是能够演化为大事，那时就会创造气氛，在那种情况下就能轻松而容易地说残酷的话。对她来说也容易接受一些。”

渴望的时刻这就这样来临了。他们吵架了。争吵时，她说，他性格很糟糕，已经无法再同他一起生活下去。他明白，最好的时刻已经到来：

“啊！这再好不过了！我也这样认为，我们到了该分开的时候了。”

他因为恐惧闭上了眼睛（只是为了不看到她的脸）！

“我应该最终告诉你实话。我想要离婚。我爱上了另一个女人，她也爱我，我们已经对彼此承诺过了。我要求和你离婚。”

他感到窒息，睁开了眼睛。

她站着，就像刚才一样，脸色通红，怒气冲冲。她摇晃着脑袋，喊了起来：

“什么，这样？那好吧。只是你要知道，我要带走饭厅里的家具。”

他等待着眼泪，绝望，疯狂，或许，甚至是死亡，可听到这些关于饭厅里家具的话后，他摇晃起来，失去了意识。无论如何，他总是能应付她的绝望和眼泪的。而这种可怕的场景他却没有预料到，也无法承受。

“你不和自己的‘圣母马利亚’结婚了吗？”了解这一家庭悲剧的朋友问道。

“不，我亲爱的。这次可怕的事情之后，我的心已经无法再相信新的幸福了。我对爱情失去了兴趣。还是留下来和法妮一起过——难道不是一样的吗？……实在是太震惊了。不，我已经是毫无出息的人了。我不需要任何人，也不相信任何人了。”

4. 在电车上

掉了皮的、脏兮兮的电车看起来就像是笨重的蜜蜂，装满了蜂蜜，慢慢沿着蜂箱歪斜的小板爬着，沿着涅瓦大街摇摇晃晃的轨道发出嗞嗞声。

乘客们像一堆灰色的沮丧的甲虫，紧紧围绕着它。紧贴栏杆的平台上站着一位过去的贵族。贵族，是因为他戴着破旧的大贵族海狸皮帽子，光秃秃的衣领也是海狸皮质的。他的脸是如此消瘦，就像是铁拳从上往下弄平了他的面颊，因此下眼睑与嘴角沉重得下坠了，他的脸是清秀的，习惯于安静地思考和沉思。他个子很高，在这狭窄的、压扁的一小撮人群中他很显眼。

而他旁边的妇人因为干瘦张着嘴巴，一双像是被偷去了钱包般充满敌意的、惊慌的眼睛；翻鼻孔的小伙子则张大嘴巴，面色苍白可怕，面容丑陋；而哭泣的老大娘整张脸只有红色的鼻子和红色的眼睑，悲痛使它们浮肿起来，而其余的一切则都被遮盖了。在她黑色的边角擤过鼻涕的头巾包裹下，老大娘的脸部再也看不到什么了。

“哦，天！哦，天!”

挤压、窒息。如此沉重——重!

电车静静地爬行。它那沉重的，耷拉下来的尾部超载了，垂向地面，没法行驶。它爬过变硬的、肮脏的雪堆、垃圾、破烂、动物尸体。而在人行道上聚起一小群人。他们围绕着俯卧的马匹聚集起来。马被卸了套，也就是说，已经躺了很久了。它的肋部肿胀得很厉害，口鼻之下有一小片干草。显然，不知是谁塞给了它，以便为它，而不是为自己的生命祈祷平安。或者他们认为，如果马会了解，这世上还有干草，就会鼓足气力，战胜死亡。

不，干草并没有起到作用。它静静地躺着，肋部肿胀，没法站起来。马无法呼吸。当然。瞧，它并不想吃东西，不想。您明白吗?它不想吃……

手伸向海狸皮的帽子，这样瘦弱的、裸露的、破烂的袖口……过去的贵族摘下帽子，安静地垂下头，在胸前画十字祷告。嘴巴张开的青年人咧嘴大笑——用眼睛搜寻所有人，邀请大家一起笑。但周围只有安静的面孔，一双双严厉的眼睛望着他。他惊慌失措，弯下腰藏在了流泪的老大娘身后。

过去的贵族如此简单、虔诚地在苦难与死亡面前裸露头部，并以圣父圣子以及圣灵的名义为被折磨而死的动物卑微的灵魂画着十字。

三个真相

列利亚·佩列佩戈娃的讲述：

您是知道的，我从来没有撒谎，也一点没有夸大事实。如果我离开了谢尔盖·伊万诺维奇，那么，就是说，和他在一起生活确实无法忍受了。就算我再温顺，如今也忍无可忍了。并且，为何非要忍受呢？还指望什么呢？为了让他陷入暴怒中杀死我吗？谢谢。我可不想这样。

周日我们一起去餐厅吃饭。一路上他都在为我带吉普西而争吵。只是，他说，它把手抻疼了这个那个的。我回答他说，如果手抻疼的话，那也是我的手疼，而不是他的，因此没什么可诬蔑我的。如果总是把狗留在家里，那又为什么要养它呢？他就生起闷气来，不再说话了。

但这还没完。

我们走进餐厅，当然，靠门边坐下。人们寻找好座位，而我们不知为何或是坐在门边，或是在炉子边。我稍稍注意到，所有这一切都取决于男士的体贴。还没过五分钟，他就说：

“好座位空出来了，我们快坐过去吧。”

“不，”我说，“我在这儿就挺好。”

因为我很清楚，他打算换位子是因为我对面坐着一个帅气的年轻人。他一直时不时看看我，并且移动一下辣椒或芥末。显然，他来自上流社会。他在吃小鸡肉。

我完全不能忍受他的醋意。就因为有人给我移动了一下芥末就要大闹一场！没有任何一个苔丝狄梦娜①能受得了这个。

“我，”我说，“坐在这里就很好。”他生起闷气，不再说话。

但我看着他喝完了第二瓶酒。

“谢辽莎，”我说，“这对你是有害的！”

他像野兽一样发怒了：

“别打扰我，我不想听你那些庸俗的意见。”

我关心他的身体健康，却让我受到了侮辱。我看到他又要第三瓶。这就是说，他为了惩罚我，刻意突显自己的痛苦。好吧。我们走出了餐厅。

“谢辽莎，”我说，“要不，你抱着吉普西吧。我有点累了。”

而他就像是狗叫似的：

“我就知道会是这样！我让你别带狗！如今我没法帮你。你把狮子狗抱在怀里看起来就像白痴一样。”

我沉默不语。再次不愉快。

“干什么，”他嚷嚷着，“你就像泼妇一样，不说话？”

---

① 莎士比亚悲剧《奥赛罗》中奥赛罗的妻子，奥赛罗因怀疑她与副将凯西奥有染而将她杀死。

他就是这样。我沉默——他说我像泼妇，笑起来——他说我像高等艺妓。听听，这就像是古希腊式的侮辱。

我们一起走着。我牵着吉普西，心跳加速，疲惫不堪。但我沉默着，温和地笑着。

我们看到基尔皮切夫在餐厅对面的人行道上走着。但我有什么错呢？我又没有提前告诉他，我们会来这里。

谢尔盖·伊万诺维奇似乎沉默着。但这样的沉默比任何吵闹都更糟糕。

我们互相问了问好，一起走着。但他却开始耍花招：时而在后面拖着步子走，时而往前跑出三俄里。我没法，就是说，走得这样慢，但也不能占据整个人行道。随后他就完全消失了。

我因为焦急而不知所措。基尔皮切夫安慰着我，尽管他自己也痛苦不堪——他瘦了，苍白了，什么也不想吃。他闭口不谈自己的感受，但这并不难猜测。和他交谈是这样轻松，这样愉快，这样文雅。而和谢尔盖·伊万诺维奇在一起则是这样：我或是和他吵架，或是沉默，就像某个犹滴拿着奥洛菲尔内[①]的头。

基尔皮切夫将我送到家里。

我到家后，一直等啊，等啊，谢尔盖·伊万诺维奇在一小时后才回来。

“您去哪里了？”

---

① 意大利戏剧家德拉·瓦莱（约 1560—1628）的三大悲剧之一《犹滴》中的人物。《犹滴》取材于《旧约》经外书中女英雄犹滴以美貌迷住敌军统帅奥洛菲尔内，乘他酒醉将他杀死，以拯救犹太居民的故事。

“只是散了一会儿步。”

他随即转过脸去。或许，他像白痴一样走着，思考着自杀计划。我很讨厌吃醋。我鼓起勇气，直截了当地对他说：

“谢尔盖·伊万诺维奇，我应该对你说一件事：首先……”

而他则大喊起来：

“如果是一件事，那么就说一件，不要引用首先，然后又是第四，再是第十，说上一整晚。而我直接告诉您：我厌倦了这一切，我明天就要离开了。现在请允许我睡个好觉。”

说完他就倒在床上了。我听到了鼾声，他故意装成熟睡的样子。整个晚上他都在装样子，早上还假装睡足了，收拾好行李箱就离开了。

我知道，因为吃醋人们可以做出任何事情，但同时却这般不能控制自己……我不知道，还有什么在等待着我。基尔皮切夫发誓会保护我免受这个疯子的伤害。

谢尔盖·伊万诺维奇的讲述：

那么，就是说，我们一起去餐厅，带着小狗。我请求她别带——不，她大发雷霆，无论如何也不行。她立刻破坏了我的心情。但是，我依然沉默着。

在餐厅里上演着永恒不变的故事：不论让她坐在哪里，她要不就嫌热得厉害，要不就嫌吹得厉害。但我承诺要克制住自己。我看到了一个空位子，用温柔的语气提议换个位子。她突然就面庞扭曲，用蛇一般的咝咝声回答说：

“我在这里就行。”

行就行吧，我不在乎。我可以请求，但不会苦苦哀求。我不做声了，开始吃饭。那里的葡萄酒，顺便说一句，味道不错。她看到我喝得饶有兴趣，就开始找碴儿。于是我只能勃然大怒。这些蠢女人们到底在想什么呢？人们去餐厅是为了什么呢——难道是刷牙吗？人们去餐厅是为了吃饭，并且就着饮品来吞下所吃的东西，这就是为什么来餐厅。而她们的理想则是——为了让人们看她是怎样吃的，而他们自己最好嚼一嚼炖的胡萝卜，就着水来吃饭，就像兔子一样，并且所有的时间都用来说恭维话。这哪能高兴呢！

我们走出餐厅——我就知道了：她将自己的狮子狗交到我的手上。要知道我已经警告过了！要知道我要求过了！的确太可恨！

我们遇到了某个糊涂虫——一个姓斯克里普金还是什么的。我利用这个机会就匆忙离开了。我非常口渴，喝了葡萄酒。这个蠢女人，顺便说一句，就像啄木鸟一样反复地说，酒是无法解渴的。我对这个白痴解释说，口渴是身体对液体的需求，而葡萄酒就是液体。而她却说，腌鲱鱼的盐水也是液体，但是无法解渴。

我合理地回答了她这个问题，说，如果她是患癔症的女人，应该治疗，而不是攻击他人。

回到家里——我看到，她准备好吵架了。

我立刻制止：

“我明天就离开。”

然后躺下睡觉。

上帝保佑，希望她没有猜到，我去了小酒馆——我努力不朝向她的那一侧呼吸。

不，够了，既然我们互不明白，互不理解。

够了。

狮子狗吉普西的讲述：

我们去了餐厅。

主人们一路都在吵架。

在餐厅里我们吃着糟糕的东西。而另一个先生吃着小鸡肉。

我望着他，而他也望着我。如果女主人朝他叫一叫，他大概会把骨头扔过来。

我什么也没得到。

街上那个每天和女主人在散步时叫喊的人走了过来，用脚推搡着我。

主人跑了，而那个人将自己的手塞进女主人的手里，完全将我挤到一边。他身上散发出烤牛犊肉的味道，而他自己悄悄地叫了叫，就像是饿了。随后女主人也开始叫了。

是她自己的错——为什么要吃菊蓟花和虾呢？傻瓜。

两人都装作饥饿的样子，这可骗不了我。

他们回到家里，在楼道口开始嗅对方。

她，准确说，首先闻到他吃了小牛肉，推开他走开了。

当主人回来的时候我们已经躺下睡觉了。他身上飘来两升酒的气味——我差点被熏晕了。他们的嗅觉呢？我对着他的脸狂吠起来：

“看家狗！”

如今主人不在了，而那个人则来了。她嗥叫，而他则尖吠。而请狗吃巧克力，关于这个，当然，他们谁也没有想到过。

最残酷的狗的变种便是所谓的人。低级的种族，你想想，怎么会有不相信骨头的人呢？

春天之春

乘火车旅行总是很有趣的，但总会有奇怪的意外事情发生……

事情是这样开始的：热妮娅姑母打起了盹。丽莎拿了一本书——阿列克谢·托尔斯泰的诗集——就开始读了起来。阿列克谢·托尔斯泰的诗她很早就熟知了，但将这本书拿在自己手里还是很开心：镶嵌金色的绿皮封面，封面内侧则贴有玛利亚女皇政府部门发行的纸币，证明“这本书是因为良好的行为与杰出的成就而奖励给二年级学生伊丽莎白·叶尔玛卡娃的”。

丽莎随便打开一页就读了起来。

而她对面则坐着一位留有黑胡子的先生，看起来不那么年轻了，或许，有40岁左右，认真地观察着她。

注意到这点，丽莎有些难为情，将头发塞到耳后。

而这位先生又开始看她的腿。那里或许一切都很好——鞋子是新的。他到底在看什么呢?

这位先生再次将目光转移到她的脸上，微微笑了笑，瞟了瞟热妮娅姑母，重新又笑了起来，轻声说道：

“多么美妙啊!”

于是丽莎明白了：他陷入了爱河。

此刻，即便是在这样一个15岁女孩的心里，每个女人天性里的本能都在呼唤着：让他坠入爱河——彻底征服他！

于是，丽莎谦逊地垂下眼睛，将书打开，以便他能够看到值得称赞的一页，好让他明白，这和谁有关。

她抬起眼睛：而他甚至都没有看。显然，他不明白，为什么她翻到这一页。

她将书完全转向侧面，就像是在望着书脊一样。如今就算是傻瓜也能明白，这里并不是白白地有国家印章和各种题词……

多么奇怪！没有引起他任何注意。他望着脖子，望着腿。或者是近视眼吗？

她把书移到靠近他一些的膝盖上。

“啊哈！”

姑母醒来了，像蛇一样向上伸展了一下身体，眼睛在丽莎与大胡子之间来回看了看。她的脸颊颤抖起来。

“丽莎！坐到我的位子上来。”

姑母的声音听起来死板而不连贯。

丽莎又惊讶又委屈地扬起眉毛，换了座位。

大胡子的人——他能够把自己控制得多好啊！——他安静地打开报纸开始阅读。

丽莎闭上眼睛开始思考。

她为大胡子感到惋惜。她并不爱他，但是有可能会嫁给他，以便使他的老年得到关怀。她知道，对他来说这是致命的相遇，他再也无法忘记她。并且，从这时起，和任何一个女人在一起他都不仅不会找到幸福，甚至也无法忘却。并且，一直，他就像影子，将会追随她……当她穿着婚纱挽着丈夫的手走出教堂……突然，人群之上……黑胡子。他沉默地升了起来，但眼里充满责备……这就是一生。而当她死去之时，在她的棺材旁看到黑胡子，所有人都会非常震惊，他面无血色，就像死亡，带着巨大的百合花花花环……不，玫瑰花环……红色的玫瑰……不，是白色的玫瑰……是白色的郁金香……

丽莎长久地选择着自己棺材上的花环。当她最终坚定地选好白色玫瑰时，火车也已经停了下来。

她睁开眼睛。有人穿过他们的车厢，行李箱卡住了门。穿行的人转过了身子……大胡子！

大胡子离开了……安静地，简单地，甚至带着报纸，却并没有抬头看丽莎……

而这却发生在这一切之后！

这世上有些多么奇怪的人啊……

五点钟的时候他们出来去火车站吃午饭。

小吃部的大厅很热闹。花瓶里装着花，其实也算不上花，只是染了色的针茅。桌子中间是装着酒的一堆瓶子，镀镍的盘子闪闪发光，欣喜若狂的仆人们在奔走。所有东西都就像在调味品中一样，飘浮在车站令人愉快的空气里。这惊慌的、快乐的空气里挟带属于它的春天的迅疾过堂风，以及某种蒸熟的、含有胡椒的味道。家里是不会有这样味道的。这无缘无故惊慌的感觉实在太好了：你知道，你的火车二十五分钟后就要离开了，而每个叫喊声、撞击声、铃声都使行进的人心存焦虑，步履匆匆，脉搏加速。

“还有时间，没必要着急。”

没必要是没必要，但仍旧是……

当看门人敲了两次钟时，低沉而单调的钟声响了起来，清晰嘹亮的话语也随之传来：“开往日梅林卡—沃洛奇斯克的火车第二次响铃。”坐在对面的一位先生丢掉了餐巾纸，从座位上跳起来，抓起行李箱猛冲向门口。您已经不自觉地推开盘子，目光开始寻找自己的搬运工。

丽莎旁边坐着一个年轻大学生，他穿着漂亮的白色制服上衣，头戴近卫军制帽。他噘着上嘴唇，摸着或许还没长出的小胡子，幼狗般闪亮的、空洞的、愉快的眼睛望着丽莎。

他非常有礼貌，非常文质彬彬。他从桌上拿起带孔的盐瓶，并且，在往自己的汤里放盐之前，向丽莎问道：

“您允许吗？”

拿起盐瓶的手就这样举起来，等着回答，并且做好了如果丽莎不同意，就将盐收回的准备。

丽莎胃口很好，本想拿起自己的鸡肉饼吃，但在这一盐瓶的故事发生后，她感觉自己是如此迷人，如此慵懒，以至于吃得津津有味会显得非常不体面。她叹了一口气推开了盘子。

“你怎么回事儿？”姑母问，“又是这样。过半小时你又要吃了。”

这一切是多么粗鲁啊！“要吃”！在这事儿之后再看他是多么可怕。他突然笑了吗？

随后她和姑母一起在车厢外的窗户下散步。

夜晚的美是非常惊人的。四周弥漫着烟煤的味道，响起铁的撞击声和叮当声。信号旗的两个光点——绿色和红色很奇怪地照耀着玫瑰色的天空，就像对谁来说，夜晚已经开始了一样。而更令人惊奇的则是一棵小白桦，它爬到了两条轨道转弯处的正中间。那里是铁路岔口火车变轨的地方。糊涂的、蓬松的小白桦——它爬了出来，却不明白，自己可能会被压坏。

这里的一切——在玫瑰色的天空中，在铃声中，在白桦树中——对丽莎来说都有着特别的惊慌。这该怎么解释呢？惊慌，我们可以在年轻大学生手里拿着盐瓶的形象中这样表述。但这只是我们这样表述，丽莎并不知道。她只是有些惊奇，为何这一个春天的晚上是如此不寻常，而她感觉自己是美丽的。

“你的脸为什么这样不自然？”姑母摸不着头脑，“你这样卖弄风情地撮起嘴巴，简直像圣饼的女儿。”①

第三次铃声。

走进自己的车厢时，丽莎看到大学生站在走廊里。他也走进了同一个车厢。

---

① 这里指丽莎撮起嘴唇圆嘟嘟的样子，很像基督教里的白色圆形圣饼。

夜里。姑母睡着了。但是，她在躺下时对丽莎说过：

“如果你觉得憋闷的话，就去走廊里站会儿吧。”

于是她站在走廊里望着窗外模糊不清的月光照耀下的林中草地，望着夜雾里蜷缩成稠密的有弹性的一大群灰色灌木丛。她望着。

“我立刻就明白了，您是谁，您是什么样的。”大学生说着，噘起上嘴唇，触摸着并未长出的胡须，“您是长着绿眼睛的母豹。您不会爱，但却喜欢使人痛苦。请问，您为什么如此喜欢别人的痛苦？”

丽莎沉默着，做出“苍白的面孔”，也就是说，脸颊缩进，翻着白眼。

“请问，”大学生继续说，“您任何时候也没有被过去的阴影惊扰过吗？”

“有过，”丽莎确定地说，“有一个阴影使我不安。”

“请讲！请讲！”

“有一个人……完全不久之前……他一生都在追求我……他长着黑胡子，非常有钱。我并没错，只是不爱他！”

“那么您有意识地迷惑他，您也没有错吗？”

丽莎想起自己是如何将印有奖章的书悄悄塞给他。随后她似乎觉得，她在某些晚会上夺人眼目，而他靠墙站着，带着责备的眼光注视着她……他想起了白玫瑰做的花环，他气喘吁吁，绊了一跤，将它放到她的棺材上……

“太、太疯狂了！”大学生悄声说道，“母豹！我爱您！”

丽莎闭上眼睛。她不知道，她的嘴巴因为焦虑颤抖着，就像正打算哭泣的小姑娘的嘴唇一样。

“我知道，我们注定会分开。但不管您在哪里，我都要找到您。我们将会在一起！听我说，我给您写了诗。您和您的同伴一起在站台上散步，而我望着您写了这首诗。”

他拿出笔记本，扯下一页递给她：

“请拿上。这是献给您的。请看，我有多么好的铅笔啊。这是妈妈给我的……”他停了下来，“一个夫人给我的。”

丽莎接过纸页读了起来：

无法实现的梦想最后一道光线熄灭了，
春夏如魔术童话般逝去，
美妙的歌声唱不够，
而心中——全都是你。

“为什么‘春夏’都已‘逝去’？”丽莎羞怯地问道，有些惊讶。

大学生感到委屈：

“你多奇怪啊！要知道这是诗歌，而不是记录。您怎么会不明白呢？在诗歌中最重要的是——心情。”

乘务员走了过来，看了看大学生的票，随后询问他的座位在哪里。

两人都走开了。

姑母稍微打开了小门，用困顿的声音嘱咐丽莎躺下睡觉。

温馨的、不安的，车厢里的半睡不醒……

她的眼睛闪闪发光。月光中的林中草地在头脑中游荡，月光下的灌木丛。灌木丛在叫着“我爱您”，而林中旷地则喊着“而心中——全都是你”……

火车停站长久的静止中她醒了，拉开了勒紧的蓝色窗帘的边缘。

明亮的黄色太阳沿着站台上溅了水的木板跳跃着。没戴帽子的大腹便便的先生用手抓着衬衫解开了的衣领，从报刊亭跑了出去。而大学生匆匆从丽莎的窗前走过，戴着白色的近卫军制帽。他停了下来，对提着黄色行李箱的搬运工说了些什么。他说着，笑了起来，那空洞的、愉快的、幼狗般的眼睛闪闪发光。随后他就消失在了车站的门后。

搬运工提着行李箱跟在他身后走了。

夏天来临了。喧闹的、平淡的夏天。在地主的大家庭里，丽莎和上中学的兄弟们一起，和阴险的成年的表姐妹们，和家庭女教师们一起，吵嘴，游泳，吃波特文亚冷食。

丽莎感觉自己是另类的。

她——是绿眼睛的母豹。她不想吃波特文亚冷食，她不去游泳，也不做夏天里布置的功课。

别以为，或许，这很可笑。你们要相信，如果步入了自己生命中的诗意——爱情的圈子里，就连五十岁的教授也会这样做的。

他这样糊涂地，几乎是无意识地梦想着，并且还期待着自己也不清楚的什么东西，但甜蜜，温暖，因失望引起的痛苦对他来说有些强烈了。

哎！一切怎么会这样呢？……

“他是诗人，”丽莎想，“他会找到我，因为诗人的心里有永恒。”

夜里她醒来，赤脚走到窗户边，观看云朵是如何追赶月亮的。

“无法实现的梦想最后一道光线熄灭了。”她一整天都悄声说着。

突然……

“你一直在重复什么呢？”表姐挖苦道，“这是浪漫曲，卡嘉阿姨唱过的。”

“什么？”

“对啊。是以‘而心中——全都是你’结尾的。”

“不，不，不可能……这是一位诗人的诗……不……”

“那又怎么了？浪漫曲十年前就写出来了。你瞪大眼睛看什么啊？全都绿了。你，顺便说一句，有张很可怕的脸。”

十年前！

丽莎闭上了眼睛。

哦，失望引起的痛苦是多么强烈啊！

“喝——喝茶了！”饭厅里传来响亮的、庸俗的叫喊声，“草莓来了！谁想吃草莓？”

“快点来！不然科利亚就全都吃完了！……”

丽莎叹了一口气，朝饭厅走去。

绅　士

在这一个美妙的日子里，他们在“特罗卡杰罗”地铁站换乘时非常偶然地相遇了。她要换乘去往帕西区（巴黎塞纳河右岸），而他，如通常所说，“要去往圣云区（巴黎西郊）”。恰好就在走廊里，在那折叠式的不经意间碰触腹部的铁栅栏边，他们相遇了。

由于意外，她的包都掉落了，而他则喊了起来：“瓦莉娅！”他自己也被自己的喊声吓倒了，双手抱住头。随后他们朝对方跑去。她（为了说清楚，为什么他如此激动）非常漂亮，鼻子短而翘，用快乐的、轻微肿胀的眼睛透过爬到眉毛上方的淡黄色儿，看着上帝创造的这个世界。

他（为了解释清楚，她的包为何会掉落）是位高个子的、优雅的先生，头发沿鼻梁往两边分开。这样一来，甚至在帽子底下这一分头的起源都很难隐藏。领带、手提包、袜子——所有这一切都色调相同。只有他的面部表情稍稍破坏了和谐——它呈现出某种不知是惊慌还是恐惧的神情。但事实上，这是不值一提的小事。总之，他们朝对方奔去，拥抱着。

“就是说，您见到我很开心对吗？”女人喃喃说道，“真的吗？真的很开心吗?”

“开心得不得了！不得了！我……我爱您!”他大声说着，重新抱住头，“我的天，我都做了什么！上帝保佑，请原谅我吧！意外相逢……我失去了理智！我从不敢这样的！请忘记吧！请原谅我，瓦尔瓦拉·佩特罗芙娜!”

“不，不！您刚才喊我瓦莉娅的！一直叫我瓦莉娅吧。我爱您。”

“哦，哦，哦!”他呻吟起来，“您爱我？那么，我们都完了。”

因为焦虑的缘故他口齿不清地说着，摘下帽子，擦干额头。

“全都完了!”他接着说，“如今我们再也不应该见面了。”

“为什么呢?”瓦莉娅感到很惊讶。

“我是绅士，我应该关心您的声誉和您的安全。您的丈夫突然发现了怎么办？突然他因为怀疑而侮辱您怎么办？那时我——就像是开枪自杀？这一切多么可怕!”

“等等，”瓦莉娅说，“我们坐到长凳上，聊一聊。”

“那如果有人看到了我们怎么办?”

“这有什么可怕的!”瓦莉娅感到惊讶，“我昨天还见了帕斯捷尔·卢金，和他闲聊了一个半小时呢。这关别人什么事?”

“对是对!”他绝望地同意了，“但您忘了，无论他对您，还是您对他，都没有产生爱情。而我们……要知道我们关系的所有秘密都会暴露出来，要知道那时会怎样——开枪自杀吗?”

“哎，这算什么事儿啊！瓦西利·德米特里奇！亲爱的！我们把时间都浪费在小事上了。请再说一遍，您爱我。您是什么时候开始爱我的呢?”

他四周环顾了一下：

“在周四，是在周四爱上您的。一个月前，在科姆波特夫人家吃午饭时，您伸出手拿面包，这好像刺中了我。我如此激动不安，以至于拿起盐瓶，将盐撒在了葡萄酒里。所有人都惊叹道：‘您在做什么？’而我并不惊慌。我说，我总是这样喝酒的。很巧妙地圆过去了吧？但如今，如果在哪里和同一拨熟人一起吃午饭或是早饭时，我总是不得不将盐撒在酒里。没有别的办法。他们会猜到。”

“您太让人惊讶了！”瓦莉娅惊叹道，“瓦夏，亲爱的！”

“等等！”瓦夏打断她的话，“您是怎么称呼自己丈夫的？”

“怎样称呼？米沙，当然了。”

“那么这样，我恳请您也称呼我为米沙。这样您在任何时候都不会说漏嘴。多少不幸的事都是因为名字的缘故啊。想象一下——您丈夫亲吻着您，而您在这时想的是我。当然，您就会不自觉地轻声呼唤我的名字：‘瓦夏，瓦夏，再来一次！’或者别的什么类似的事。而他就会停下来：‘什么瓦夏？为什么是瓦夏？我们认识的人中哪个是瓦夏？哎！古里科夫！我早就怀疑了！’——庸俗，庸俗。我们该怎么办呢——开枪自杀吗？而您如果习惯了称呼我为米沙（要知道我事实上也可以成为米沙——这一切都取决于父母的想象），习惯了叫我米沙，这样您就什么也不用担心了，神不知鬼不觉的。他亲吻您，而您幻想着我，轻声喊着我的名字——明白吗，喊着我：‘米沙，米沙。’而那个傻瓜，很高兴，也很平静。或者，比如，在梦里。在梦里您总会梦到我，您可能会轻声说出我的名字。而您丈夫就在这里。他醒来看看表，这就听到了，听到了。‘瓦夏？什么瓦夏?’这就庸俗了。我是绅士。难道我该——我该用枪自杀吗?”

“您怎么把这一切都说得这么严重呢?”瓦莉娅不满地嘟囔道,“为什么别人就不会有这样的事儿?所有相爱的人都称呼彼此的名字,也不会有什么灾难,相反,只有快乐。”

“我的天,您是多么幼稚啊。要知道半数的离婚都是建立在这些‘瓦先卡和佩坚卡’基础上的。为什么?为了什么?既然这个如此容易避免。”

“那您就不害怕说漏嘴吗?要知道您今天称呼我为瓦莉娅,要是突然也再次喊起来呢?”

“不,现在起就不叫了。刚才那样称呼您,是因为我们的关系还不明确,而且我们自己也不知道彼此相爱。而如今,我作为一个绅士,应该时刻警惕,并且为您着想,只为您,我亲爱的(请原谅我称呼您为亲爱的,这也是愚蠢的大意了),现在我不再使您尴尬了。”

“那您会如何称呼我呢?这让我很好奇。您还未婚呢要知道。怎么办?”

“嗯……我自己住,也就是说和妈妈一起住。我或许可以称您为妈妈,明白吗?习惯使然,和妈妈一起住的人,说错话时会很明显。明白吗?如果在交谈中称呼您为‘妈妈,亲爱的’,那我就不用承担任何风险了。如果谁听到了,就会想:‘瞧,有人想起自己的妈妈了。’那么这一切也就非常自然了。”

“这个,知道吗,鬼知道这些都是什么呢!我是您什么妈妈啊!您没准儿还要开始称呼我为奶奶呢。愚蠢又粗鲁。”

“哎,亲爱的,也就是说,瓦尔瓦拉·佩特罗芙娜。要知道我这纯粹是出于绅士风度。”

“您明天会去参加福格利布拉特医生的庆祝会吗？那么，我悄悄请求主持人将我们安排在一起。我丈夫将和委员会的人坐在一起，我们就一起聊聊天。我特别高兴，猜到……”

“您这是做什么呢？”瓦夏喊了起来，“现在我是无论如何也不能去宴会了。当然，尽管我们之前有过纯粹的友谊关系，也曾是非常美好的。但是现在——这不可思议。多么遗憾啊。我已经交了钱，却不能去。难道可以这样：我自己给主持人打电话，假装什么也不知道，请求他一定把我，比方说，和医生妻子西奇娜安排坐在一起吗？啊？是个好主意吗？”

“那如果他说，我已经请求他将您和我安排坐在一起了呢？”

“嗯……那么我就假装说，我已经忘记您是哪位了。这样，我会说，瓦尔瓦拉·佩特罗芙娜是谁呢？是那个肥胖的，纠缠所有人的人吗？明白吗？我故意否定您。也就是说，不仅仅对您，而是好像迷惑所有人。我会说，是那个卑鄙无耻，长满粉刺的人。明白吗？为了说得清楚，我甚至都不知道自己说的是谁。”

“抱歉，这一切，实在太愚蠢了。”瓦莉娅叹了一口气，“主持人片金多少次看到您和我在一起了，他怎么可能相信，您突然不认识我了呢？”

“但是我，要是这样评论您的话，他就会相信了。我会尽量说一些格外粗鲁的话。我能做到，别担心。”

“我完全不希望您把种种丑陋行为跟我连在一起。”

“亲爱的！也就是瓦尔瓦拉·佩特罗芙娜，也就是奶奶——噗！

搞混了。我刚想开始习惯，就搞错啦。亲爱的妈妈！要知道这是为了您好，为了您。难道您认为，将您的名字和各种恶劣的形容词连在一起，我就高兴吗？我就不痛苦吗？有什么办法呢？只能如此。也就是说，我和医生妻子坐在一起。此外，我将用漫不经心的眼光扫视一下到来的人，高傲地向您点点头说话。明白吗？正是说话，高傲地漫不经心地从牙缝里挤出几句话。仍然高傲地点点头，说：‘哎呀，这个傻瓜在这里。’那时医生妻子本人不仅从来不相信我们有亲密关系，而且也会使所有别的人不再相信，如果有谁已经开始怀疑的话。当然，这对我来说非常艰难，但是为了自己的心上人，有什么不能做的呢？我是骑士。我是绅士。我不会让您受委屈。总之，如果社会上开始有您的风言风语，您尽可放心——我这样添油加醋地议论您，那就没有任何人会认为我喜欢您。我嘲笑您：您的外形——哈哈，我会说，这个瓦莉娅——鼻孔上翻！当然，我会很心痛。您的服装，您的举止。‘竟然也，我会说——费力想要安排宴会。她的行为就像给母牛挤奶，而不是接待客人。’瞧，总之，我会虚构的。还有，我会说，想象一下，有什么能让人喜欢的。哈哈！一句话，妈妈，您可以安静下来了。我保护您的名誉。当然，我最好不和您在一起。还有——我会说——我没看到她那花费五十戈比购自‘优尼普利克斯’商店的毫无价值的一俄磅饼干。总之，我会说——这是她那荒谬的招待宴。一句话，我编造出来的这些。天，这一切该多么郁闷，多么痛苦。什么？什么？我没明白，您说什么？妈——妈——妈。”

“见鬼去吧！这是我说的话！”瓦莉娅喊了起来，她从长凳上跳起来，“滚开，口齿不清的白痴！别跟着我，讨厌的家伙！”

她迅速转身沿着台阶跑走了。

“瓦……啊不，妈……”瓦夏在恐惧中嘟囔着，“这是怎么回事呢？为什么她突然，在我的富有自我牺牲精神的爱情最热烈时走开了？或者，可能，她看见了某个熟人，就开始演戏了吗？这是很聪明的，如果是这样的话。非常聪明。而且简直是相当聪明。如果谁看见了立刻会认为：‘啊哈，她不喜欢这个先生。’而随后，如果在社会上看到我们在一起时，他对我们来说已经不会构成危险的了。这从她的角度来讲是非常明智的。尽管，或许，她很痛苦这样粗鲁地和所爱的人说话。但有什么办法呢？应该如此。”

他将手插进口袋里，无忧无虑地轻声打着口哨，以便谁也不会多心，开始从台阶上往下走。

“我爱她，并且我们相爱，”他想着，“这就是幸福。只是需要谨慎一些。要不然会怎样？开枪自杀吗？”

调 情

船舱里有些闷热——散发出烧红的熨斗及发烫的油布味道，也没法拉开窗帘，因为窗户朝向甲板。因此，普拉东诺夫在黑暗中怒气冲冲地快速地刮了脸，换好了衣服。

“轮船开起来后会凉快一些。”他这样安慰自己，“在火车里也不会好到哪里去。”

他穿戴讲究——浅色套装，白色鞋子，仔细梳理好日益稀疏的深色头发，走上了甲板。这里呼吸轻松一些，尽管轮船已经微微晃动了，安静地前行，但甲板上被太阳炙烤得太厉害，以至于无法感受到一丁点儿的空气流动。轮船缓缓转过身，离开了多山河岸边的花园与钟楼。

这一时间段不适宜游览伏尔加河。七月底河流已经变浅了。轮船测量着深度，缓慢前行。

一等舱的乘客出奇地少：一位大块头的、肥胖的商人戴着有檐儿的便帽和妻子在一起，妻子上了年纪，很安静；还有一位牧师，两位上了年纪的面露怨色的太太。

普拉东诺夫在船舱里散了一会儿步。

“好无聊啊！”

尽管因为某些情况这已经很不错了。他最怕遇到熟人。

“但到底为什么这样空荡荡呢？”

突然，从轮船客舱房间里传来了雄赳赳的轻佻小曲的调子，嘶哑的男中音在钢琴叮叮声伴奏下唱着。

普拉东诺夫笑了笑，走向这些令人愉快的声音。

轮船客舱房空荡荡的……只有在一束彩色针茅装饰的钢琴后坐着一个敦实的年轻人，他穿着淡蓝色的印花布俄式偏领男衬衫。

他侧身坐在圆凳上，左侧膝盖垂向地面，就像是驿站车夫坐在马车位上，并且，肘部突兀地散开支撑着，也是某种车夫式的（就像操纵着三驾马车），狠狠按着键。

应该稍微耍小性子。

稍微严厉些。

他准备好了。

他晃动着梳理得很乱的如粗壮鬃毛一般的浅色头发。

做出让步

鸽子在散步。

特拉——利亚——利亚——利亚

特拉——利亚——利亚

他注意到了普拉东诺夫，跳起来说：

“请允许我自我介绍一下。我叫奥库洛夫，医学院传染病专业的大学生。”

“哎，是的，”普拉东诺夫明白了，“怪不得乘客这样少。霍乱。”

“见鬼去吧，哪里是什么霍乱。大家喝得酩酊大醉——又恶心想吐。我跑了多少航线了，也没见有谁得霍乱。”

大学生奥库洛夫的脸是健康的，红润的，比头发要暗些。他脸上的表情就像打算揍别人的脸似的：嘴巴张开，鼻孔膨胀，眼睛鼓起。仿佛大自然记下了眼前这一刻，就这样允许大学生沿着自己的生活走下去。

“是的，我亲爱的，”大学生说，“专享的忧愁，没有一个夫人。而坐下——这样令人厌恶，甚至在这样安静的水中也会晕船。而您，是为了开心才出行的吗？不值得。河流——废物，酷热、臭气。码头上总有吵骂声。船长——岂有此理：应该是酒鬼，因为他吃饭时不喝伏特加。他的妻子是个年轻的女孩——才结婚四个月。我试着把她看作能干的人一样聊天。蠢女人，哎，让我头疼。她突然想教导我。‘从欢天喜地，无所事事的闲谈’到‘为人民带来好处’。你想想——船长的妻子！有没有兴趣看看维亚特卡河，感受心情的细微变化？”他吐了一口痰，就转移话题了。您知道这个调子吗？特别棒的：

从我的鲜花

美妙的香气……

所有的小吃店里都在唱着。

他迅速转身坐在“车夫座”上，摇晃着蓬乱的发绺，开始了：

哎，妈妈，

哎，这是怎么回事……

“这就是医学院学生！”——普拉东诺夫想着，到甲板上散步去了。

临近午饭时，乘客们都出来了。那个剑齿象般的商人带着妻子、无聊的老太太们、牧师，还有两个商人，以及某个长着纺线一般的头发，穿着脏衬衣，戴着青铜夹鼻眼镜的人，他鼓起的口袋里装着报纸。

大家在甲板上吃饭，每个人都坐在自己的桌子边。船长走了过来，他苍白、浮肿、面色阴沉，穿着旧了的粗麻布制服上衣。有个十四岁左右的小女孩和他在一起，梳着光滑的、拧得很紧的辫子，穿着印花布女装。

普拉东诺夫已经吃完了自己传统的波特文亚冷食时，医学院学生来到他的桌边，叫了一声服务员：

“把我的餐具拿到这里来！”

“请，请！”普拉东诺夫邀请他，“我很高兴。”

医学院学生坐了下来，要了伏特加和鲱鱼。

“糟——糟透了的河！”他开始了谈话，“伏尔加，伏尔加，春天里雨水充足，你不能如此淹没田地……”

不能这样。俄罗斯知识分子总是要教些什么东西。

伏尔加，你瞧，不会这样淹没。它更好地懂得该怎样泛滥。

“对不起，”普拉东诺夫插了一句，“您好像害怕着什么。而事实上，我没有记得很清楚。”

“是，我自己都不记得了。”大学生善意地同意了，“那您看见了我们的傻瓜了吗？”

“哪个傻瓜？”

“船长的妻子，和船长坐在一起呢。她故意不朝这边看。她很讨厌我的‘小餐馆式庸俗本性’。”

“什么？”普拉东诺夫感到惊讶，“这个女孩子？她才不超过十五岁啊。”

“不，稍微大些。十七岁。怎么了？那她好吗？我对她说：‘要知道嫁给胡獾都是一样的。牧师怎么会同意给你举行结婚仪式的呢？’哈哈！拿着小虫子的胡獾！您怎么认为？她就感到受侮辱了！那个傻瓜！”

傍晚很安静，呈现一片粉红色。彩色的灯笼在浮标上魔幻般燃烧，轮船在它们中间梦呓般滑过。乘客早早地去旅客休息室安置下来了，只有下层甲板上还很闹腾，挤满了锯工们——木工们，还有鞑靼人发出的蚊子般嗡嗡的牢骚声。

白色轻盈的披肩风一般从鼻尖飘过，它吸引了普拉东诺夫。

船长妻子小小的身影在船上舒适地坐下，没有移动。

“您憧憬着什么吗?”普拉东诺夫问。她哆嗦一下，惊恐地转过身。

“哎！我以为，又是这个……”

“您以为，是这个医学院学生？是吗？确实，他是比较庸俗的人。”

随后她那长着一双大眼睛的温柔的、瘦弱的小脸转向他，眼睛的颜色已经很难分辨清楚。

普拉东诺夫用严肃的语调说着话，令人信服。他非常严厉地谴责了大学生的轻佻小曲，甚至表达了惊讶——当命运给了他充分的可能性做神圣的事情，帮助受苦受难的人们时，他怎么可以做出这样庸俗的事。

小小的船长妻子整个身子转向他，就像花儿转向了太阳，甚至小嘴巴也张开了。

月亮升起来了，完全新生的，还未明亮照耀的月亮，但它挂在空中就像是装饰品。小河轻声哗啦作响，山上河岸的森林暗了下来，周遭一片安静。

普拉东诺夫不想离开这儿去令人窒息的客舱里，为了将这一迷人的、在夜间愈发苍白的“小脸蛋”留在自己身边，他滔滔不绝地说着，说着最崇高的话题，有时甚至自己都感到羞愧。

“这可是天大的谎言！”

霞光已经呈现粉红色时，倦意袭来，他心里充满了感动，回去睡觉了。

第二天正是这一致命的七月二十三日，薇拉·彼得罗夫娜应该坐一晚上的船——总共也就几个小时。

因为这一约会是春天时就已经定好的，他已经收到了一打信件和电报。需要协调好他去萨拉托夫出差及她去庄园拜访熟人的时间。想象一下这美妙的充满诗意的约会，关于它任何时候也不会有任何人知道。薇拉·彼得罗夫娜的丈夫忙于酿酒工厂的建造，没法去送她。一切都如此顺利。

即将到来的约会并没有使普拉东诺夫激动。他已经三个月没有见到薇拉·彼得罗夫娜，对于调情来说这一时间太长久，以至于他已经失去兴趣了。但会见仍然是令人愉快的，就像娱乐，就像在萨拉托夫等待着他的那些复杂的彼得堡业务与不愉快的事务会见之间的休息。

为了缩短时间，他在早饭之后迅速躺下睡觉，一直睡到五点。他仔细地梳了梳头发，将古龙水擦在身上，以防万一将自己的客舱整理好，随后走到甲板上打听那个码头是不是快到了。他想起了船长妻子，四处看了看，但是没有找到她。不过如今找她也没必要。

小码头边停着一辆四轮马车，几位先生和一位身穿白色裙子的夫人正在忙碌着。

普拉东诺夫决定，以防万一还是躲藏起来更明智一些。或许，她的丈夫会来送他。

当码头已经从眼睛里消失时，他绕到管道后边走了出去。

“阿尔卡季·尼古拉耶维奇!”

“亲爱的!”

薇拉·彼得罗夫娜满脸通红，头发黏附在额上：“我受了十八俄里这样的炎热!”握着他的手，她因为激动而呼吸吃力。

“太疯狂了……太疯狂了……”他重复着，不知道该说什么。

突然背后熟悉的声音令人厌恶地喊了起来，充满喜悦：

“姑母！这真是惊喜啊！您这是要去哪里?”医学院大学生大声喊道。

他用肩膀挤开普拉东诺夫，走向惊慌失措的妇人，吧嗒亲了一下她的脸颊。

“这……请允许我介绍一下……”妇人带着绝望的神情含糊说道，“这是我丈夫的侄子，瓦夏·奥库洛夫。”

“我们已经非常熟悉了，”大学生善意地笑着说，“您知道吗？姑母，您在村子里长胖了好多！实实在在！侧面都成这样了，简直像是台座!”

“哎，别说了!”薇拉·彼得罗夫娜差点没哭出来，含糊说道。

“我不知道，你们也认识呢!”大学生继续欢快地说道，“或许，你们刻意碰面的吗？这是会合点？哈哈哈！姑母，我们一起走吧，我给您看看您的客舱。再见了，普拉东诺夫先生。要一起吃午饭吗?”

他整个晚上就这样一步也没有离开可怜的薇拉·彼得罗夫娜，

只是在午饭时想起了一个好主意，自己去了小吃部投诉热伏特加。这几分钟未必足够表达绝望和爱情，以及希望——或许，夜间这坏蛋会安静下来。

“当所有人睡熟后，您来甲板上，来管道这里，我会等您。”普拉东诺夫悄声说。

“只是，上天保佑，谨慎一些！他可能会给我丈夫搬弄是非。”

晚上非常无聊地过去了。薇拉·彼得罗夫娜坐立不安。普拉东诺夫生气了，两个人在谈话中始终试图使大学生明白，他们的相遇是完全偶然的，并且也对这一情况感到非常惊讶。

大学生欢笑着，唱着愚蠢的歌曲片段，感到自己是交际界的灵魂。

“那么现在该睡觉了，睡觉，睡觉！”他命令道，“明天您还要早起，别太疲惫了。我要替姑父对您负责。”

薇拉·彼得罗夫娜意味深长地握了握普拉东诺夫的手，在侄子陪伴下离开了。

轻盈的黑暗划过栏杆，低低的声音呼唤着。普拉东诺夫快速地转身，走向自己的客舱。

“如今还有这个纠缠不休。”他脑子里想着娇小的船长老婆。

等待了半小时，他悄悄走到甲板上，朝着管道走去。

“是您？”

“我！”

她已经在等他了，在暗淡的朦胧中她变得漂亮起来，包裹着长长的黑色的面纱。

“薇拉·彼得罗夫娜！亲爱的！太可怕了！”

“这太可怕了！这太可怕了！”她开始喃喃自语，“我为了说服丈夫花费了多少心思。他不愿意我独自前来找谢韦里亚科夫，因米什卡而吃醋。他本想六月份出行，我假装生病了……总之，一切都是这样艰难，这样痛苦……”

“听我说，薇拉，亲爱的！来我这里！我这里，真的，是安全的。我们安静地坐一坐，不要激动。我只是亲吻一下您迷人的眼睛，只是听听您的声音。要知道我数月来只能在梦里听到它。您的声音！难道可以将它忘记吗？薇拉！对我说些什么吧！”

“哎——呆——得儿——呆！”突然嘶哑的低音在他们上方唱了起来。

薇拉·彼得罗夫娜迅速跳到一旁。

“这是怎么回事儿?”大学生继续说，因为这个，当然，是他……“雾，潮湿，难道夜里可以在河边坐着吗？哎呀，哎呀，哎呀我的姑母啊！我要把这一切都写信告诉姑父。睡吧，睡吧，睡吧！没什么，没什么！阿尔卡季·尼古拉耶维奇！赶她去睡觉吧。肚子会受凉，会得霍乱的。”

“我这就走，我这就走。”薇拉·彼得罗夫娜用颤抖的声音嘟囔着。

“这样太危险！”大学生平静下来，“潮湿，雾！”

“那么您来这有什么事呢?”普拉东诺夫发怒了。

“什么——什么事儿？我要在姑父面前为她负责。现在已经晚了。睡吧，睡吧，睡吧。姑母，我送您回去，并且整晚都守在门口，不然您还会跑出去，肚子一定会受凉的。”

早上，在非常冷淡的告别之后（“她还在生我气呢。”普拉东诺夫摸不着头脑），薇拉·彼得罗夫娜乘船离开了。

傍晚，穿着浅色连衣裙的轻盈身影主动来找普拉东诺夫。

“您很忧伤吗？”她问道。

“不。为什么您这样认为？”

“怎么……您的薇拉·彼得罗夫娜离开了。”她的声音意外大胆地叮当响起，就像是挑衅般。

普拉东诺夫笑了起来：

“要知道这是您朋友，那个医学院大学生的姑母。她甚至和他有点像——难道您没注意吗？”

突然她如此轻信地孩子般地笑了起来，以至于他自己也感觉轻松和开心起来了。这一笑好像突然使他们亲近起来，开始了他们之间心与心的交谈。那时普拉东诺夫了解到，船长是一个很好的人，并且许诺秋天就让她去莫斯科学习。

“不，不要去莫斯科！”普拉东诺夫打断她的话，“应该去圣彼得堡。”

“为什么？”

“什么为什么？因为我在那里！”

她用自己瘦弱的双手拉起他的手，因为幸福而笑了起来。

总而言之，夜晚是非常美妙的。已经是黎明时分，从管道后面走出了笨重的身形，打着哈欠，叫喊着：

“玛鲁谢诺克，夜猫子！该睡觉了。”这是船长。

还有一个夜晚他们一起在甲板上度过。升高的月亮向普拉东诺夫展示了玛鲁谢诺克充满灵感的、明亮的大眼睛。

“别忘了我的电话号码。”他对这双惊人的眼睛说道，“您甚至不用说出自己的名字。我凭声音就听出是您。”

“什么？不可能！”她欢喜地轻声说道，“难道可以听出来吗？”

“您瞧瞧！难道可以忘记它吗？您温柔的声音！它简直是在说着：这是我。”

在这一电话之后多么美妙的生活就要开始了啊！剧院，当然，最严肃的，学术性的讲座，展览。艺术有着巨大的意义……以及美，比如，她的美……

她听着！是怎样听着啊！当什么使得她非常震惊之时，她是如此迷人，如此特别地说道：“原来是这样啊！”

一大早他就出发去萨拉托夫。码头已经有无聊的业务上人在等他，装出不自然的、殷勤的面孔。普拉东诺夫认为，这些殷勤的面孔中的一张应当以盗用公款的证据来揭穿，而另一张，可以因为一无事可做被开除，而当他已经满腹心事，气愤不已地提早沿着船梯往下走，偶然转身时，在栏杆边看到了她。她眯缝着半睡半醒的小脸，双唇紧抿，就像是害怕自己会大哭一样，但她的眼睛闪耀着，这样大的、幸福的眼睛，以至于他不自觉地对它们微笑了起来。

普拉东诺夫在萨拉托夫白天忙得不可开交，晚上则是——醉后狂态。在奥奇金小吃店里，商人们的狂欢沿整个伏尔加河雷鸣般作响，他不得不，就像应当的那样，和业务上的人们一起度过夜晚。合唱团的人们唱着歌——茨冈人，匈牙利人，俄罗斯人。高贵的伏尔加河商人在仆人们面前举止傲慢。灌满四十八杯酒后，仆人意外地在桌布上泼溅了一下。

“你不会倒酒吗？笨蛋！”

商人将桌布猛然一揪，碎片开始叮叮作响，香槟酒弄脏了地毯和座椅。

“先倒酒！”

酒的味道，香烟的烟雾，喧闹声。

“蕾特卡！蕾特卡！”匈牙利人用半睡不醒的嘶哑的声音说道。

黎明时分相邻的办公室传出了疯狂的，某种已经完全像是公羊般的吼声。

“这是什么？”

“阿波洛索夫先生在寻开心呢。他们总是在最后集合起所有的服务员，迫使他们合唱。”

来讲一讲：这个阿波洛索夫是个谦虚的乡村教师，在根里赫·勃洛克那里分期付款买了彩票，赢了七万五千。他刚刚得到了钱，就住在奥奇金这里。现在钱就快花完了。他想让所有人将最后一戈比都留在这里。他有这样的梦想。而随后又请求留在原来的地方工作，乡村教师将会活到最后并回忆起曾经的奢侈生活，黎明时分服务员们是如何为他合唱的。

那么，哪里，除了俄罗斯及俄罗斯人的心灵之外，您还能找到这样的“幸福”？

秋去冬来。

普拉东诺夫的冬天开始得非常复杂，在业务关系中充满了各种不愉快的事件。他不得不埋头工作，而且工作是非常令人焦躁的，麻烦的，又重要的。

于是，在等待一次重要会见时，他坐在自己的办公室里。电话响了。

“是谁？”

“是我！”一个女人的声音愉快地响起，“我！我！”

“谁是‘我’？”普拉东诺夫气愤地问道，“抱歉，我很忙。”

“是我呀！这是——我！”这个声音再次回答，并且补充道，准确来讲，非常惊讶地问道，“难道您认不出我的声音了吗？这是——我。”

“哎，夫人，”——普拉东诺夫恼火地说，“请您相信，我现在的确没有时间玩猜谜游戏。我非常忙！劳驾您直接说。”

“也就是说，您认不出我的声音了！”电话那边的声音绝望地回答。

“啊！”普拉东诺夫猜到了，“哦，怎么会呢？我当然能听出来了。难道我能听不出您迷人的小嗓音吗，薇拉·彼得罗夫娜？”

沉默。随后是一片安静，忧伤、忧伤：

“薇拉·彼得罗夫娜？这样……如果这样，那么没什么……我什么也不需要了。”

突然他想起来了：

“啊，是那个娇小的女孩！伏尔加河上娇小的女孩！天哪，我这都做了什么啊！让她受到这样的委屈！”

“我听出来了！我听出来了！”他对着话筒喊道，自己也惊讶于自己的愉快，以及，绝望，“上帝保佑！上帝保佑！要知道我听出来了！”

但电话那头已经没有了任何回应。

世界同室者

“世界同室者”。

这听起来不像“世界公民”这般自豪。

世界公民——这一说法主要包含了关于某种权利的概念，关于自己在尘世福利中的确定份额。

世界同室者——则是身不由己、垂头丧气的人。

世界公民能够实现自我价值。世界同室者——争取，但无法实现。

世界公民——虚构。

世界同室者——现实。

在世界上生活很艰难。与其说是必要的为了生活的工作，不如说是自卫使人厌倦。

“防卫谁呢？谁进攻呢？”

“所有人。永远，处处，竭尽全力。”

他们为什么要进攻呢？为了生存的斗争吗？走开，我要占据这个地方！把人推开，占据他的地方？哎，如果是这样的话！这其中哪怕是有实际意义也好。要知道，一直防卫的对象并没有意义，因为没有任何目的，只有原因。这一原因——生病的肝脏，神经衰弱的疯狂形式，对无法复仇的委屈、嫉妒、绝望及愚蠢的反应。所有这一切都是单独起作用的，或在不同的组合中，或是巨大的重新合并的和音。就像在所有音栓都发声的管风琴中，按下所有的音键，以迎接喧哗与怒吼那令人震惊的汇合。

生活就是这样，人就是这样。没有办法。

人们用什么防卫呢？他们的武器，他们的盾牌是什么样的呢？

他们的武器是这样的：青春、美貌、金钱与成功。这四把手枪每个人应该都拥有。

如果没有的话——也应当假装他们也有。

女人比男人有更多的机会假装美丽与青春。如果不是美丽机构为她们效劳，那么就只是香粉、面霜和染料。

美容外科越来越多为自己争取到存在的权利。女人们毫无顾忌地改变自己鼻子或胸的形状，就像是将卷发变成了发髻。

不久前在报纸上出现了关于耳朵再生手术有趣的描述。一位有经验的外科医生修复了某个老化的耳朵。为此他从病人胸部剪下来一小块皮肤，并将它重新紧贴在这讨厌的耳朵上。但为了不使胸部被撕破，他又从她的背部剪下来一块皮肤来打补丁。但是背部没有皮肤也不可以。于是他又从病人大腿剪下来一块皮肤，修补背部。那么，他又能用什么来贴到大腿上呢？没有说明，但这已并不重要了。我认为，就是病人自己也对它不抱什么希望了。如果她全身都是补丁的话也没什么，重要的是，耳朵是新生的。

美容手术并没有使任何人不安。

不久前一位年轻的太太因为内科病去找一位非常著名的医生，她问医生是否可以为她的身体做手术。她需要修正胸部形状。年轻太太的身材很好，她的愿望让医生很吃惊。

“哎，您不知道我们生活的情况。”太太很严肃地回答，“在欧洲人看来我的身材是很好的，但我是智利人，我生活在智利，我们那里经常有地震。”

“那么，如果地震发生的话，穿上紧一些的胸衣。”医生建议说。

“哪里有什么胸衣啊!”智利女郎挥挥手，“地震时一般每个人都要尽可能快地从屋里跑出去，甚至勉强穿点衣服就跑出去了。”

“那如果地震发生在白天呢?”

“那也一样。同样如此。”

瞧，就是这样严肃的原因，因此很难劝阻她。

美貌就像是自我防卫的武器得到了稳固的认可。甚至最严肃的男人，诚恳地因为女人们过分关注自己外形而谴责她们，也不能坚定地反对这一自卫的规则，他在她们面前表现出羞怯的样子，稀疏的鬓发经秃顶从左耳延伸到右耳。

人们就这样用青春和美貌作为自卫的武器。

关于人们用金钱来自卫的事没什么可说的。这已众所周知。但自卫有时还会采用这样一些形式，以至于人们马上还无法明白，这正是它所使用的。

比如，某个家庭安排了招待会，召集客人们。

开始了准备工作。

烟雾升腾着，就像是战争前。导火线燃烧着。

是的，的确如此。导火线燃烧着。打扫房屋，所有日常的不好的东西都隐藏起来。敌人不应该看到薄弱的地方。他会朝这一薄弱的地方进攻，那么战役就输了。

如果地毯上有斑点——它上面就会放着小桌子，圈椅。

如果桌布上有洞——它就会用装着饼干的篮子，装着鲜花的小花瓶挡住。

给孩子们和小狗洗澡，用汽油给猫清洗，洗净门把手，将沙发靠垫较干净的一面向外翻转。如果在房子里看到某个牙龈脓肿得不好看的阿姨——她一定会被关进橱壁里。

一切都清洗干净，一切都整理好，需要的一切都买好，脸上挂着极端紧张的微笑：无法抓住我们的要害。

于是，烟雾升腾，就像是在战斗前。导火线燃烧着。

与此同时客人们也武装起来。

“我不能穿咖啡色的裙子。”受邀的太太绝望地对丈夫说道，“我已经穿过两次了。”

丈夫也明白，这很难，这显露出某种不能承认的事情——没有多余的钱了。

“披上皮衣，将会很冷。”

“但要是他们那边忽然很暖和了呢？如果他们猜到我故意穿皮衣的话就更糟糕了。”

丈夫叹了一口气。还可以建议什么呢？简直就是直接放弃了进攻。带着这样的武器去往敌人的要塞！

“谢辽莎，你看看，”岳母说，“我衣袖的肘部在发亮，看不出来吧？”

“或许，最好把妈妈留在家里吧？”谢辽莎惊慌地对妻子悄声说。

“知道吗？他们的奶奶也不会更好。”

丈夫想起了“他们的奶奶”，愉快地确定，这是堡垒里的一个豁口，多亏了它，他们所有人都可以被攻克。

“我要对他们说，我在餐厅里几乎和一位伟大的公爵坐在一张桌子上。”

“别忘了说，你还将自己的打火机送给了他。”

“哎，对。我都忘记了。”

“他们会说，”岳母插话说道，“可以在餐厅里送给公爵打火机，却不能给妻子缝制一件体面的连衣裙。”

“那么，我想办法摆脱困境好了。”妻子勇敢地说道。

她的眼睛闪耀着。她死也不投降。

“我对他说，整个夏天一位超级有钱的太太邀请了我去……去哪里呢？”

“赶紧地，就说去意大利了。”丈夫决定说。

“在炎热的季节去湖边，否则就去威尼斯。”妻子同意。

“在快艇上旅行，”岳母建议说，“这就更加豪华了。”

“这还需要再商妥，不然就像是撒谎，一切就都暴露出来了。”

“说实在的，这里甚至没有特别的谎言。要知道玛尼娅邀请我去了她家整整一周呢，去了默冬①。那我们这里只是说得稍微远了点，

① 默冬位于巴黎西南部郊区，塞纳河南岸。

不是去默冬，而是去了意大利而已。这有什么好商量的?”

出发前他们在镜子里看了看自己，又互相看了看对方。

“没忘记手套吧?”

“把衣服翻领弄干净……这是刷子。”

“我的天！有一点儿清漆剥落了。稍等。”

“妈妈，往鼻子上稍微扑点儿粉。不可以这样。这样看起来就像您刚从厨房出来一样。”

“可事实就是这样啊。”

“但这完全不用让所有人都知道。”

（步枪已经擦亮了。炮也瞄准了。枪栓润滑了。瞄准器握好了。近弹。远弹。）

（砰——砰!）

“走吧。”

战争预定在九点。一切都准备好了。攻击从不同的方向进行。

谢尔久科夫一家，柳托别耶夫一家，巴巴诺索夫一家，格林巴乌姆（游击队员——单身汉）。

走着，到了。堡垒的大门大敞着。但不应该轻信。

巴巴诺索夫太太首先开火：

“老兄，多么漂亮啊！客厅正面是装着花的小花瓶！而我们家客厅里就从来没有摆放过。佩佳不喜欢。从花这儿得到的，他说，只有多余的垃圾和无关的味道。”

“不，怎么会呢?”丈夫插嘴说（后备军），“我爱花，但是是这种的，确实起到装饰作用的——一大束菊花，一大束白色百合花。”

“哎，我不喜欢，”女主人守护着突破口，“百合花味道实在太浓了。”

这时丈夫巴巴诺索夫推出了远射炮：

“那您这些水仙花不会有气味吗？区别只是在于，百合花散发出百合花的味道，而这些水仙花则是马厩的味道。哎，您，呵呵呵，别生气呀。”

“嗨，说什么呢您？您说什么呢？”突然游击队员——单身汉打抱不平了，他一看见一瓶白兰地酒就卑鄙地更换了标杆，转向了被围攻的一方，“水仙花，这是日本武士最喜欢的花。”

不能白白放过这一游击队员。“抓住他！枪毙！”

游击队员家里发生了丑闻。妈妈跟着理发师跑了。

“哎，您妈妈的身体好吗？”谢尔久科夫带着虚情假意的尊重口吻问。

“谢谢您。她去了南方。”

“这是怎么回事呢？”

“只是去稍作休息。”

“就是说，她累了吗？不过，这是非常明智的。在她这样的年纪应该好好爱惜自己。”

游击队员两面颧骨上的肌肉都凸起来了。他转身朝向阴险的、微笑着的谢尔久科夫妻子，恭敬地说：

“您，那么，也要去南方休息吗？”——这种“那么”直接迎面点燃了她。

柳托别耶娃立刻选择了谢尔久科娃的尸体，试图使它复活：

“您的裙子多么漂亮啊！马上就可以看出，您来自良好的家庭。您穿上它是多么苗条啊。”

谢尔久科娃又复活了。但女主人是不会在家里打盹的。“开火!”她对自己下了口令，兴高采烈地对谢尔久科娃说：

“没错，非常棒的很合适的裙子。我一直很欣赏它。”

这就打死了——“一直”!

但谢尔久科娃还是微微颤动：

“哎，我不断地穿它。可能，大家都看够了。我的新裙子都挂在柜子里呢，但我还是穿坏了这个，没法抛弃它。我丈夫说：‘为什么你要为自己缝这么多新衣服，既然你又不穿它们?’”

女主人忧伤地笑了笑作为回应，她就像医生，望着自己病人的垂死挣扎，知道，科学是没用的，可病人却依然期待着它。

这时在男主人和巴巴诺索夫之间进行着重大的道德上的打嘴巴仗。他们谈论着关于西班牙战争的话题。

巴巴诺索夫发起猛攻，主人照老办法对他泼水，从要塞的墙头用沸水泼他。

“人民不会忍受法兰西政权！西班牙因流血过多而虚弱无力!”巴巴诺索夫叫喊道。

“那你的心珍视共产主义吗?”主人进一步逼他，“难道你不觉得，我要准备接待布尔什维克了吗?”

“那就这样吧。”巴巴诺索夫不听他说，大喊着，与此同时嘴里咀嚼着带罂粟籽的小圆面包，“就这样吧！只是您别用您的花朵、花瓶把自己与生活隔离开来。”

“佩佳，别说了！”妻子劝说他，“所有人早就知道我们亲爱的主人的喜好了。”

“是的。都知道，这很好！”主人喊了起来，突然从大口径火炮中传来砰的一声响，“至少，没有人敢说，我办理过布尔什维克的期票贴现。”

战争沿所有的战线进行了很久，为了赶最后一班地铁，进攻的人撤退了。带走了被打死和受伤的人。在家里他们舔净伤口。

“总体说来，相当不错。无论如何，很热闹。”

巴巴诺西哈想象着，还有可能喜欢什么，她的鼻子就像是煎鸡的尾巴。

“太可怕的东西——这些遮盖住的三明治。你永远也不知道，会突然遇到什么不愉快的事。涂上猫肝，请尝尝吧。”

“这些都如此土气。”

“柳托别耶娃——听起来就像某种古生物。”

“格林巴乌姆也是个令人讨厌的家伙。”

“下周应当把他们所有人都邀请到一起。”

休战的好日子很短。敌人们积蓄着力量。

生活在这世上很有趣，先生们。

十字架的选择

有这样一篇小说：《十字架的选择》。

人因为无法承受自己所背负的十字架重量，就埋怨起来，并且开始寻找另一个十字架。但不管他背起怎样的十字架——每一个都感觉更糟糕。有时过长，有时过宽，有时硌得肩膀疼。

最后他选择了最舒服的一个十字架。这其实就是他自己之前抛弃的那一个。

正是这个原因我们想起了这个短篇小说。

叶尔米洛夫非常尊重自己的妻子，自己的安娜。这是位非常得体的妻子，有分寸，不愚蠢。但是，当他遇到了卓娅·埃尔别利时，他甚至感到惊讶，自己怎么可以和这个如此平庸的安娜一起生活了这么多年。

安娜长得并不难看。她大个子，大骨架，大手，大脚，脸色红润。她穿得很简单，喜欢英式女短衫，平跟鞋，男式手套，不化妆，不洒香水。世上的一切对她来说都简单明了。对她来说神秘主义是不均衡的主体；恋情则是两性的自然爱慕；诗歌——“如果包含了内容，那就什么也不是”。和自己的丈夫在一起时，她从来也不说含情脉脉的话语，也不用不同的爱称或戏谑名字称呼他。但她非常仔细地关注他，以便他能拥有所需要的一切。她对他的消化和胃口感兴趣，迫使他做早操并且进行体育锻炼。

叶尔米洛夫不喜欢体育运动。他厌倦了体操，厌倦了十四年的生活以及安娜本人。

和她在一起生活很无趣。

无聊的甚至还有，家里的一切总是井井有条，一切都擦得很干净，清理得很干净，没有任何多余的东西。他埋怨说，就像是生活在士兵医院里。

当他第一次来到埃尔别利家里时，是偶然因为工作上的事情。房间里的环境首先令他感到震惊，随后则被感动了。他坐在那里等待主人。

桌子上摆满了一大堆报纸和杂志，杂乱无序，就像是谁故意翻乱了它们。有一个打开的盒子，里面放着吃剩的糖果。在报纸下能看到某种粉色的东西，下面垂着带扣环和蝴蝶结的橡胶制品。

而报纸上乱放着打开的钱包。

房间里的家具摆放得很荒诞的样子，就像随意放在那里。座椅转了个圈，背朝着桌子。其中一张椅子——正面紧靠着墙。

隔壁的房间里传来了响亮的女人声音，她一开始唱着某种奇怪的歌曲，内容听起来忧伤，但曲调又很欢快：

没有钱，没有钱，

完全没有钱。

随后那声音绝望地大喊道：

“舒尔卡！克维克又拖走了我的一只长袜！舒尔卡！你看看门后面有没有。我没法去——那里坐着陌生的大叔。”

男低音不高兴地嘟囔着。随后女人的声音又重新果断地响了起来：

“那怎么办呢？我自己去找，你要明白，这是我唯一的长袜子。其余的全都被狗陆续拖走撕碎了。什么？那现在怎么办？他又不会吃了我，你业务上的伙伴。”

门很小心地打开了，一个身穿粉色皮夹克的头发蓬乱的年轻女子，腼腆地走进了房间。

“抱歉，”她说，“我丈夫现在就出来。他在写东西……我在这里落下了……”

她用眼睛急速在地上寻找，望了一眼桌子，看到了粉色的橡胶制品，瞬间高兴起来：

“啊，在这里呢！太好了，我看到了。”

随后，她转身朝向刚才走出来的那扇门的方向，喊了起来：

“舒尔卡！别找胸衣了，我找到它了。袜子就在它上面呢。”她用最文质彬彬的笑容对叶尔米洛夫笑了笑，从杂志下面拉出了自己的胸衣，胸衣上面的确挂着一只袜子。她殷勤地挥了挥手，就像是从即将离开的火车窗内向外挥挥手一样，最后砰的一声关上了身后的门。过了几分钟埃尔别利走了进来，他高高的个子，神色慌张。他一只手扶着自己衬衫的衣领，用眼睛无助地寻找着什么——显然，是在找丢失的领带。

“抱歉，我的天！”他窘迫地说，“这里如此混乱。我马上就准备好了，我们可以一起去旁边的咖啡馆，那里说话会方便一些。”

他摊开双手，朝沙发看了一眼，走了出去。过了一分钟门后传来了他绝望的叫喊声：

“你为什么要用我的领带来系狗?！这简直太荒谬，再没有比这更过分的了。”

她用朗诵般的腔调回答了他：

因为，我没有心爱的人

我的嘴唇没有被吻！

最后埃尔别利完全收拾好走了出来，在寻找帽子时候撞了一下前面的墙壁，但他非常迅速地在椅子底下找到了帽子。他抖抖帽子上的灰尘，吹了一下，然后打开了通往楼梯的门。

他们已经沿着人行道走时，响亮的声音在他们头上唱了起来：

你眯缝着双眼温柔地望向天空

望向醉人的、叮当作响的蔚蓝……

埃尔别利生气地加快了脚步，而叶尔米洛夫则抬起头来，看到了二层阳台上的粉色身影，那一瞬间某个潮湿的东西狠狠击中了他的鼻子。这是粉色身影扔下来的花，显然，是从花瓶中抽出来的。

花束早就腐烂了，因为花朵全都发黏了，枯萎了，散发出难闻的味道。然而叶尔米洛夫捡起了它。

“这不是给您的！”响亮的声音从上面喊了起来，“这是给可恶的舒尔卡的，我心爱的天使。”

“心爱的天使”转过身来，怒气冲冲地低声说道：

“您就扔了这垃圾吧！您弄脏了自己的皮夹克。”

叶尔米洛夫微笑着走开了。

“多么令人惊奇的女人啊，”他想，“和这样的女人生活在一起一定不会感到无聊的。她身上的一切都在唱歌，一切都在叮当作响……”

埃尔别利给了自己妻子应有的一切。她年轻、快乐、无忧无虑。不管他们的事业有多么不好，她从来也没有抱怨过，也没有数落过他的不成功。

但是，他却也无法期待来自她这一方面的任何支持或帮助。家里一片乱糟糟，工作信件、钱、物件总是不留痕迹地消失。睡觉，吃饭，都没有固定时间。

她有最好的意图。看到丈夫被她的无条理折磨得很痛苦时，她甚至制定了收支簿，在第一页上，埃尔别利饶有兴趣地读到：收到经费600法郎。花费585，剩余100，但它们不见了。只有15法郎。

“卓叶奇卡，”他喊着妻子，“这是什么意思？”

“这个？”卓娅认真问道，“这是减法。”

“什么减法？”

“你太苛刻了！你看，为了你不找碴儿，我专门为你做了这个，这里，在页边上。看到了吗？从600减去了585；还剩下100。但它们没了。”

“等等，为什么是100？”埃尔别利很惊讶。

“什么为什么？你自己看看：零减五——零。”

“为什么是零？”

“你这是怎么了——为什么总是问为什么？很清楚这是为什么。零意味着数字，它等于什么也没有。因此你怎么从它再减去什么呢？它从哪儿去给你取呢？”

“这才需要借啊。”

“这个零也需要去借吗？向谁借呢？”

“向相邻的数字啊。”

“怪人！要知道那里也是零。它自己本来就什么也没有。”

“所以它才也要向相邻数字借。”丈夫劝说她。

“那你设想一下，它会给它吗？总的来说——它是专门为了给第一个叫花子才去借的！那现在这些东西都到哪儿去了？听起来就很可笑。”

“总之，我发现了，你只是不会做算术罢了。”

“如果只是机械地做，那么我当然会。但如果需要认真思考，那么这些总是要向某些零去借在我看来根本就是非常讨厌的。如果你愿意的话，你自己做这些算术吧，我就算了。现在给我一千法郎吧。三个零。愉快的一伙，它们都向这个不幸的‘一’来借。瞧……总之，你想怎样就怎样吧，我够了。”

埃尔别利叹了一口气，拿上帽子，沮丧地用袖子除去上面的灰尘，离开了家。

当他第一次看到安娜——叶尔米洛夫的妻子时，被震惊了。

“这是多么安静的，迷人的女人啊！她所有的一切都是多么清楚，干净，简洁。心灵也得以放松。”

他久久地坐在叶尔米洛夫的家里，完全不想回家。但总是得离开的，当他走入自己家门前，在某个翻得乱七八糟的行李箱上绊了一跤，听到卧室里传来雷鸣般的高谈阔论时，他差点要哭了。

两天后，因为等着叶尔米洛夫三点整来自己家，他接近两点就回来了，结果意外碰到了自己的新朋友。叶尔米洛夫坐在椅子上，兴高采烈地用巧克力喂小狗，而卓娅将自己的睡裤挽到膝盖上面，在他面前跳着水手舞。

看到埃尔别利时，叶尔米洛夫非常难为情。他在混乱中解释说自己来早了，因为希望能够撞上埃尔别利在家，这样的话，用于工作交谈的时间就能够更自由一些。

埃尔别利完全不理解他的难为情。

但当他第二天去找叶尔米洛夫“打听优秀的打字员的地址”时，选的正是主人通常不在家的时间。但这一次，例外的是，他恰巧在家里。但叶尔米洛夫也没有感到有什么惊奇的。

“您是怎么知道，我今天没有去上班呢?”他非常真诚地问道。

埃尔别利咕哝了句什么。而当安娜提议他一起去游泳池游泳时，他高兴而又迅速地同意了，以至于叶尔米洛夫蔑视地看着他说：

“我无论如何也想象不到，您喜欢这种无聊的事!”

安娜在水中比平时环境中更迷人。她是如此清新、有力、快速、安静而又愉快，她教埃尔别利潜水以及从板上跳水，用有力的手扶着他，威严而又亲切。

他们决定每天游泳，有时则去水塘里划船。所有这一切都特别有趣，而且划得越远，就越美妙。

埃尔别利总是将安娜送回家。他们一起吃午饭，他经常在她这里待上一晚上。

叶尔米洛夫几乎从不在家。

但事情就这样发生了。有人因为工作上的事要给埃尔别利打电话，因此他比平时早些时候离开回家了。他用自己的钥匙打开门，看了一眼客厅，那一瞬间他不明白发生了什么事情。

房间里半明半暗，窗户打开着，卓娅坐在窗边上。她坐在某种高高的东西上，一只胳膊弯曲，奇怪地向上举起，微微摇晃着，朗诵道：

如此不假思索地爱我

没有烦恼，没有不幸的思想……

埃尔别利饶有兴趣地仔细看着。他看到了，那个卓娅坐着的高高的东西，是某个人的膝盖，而卓娅用弯曲的胳膊环抱着某人的肩膀。

他扭动了开关，想更准确了解发生了什么事情。卓娅跳起来，他发现了惊慌失措的，衣服蓬乱的叶尔米洛夫。他站起来，抱住了脑袋。

埃尔别利做了一个令人安心的手势，用绅士般的声音说道：

“请别拘束。抱歉打扰你们了。”

他转身走开了。他对自己非常满意，一点也没觉得自己受到了侮辱，只是稍微有些惊讶。

“她居然和这个笨蛋一起背叛了我！而他和这样一个微不足道的小人背叛了她！”

他耸了耸肩，忘记了工作上的电话——顾不上那么多——他飞奔去找安娜。

安娜对这个消息相当无所谓。

“没错，他们两人都是相当喜怒无常的类型，”她说，“近乎不健全。只是需要使这一切不引发冲突。我不喜欢任何有害的事。而您也应该离开了，因为尼古拉有可能回来，而您和他相遇很容易引发尖锐冲突。”

尽管对这个两次重复的词“冲突”感到不愉快，埃尔别利还是鼓足了勇气，拉起安娜的手说道：

“安娜！我很高兴发生了这样的事。我很高兴，您和我现在都自由了。您明白我的意思吗？”

安娜明白。

“是的。”她认真说道，“当然，这件事有自己的方便性。我指的是您对我的爱。但是，从另一方面来讲，这一切也破坏了生活平静的步伐。”

“安娜，我爱您！”他说，“我想要联合我们的步伐，就是说，生活，也就是说，生活的步伐。总之，就是这个。”

一切就这样开始了。

埃尔别利兴高采烈地搬去了叶尔米洛夫的房子。叶尔米洛夫则顺从地搬去了卓娅家。时间就这样过去了。

时间究竟是怎样度过的，我们并不知道，但三年左右过去了，叶尔米洛夫因为有事去找了埃尔别利。互通电话之后，叶尔米洛夫在约好的时间去了熟悉的通道。

他在爬楼梯时，惊讶地倾听自己的心声。

“我好像有点后悔。”他苦笑了一下。

熟悉的前厅。一切还是老样子。一切还是如此整洁，明亮，没有任何多余的东西。只是衣架上挂着别的男人的衣服。但在他们分手之前的最后一段时间，他也已经习惯了看到衣架上挂着别的男人的大衣。

只是那时并未觉得有什么不同。而如今不知为何有些忧伤。

安娜接待了他，她还是那般结实，那般清新。

“你好，尼古拉。”她平静地说，“你得等等。我无论如何也没法使亚历山大习惯于准确性。这完全是无法受文化影响的一种类型。”

叶尔米洛夫还坐在那把圈椅上，过去的时间里他也一直坐在那里。安娜看了看表：

“再过二十五分钟我们可以喝茶。”他想起了她分配时间的准确性。

“这种做法有些枯燥，”他想，“但是多么舒适啊！”

埃尔别利在约定的时间还没有回来。

“给家里打个电话吧，”安娜建议说，“他有可能把一切搞混了，自己去找你了。这是杂乱无章的体现。”她气愤地补充道。

但是叶尔米洛夫并不想给家里打电话。

“那就留下来吃午饭吧，”安娜建议说，“我很高兴看到你。”

他有些惊讶，但很高兴，很乐意留下来坐在摆好餐具的桌边吃饭，随后又坐在自己喜欢的圈椅中，机械地伸手拿起了报纸。

随后安娜开始认真地，有条理地向他仔细打听关于工作的事。

他体会到一种感觉。一个人在有趣但又令人疲惫的、厌倦的旅行之后回归自己家庭的感觉。他很想伸个懒腰，打个呵欠，带着满意的微笑说：

“好了，现在可以休息了，随后再工作。”

他很晚才回家，还在爬楼梯时就听到卓娅在唱着某种瞎编的歌，他厌恶地皱了皱眉：

“这不是女人，而是某个鸟一样的蠢货。”

他走入房间，停了下来。

埃尔别利坐在地毯上，而卓娅坐在沙发上。埃尔别利将头放在她的膝盖上，两只手搂着她的腰。

“请别拘束，”叶尔米洛夫平静地说，“抱歉，打扰你们了。”

他转身走了出去。

走出去找安娜。

整个路上他都在努力回想，自己在哪里听到过这句骄傲的、高尚的话，这句话刚才他也这般阔气地说过。

但他无论如何也想不起来了。

聪明人

他身材消瘦，高个儿，头部狭窄，秃顶，脸上是一副智慧的表情。

他只说实际的话题，不开玩笑，不说俏皮话，不苟言笑。如果他冷笑起来，那么一定是嘴角往下耷拉着，颇具讽刺意味。

他在侨民里地位很低微：沿街叫卖香水和鲱鱼。香水闻起来有鲱鱼的味道，而鲱鱼则有了香水味道。

他的生意并不好，因为说辞无法令人信服：

“香水很难闻吗？那是因为便宜啊。这些香水在商店里您要花六十法郎，而我只卖九法郎。不好闻的话——那您很快就会闻惯了。”人们无法习惯这样的人。

“什么？鲱鱼有花露水的味道？这不会损害它的味道。没关系。德国人还说要吃闻起来有死人味道的奶酪呢。没什么。别见怪。让人想吐吗？我不知道，谁也没有抱怨过。也没有谁因为恶心而死去，也没有任何人抱怨说死去了。”

他脸色苍白，眉毛是棕黄色的，棕黄色且微微颤动。他喜欢讲述自己的生活。我明白，他的生活可以视为理性的、正确的行为典范。讲述时，他一边教导，一边流露出对您机灵及敏感度的不信任：

我们的姓是武留金，不是很多人开玩笑似的说是沃留金，而正是武留金。我们来自完全没有名望的家族。我们生活在塔甘罗格。没有任何一个法国人，甚至在想象中，能拥有我们这样的生活。我们有六匹马、两头母牛，有菜园子、农用地。父亲经营一家小商店。想要什么？这里什么都有。想要砖头，那就得到砖头；想要植物油，那就得到植物油；想要羊皮袄，那就得到羊皮袄。

我们甚至有做好的连衣裙。那是什么样的啊！可不是这里这样的——穿一年时间就磨得发亮了。我们有这里做梦都想不到的材料：结实，带绒毛，且样式灵活，宽大，任何演员穿上都不会吃亏，很时髦的。要说起他们这里的时髦，应该说，是不好的。夏天他们展出咖啡色的皮靴子。啊哈！在所有的商店里，啊哈，是最时髦的样式。呵，我走着，看着，只能摇摇头。这种完全一样的靴子我二十年前在塔甘罗格就穿过。就是那时，二十年前。而他们这里现在才开始这样的时髦。赶时髦的人，还有什么可说的！

而太太们是怎么穿的呢？难道我们头上戴着这样的饼状物吗？我们要是戴这样的帽子都羞于出去见人。我们戴得很时髦，很阔气。

而这里并没有时髦概念。

他们很无聊，特别无聊，不是去地铁就是电影院。在我们塔甘罗格哪有这么多人乘坐地铁？每天有数十万乘客坐巴黎地铁来来去去。您想要说服我，他们都是因为工作才这样奔波的吗？这个，知道吗？正如通常所言，撒谎也得有个度。每天三十万人，都是因为工作！他们的工作在哪里呢？他们在忙些什么呢？做生意吗？如果是做生意，那么抱歉，现在是萧条时期。忙工作吗？抱歉，也是停滞时期。那么，请问，工作到底在哪里？因为这工作三十万人日日夜夜，瞪大眼睛，乘地铁来来去去？我感到惊讶，佩服，但并不相信。

在异国他乡，当然，生活很艰难，很多事也不明白。特别是当人孤独时。白天，当然，要工作，而晚上则变得孤僻。有时晚上走到洗脸盆前，我望着镜子中的自己，对自己说：

“武留金，武留金！这个勇士，这个美男子就是你吗？您拥有这座商行吗？你有这六匹马吗？你有这两头牛吗？你的生活是孤独的，你枯萎了，就像无根的花朵。”

因此我应该告诉您，我不知怎么决定要爱上什么人了。正如通常所言——决定好了就定下来。在我们的酒店“特列佐尔”楼梯间住着一位年轻夫人，她非常迷人，甚至，我们之间悄悄说，还非常漂亮。她是个寡妇，有个五岁的儿子，非常可爱。小男孩非常可爱。

小妇人还不错，缝制衣服稍微赚些钱，因此她并不太抱怨什么。而要知道我们难民中的女人——邀请她喝喝茶，那么她对你，就像不好的会计，只是数了又数钱：“哎，那儿还有五十没有支付呢，而这里还没有补付六十，而房间一个月两百，而地铁每天需要三法郎。”

数一数，再扣除——就开始烦恼了。和小妇人在一起则很有趣，她会说些关于你的赞美之词，而不是说自己的账目。并且这个小妇人是很特别的。她总是哼唱着什么，但并不轻浮，而是，正如通常所言，是一种需要，一种生活态度。她看到我的大衣扣子挂在线上，二话不说，立刻就拿来了针开始缝。

而我，知道吗？感觉越往后事儿就越多。我决定爱上她。

小男孩很可爱。我喜欢严肃地来处理一切事情。特别是在这种事上，应该善于推理。我头脑中没有琐事，只有合法婚姻。

顺便说一句，我问了问，她的牙是不是自己的。尽管她很年轻，但要知道一切都有可能。在塔甘罗格曾有一个女教师也很年轻，但后来我才知道——她的眼睛是镶嵌的。

那么，也就是说，我仔细看着自己的小妇人，并且充分地，就是说，仔细考虑后，确定可以结婚。然而有一个意外的情况启发了我，以至于我，作为一个正派的、认真的人，说得更宏大一些——高尚的人，不能娶她。要知道只是想想——这样一件微小的事情，却似乎是，将自己的生活转移到旧伤疤上了。

事情是这样的：有一天晚上我们坐在她家里，非常舒适。我们一起回忆着俄罗斯有什么样的汤：数出了十四种，却忘记了豌豆汤。事情开始变得很好笑。她笑了起来，当然，是她，我不喜欢笑。我更想抱怨一阵子记忆力的缺陷。但正是这样，就是说，我们一起坐着，回忆过去的辉煌，小男孩也在这里。

“妈妈，”他说，“给我一块糖。”而她回答说：

“不能再吃了，你已经吃了三块了。”而他却一直纠缠不休——“给一块，给一块。”

我说话了，优雅地开着玩笑：

“来这儿，我给你几巴掌。”

而她则对我说了致命的一句：

“您哪能这样说呢！您是温和的人，您不能打他巴掌。”

我瞬间顿悟了之前没明白的可怕事情。

当孩子们应当接受教训时，承担教育这个年纪的男孩子的责任，依我的性格而言是绝不可能的。我不能承担这个。难道我什么时候打过他吗？不，没有打过。我不会打他。那算什么？打死我所爱的女人的孩子吗？

“抱歉，”我说，“安娜·帕夫洛夫娜，请原谅，但我们的婚姻是乌托邦式的，我们会淹没在里面。因为我不能成为您儿子真正的父亲和教育者。我不仅不可以那样，就是揍他一次也不可以。”

我非常镇定地说着，脸上一丝肌肉也没有颤抖。或许，声音有些低沉，但我绝对没有颤抖。

她，当然，——哎！哎！说起爱情及诸如此类的事，不应该教训孩子。她说，他是这样好的孩子。

“可以，”我说，“没问题，但这将会很不好。请你们别固执己见。请果断一些。请记住，我不能打孩子，不能戏弄孩子的未来。”

她，当然，女人，当然，叫了起来，说我是傻瓜。但事情终究还是黄了，我并不惋惜。我处理得很高尚，没有屈服于自己的激情，没有牺牲孩子年幼的身体。

我完全把自己控制得很好，让她也先冷静下来，第二天我再来解释清楚。但，当然，女人不能接受。她重复说着：“傻瓜就是傻瓜。”这完全没有根据。

这一段故事就这样结束了。我可以说——我很自豪。我很快就忘记了这件事，因为我认为完全没必要回忆所有的事情。有什么用呢？把它们放到当铺里吗，还是要怎么着？

因此，考虑了实际情况后，我决定结婚了。

只是不和俄罗斯姑娘结婚，这办不到！应当学会推理——我们住在哪里呢？我直接问你们——哪里？在法国。那么要是住在法国，就是说，需要娶一个法国姑娘。于是我开始寻找合适对象。

我在这里有一个熟人。穆西尤·耶梅利扬。他不完全是法国人，但已经在这里生活很久了，知道一切惯例。

于是这个穆西尤介绍我和一个姑娘认识了。她在邮局上班，很漂亮。只是，你知道吗？我看了一下，她的身材非常棒，很苗条，很修长，裙子合身得就像量身定做的一样。“哦，”我想，“事情真糟了！”

“不，”我说，“这个姑娘不适合我。当然，我喜欢她，但应该学会推理。这样苗条的、体格匀称的姑娘总是会给自己买廉价的连衣裙——她只花了七十五法郎。而她买了廉价的连衣裙，却还不能好好坐在家里，出去跳舞了。难道这样好吗？难道我是为了妻子跳舞才结婚的吗？”“不，”我说，“给我找另一种类型的人吧，胖一些的。”

您可以自己想想——很快就有合适的对象了。她个子较矮，但这样的，您知道吗？过于矮小的壮实姑娘，而且背部有脂肪，正如通常所言，不能找。但总体上也还不错。她也是一名服务人员。您不要以为，她是怎样笨拙的胖女人。不，她有鬈发轴，也有直发夹，瘦姑娘有的她都有。只是，当然，她无法买到合适的裙子。

所有这些都考虑好后，我，那么，就坦诚告诉她应当怎么做，也就是前往市政府注册结婚。

这样大约过了一个月之后，她想要新的裙子。她要新的裙子，我非常乐意地说：

“当然可以，有看中的吗？”

而她微微红了脸，随意回答说：

“我不喜欢做好的，不太合身。最好给我买有蓝色花朵的料子，然后找人做。”

我非常乐意地亲了亲她，就去买了。但我好像买错了，选了最不合适的颜色，好像是浅黄色的，就像是马的毛色。

她有些失落，但还是谢了谢我。不能不这样——这可是第一件礼物，不这样的话可就没法再来往了。她也明白自己的路线。

而我对一切都很满意，建议她找个俄罗斯女裁缝。我很早就知道她了。她要价比法国女裁缝高，但缝制出来却是如此差。她将一个女顾客的领子缝到了袖口处，还为自己辩解。瞧，这一设计师给我的姑娘缝制了裙子。她不能直接穿着去看戏剧，实在太可笑了！浅黄的小母牛，就像是这样。而她，可怜兮兮的，简直要哭起来了。她改做了衣服，重新染了颜色——但一点儿用也没有。于是就这样把裙子挂在钉子上，而妻子则坐在家里。她是法国人，她明白，不会每个月都缝制裙子。我们就这样过着安静的家庭生活。我非常满意。为什么呢？因为应当善于推理。

我教会她做肉馅儿的菜卷。

幸福不会白白到手。应该知道，为得到它得准备点什么。

而每次，当然，即便想要，也并不总是能够如愿以偿。

心理事实

我觉得，我是个没出息的人。

我确信，没有什么能帮到我，甚至是去南方的短期休假也没法起到一点儿作用。

我的生活陷入了困境。我喝了四天酒，要知道我并不是酗酒的人。我，假如说，一直将自己控制得如绅士一般，甚至没有寻衅闹事过。直到不久前这件事的发生。

这一切究竟是怎样发生的，为什么会发生？我好像迷失了自我。

我到底是个什么样的人？

我从旁观者的角度来审视自己。

我是个正常人吗？当然，正常。甚至还要更正常一些。我甚至过分地将自己控制得很好。如果发生了什么使我受到侮辱的事，我不仅不会寻衅闹事，而且甚至，还会像最纯正的绅士一样，只是以微笑来回应。

我是个善良的人。比如，我给了佩宁十五法郎，即便知道这些钱不会还回来，也不会埋怨他。

我并不嫉妒。如果谁过得很幸福——无所谓，让他幸福吧，我并不在乎。

我喜欢阅读。我觉悟很高，早在1892年就拿到了《庄稼地》[1]，并酷爱阅读它。

我的外表也很惹人喜爱。圆圆的脸，神色平静。

我有自己的工作。

总之，我是一个正常人。

我身上究竟发生了什么事？为什么我想像公鸡一样鸣叫，以压制自己喝伏特加的冲动？当然，这会过去的。那么，说实话，到底发生了什么？要知道这也不能对任何人说。因为这一心理状况的缘故我战栗了四天。那么，你如何认为，特别是如果讲述的话，似乎也不会有任何悲剧发生。那么我为何会处于这样的状态？这种心理事实到底从何而来？

现在我们平静地来说说她。确实很平静地，也是用旁观者的眼光来看她。

用旁观者的眼光来看，她，首先，个子高得吓人。就像我们俄罗斯说的那样，“绞死这样的母牛”。这是民间智慧格言——尽管哪里会有这样的情况，需要绞死母牛呢？什么时候绞杀它们呢？但足够了。我不想浪费时间在这些沉重又混乱的思考中了。

总之，她个子很高，笨拙。她的胳膊晃动着，双腿无法并拢。令人惊奇的腿——越往上越细。

她从来也不笑。这是很奇怪的一件事，但这一事实我只是到现

---

① 《庄稼地》是俄罗斯19世纪中期到20世纪初流行的杂志，每周一期。

在——临近我们关系的尾声才最终明白。而之前也不是没有发现（怎么可能会不发现?），只是似乎没明白。

其次需要说明的是，她并不漂亮。这并不是针对某个人的审美而言，而是针对所有人。她的脸总是一副受委屈的不满意的样子。

而主要的是——她是个傻瓜。这已经无可争辩，一切都显而易见。

想象一下——要知道这并不是我一下子发现的。哎，似乎是，眼睛看到了，但不知为什么没有相信瞬间的判断，够了！或许，是因为缺乏预见性的缘故，没有认真思考她的个性。

现在我开始讲述。

我和她是在叶菲莫夫家认识的（他们总是说我的各种坏事儿）。她刚来就立刻询问几点了。大家告诉她十点了。然后她说：

“那么我还可以再在您这待半小时，因为我八点半要去一个地方。”

叶菲莫夫听到这句话笑了。他说，已经没必要着急了，因为八点半已经过去一个半小时了。

那时她用受委屈的语调解释说，她迟到两个小时还是三个小时会有很大的区别。

叶菲莫夫又笑了一阵儿。

“也就是说，”他说，“在您看来，比如，出发去坐火车的话，迟到五分钟要比迟到半小时合适多了。”

她甚至感到惊讶：

“那当然了。”

我当时还不知道，她是个傻瓜。我还以为，她是在开玩笑。

随后是这样的，我不得不送她回家。

在路上我知道了，她叫拉伊萨·孔斯坦季诺夫娜，她丈夫是一名司机，而她自己在餐厅里工作。

“我的家庭生活很理想，”她说，“我丈夫是夜班司机。我回到家时，他已经走了，而当他回到家时，我又不在家里。我们从来不会有任何争吵，生活很和谐。”

我以为她在说俏皮话。但不是，她的脸是严肃的。她说的正是她所想的。

为了说些什么话来打发时间，我便问她喜不喜欢电影。可她却回答说：

“很好，请您周四来找我。”

我还能怎么做呢？总不能告诉她，我并没有邀请她。这不礼貌。

于是我就去了。

一切就这样开始了。这世上都有些多么奇怪的事啊！

我挽着她的手往前走。

“您，”我说，“如此迷人。”要知道那时应该说些什么的。

而她则回答说：

“我早就猜到这个了。”

“什么？”我感到很惊讶。

“关于你爱我这件事。”

她贸然说出这样的话。我甚至停了下来。

“谁？”我说，“也就是说爱谁？”我问。“总之，什么？”

而她如此高傲地回答说：

“不需要这样激动。您不是第一个，也不是最后一个，爱情总之是完全自然的现象。”

我瞪大眼睛，沉默了。但显然，我还是没有明白，她是个傻瓜。

而她与此同时继续说着自己的想法，非常离谱，但又非常严肃地说：

“我们，”她说，“什么也不要对我的丈夫说。或许，随后，您的爱情会通过一定的方式来体现。您得同意，这很重要。”

我用双手抓住她：

“就这样，就这样。什么也不要说了。”

“我将会成为您不可触及的梦想。我将会修补您的内衣，和您一起读诗。您喜欢煎乳渣饼吗？我什么时候做煎乳渣饼给您吃。我们亲近彼此应该像幸福的梦一样。”

而我只是说：

“正是如此，正是如此。”

坦白说，她的这一关于缝补的想法，对我来说，甚至可以这样讲，立刻抓住了我的心。我是个孤零零的人，生活没有条理，而这样的小太太，瞬间展示出了女人的关怀——这在我们那个时代是很少见的。当然，她有些狂热地理解了我的恭维，但既然这产生了这样好的结果，比如要将我的衣柜整理有序，那么我只能是开心，并且感谢命运了。当然，我并不喜欢她，但（又是民间智慧！）长相好又不能当饭吃，更不用说身材了。告别时我亲吻了她的双手。随后，夜里，我仔细考虑了这一意外事件，甚至自己对自己笑了。在我的孤单的生活中只能是欢迎这样一位美妙女性的出现了。我想起了煎乳渣饼。要知道这还不错，甚至是相当好了。

我决定了，也就是说，一切都不错。于是平静下来了。

而第二天我下班回家，打开门——她坐在我的房间里，带来了面包干。

“我，”她说，“仔细考虑了一下，决定了。对我用‘你’来称呼吧。”

“得了吧！我不配。”

“我，”她说，“已经批准了。”

真是见鬼了！但我完全不想这样。我坚持自己的意见：

“我不配，够了。”

而她一直在说啊，说啊，说各种不同的话题，以及一切奇怪的事情。

“我，”她说，“我知道，您很痛苦。但痛苦使人高尚。您就像看高级生物一样看着我，就像看着您的高不可攀的理想。不需要粗俗的激情，我们不是食人者。诗人说：‘只有爱情的清晨是美好的。’于是我带来了面包干。当然，他们没有我们丘耶夫斯基面包干这样好的食物，他们的都是垃圾。他们甚至不会明白。您知道吗？我最欣赏您的一点正是因为您是俄罗斯人。法国人完全没有能力感受崇高的感觉。法国人如果结婚了，那么只会持续两年，随后就是背叛和离婚了。”

“您说什么呢？您从哪里听说这些的？我自己就认识很多令人尊敬的法国夫妻。”

“那这是例外了。如果不离婚的话，那么，只是因为他们喜欢一起攒钱。难道他们有什么需求吗？他们的一切都是人造的。花是人造的，黄瓜像木材块那么大，而土茴香则完全让人无法明白。还有葡萄酒！您在他们那里无论花多少钱也无法买到真正的葡萄酒。一切都是赝品。”

“您说什么呢!”我叫了起来，“法国葡萄酒在全世界都是有名的！在法国有全世界最好的葡萄酒。”

“哎，您是多么天真啊！所有这一切都是赝品。”

“您从哪儿听说的?”

“有一个人对我解释过这一切。”

“法国人?”

“完全不是法国人。俄罗斯人。”

“那他是从哪里知道的?”

“他就是知道。”

“那么他，难道是为葡萄酒酿造师工作吗?”

“完全不是为葡萄酒酿造师。他和我们一样生活在沃日拉尔。[①]”

“那他怎么能评判呢?”

“为什么不能评判？他在法国生活了四年。他一直在观察。不是所有一切都这样容易避开眼睛的，就像，比如说，您。”

这时我感觉自己开始感到震惊了。但我克制住自己，用最文质彬彬的腔调说：

---

① 巴黎小城镇名。

“他不过是个笨蛋，这个您所说的俄罗斯人。”

“说什么呢？如果您乐意侮辱自己的血统……”

“不需要侮辱他。他是个蠢货。”

“那么，和您的法国人接吻吧。或许，您喜欢他们的牛肉。他们哪有里脊肉呢？哪有臀肉呢？难道他们有我们的牛肉吗？就连他们的公牛甚至也没有我们公牛这样好的部分。我们有切尔卡瑟的公牛。而他们对切尔卡瑟牛肉甚至都没有任何概念。”

我不知道到底发生了什么事，但我不知为何特别生气。我不是法国人，也没受到任何侮辱，况且说的是牛肉，为什么我会如此生气呢？

“抱歉，”我说，“拉伊萨·孔斯坦季诺夫娜，但我不允许您这样形容收留我们的国家。我认为，这从您的角度来看是不体面的，甚至是忘恩负义的。”

而她说着自己的话：

“袒护，袒护吧！或许，您甚至还喜欢他们没有酸奶油吧？不用难为情，请直接说。喜欢吗？您会崇拜吗？您很乐意践踏俄罗斯。”

她变得这样令人厌恶，个子过高，嘴巴歪斜，脸色苍白。

“践踏，践踏俄罗斯吧！”

我自己也不知道当时发生了什么。只是我抓住她的肩膀，用山羊般的嗓音大喊起来：

“滚吧，蠢货！”

我喊得如此大声，以至于邻居们都开始敲打窗户。我浑身颤抖。

她在楼梯上还尖叫关于俄罗斯的什么事，我没有听。我用脚把她的面包干踩碎了。这样做很好，因为如果我跑出去追上她的话，我可能会杀了她。因为这一刻我的头脑被杀人犯所控制。

我差一点就上了断头台。因为该如何对法国陪审团解释俄罗斯的蠢女人。

他们不会明白这一切的。而法国人也的确不能明白这一点。

这事不能交给他们。

留利亚的妈妈

剧院名叫“微型剧院”。

这并不是因为它面积小——尽管没有楼座，但它其实相当宽敞。它被称作微型剧院是因为这里演出的节目是由单幕短哑剧和芭蕾组成的。

在微型剧院表演的演员们是具有多方面能力的天才。这样的演员应该可以唱歌，可以跳舞，可以演奏乐器——一句话，这一切都是必备的才能。

但有时，当表演带舞蹈的哑剧，剧院自己的演员又不够用时，就需要邀请新的演员加入。

这次就正好是这样的哑剧。演员们听说剧组将会出现的候补力量，顺便说说，他们是不可分离的一对儿——留利亚和留利亚的妈妈。

留利亚，准确说，是尤利娅·金斯卡娅，是一位圆润丰满的姑娘，今年十八岁。她在私人中学学习了舞蹈和造型艺术，在某方面来说是罕见的人。她由两部分组成，这两部分借助螺丝和结实的皮腰带勉强连接在一起。留利亚的第一部分，即上半身，非常可爱——匀称纤细，窄肩，细胳膊，背部柔软；第二部分，下半身，则是某种马一般的臀部，搭配强壮的佩尔什马①般笨重的双腿。姑娘是半人马座。很难理解她为什么为自己选择了舞蹈职业。可能，当她开始学习舞蹈的时候，这一“身体的分裂”还没有现在这样明显。

留利亚的脸很可爱，但她的表情是忧郁的，萎靡不振的，首先反映了她复杂的身体结构的下半部分，而不是上半部分。

留利亚的妈妈则是个娇小瘦弱的女人，有着充满祈求的双眼和神经质的姿态。她身穿某种红褐色的旧衣服，显然，是留利亚的衣服。她是典型的剧院妈妈，时刻保持警惕，每一分钟都准备冲向战斗，捍卫女儿的利益，——她以自己喜剧性的姿势给整个剧团带来了不少欢乐。

当然，半人马座的姑娘没有被邀请参加哑剧演出。不管留利亚的妈妈多少次劝说导演让她的女儿试试，多少次摇晃着自己那悲伤的、戴有难以形容的布谷鸟小羽毛的脑袋——都没有任何结果。但妈妈不放弃自己的立场。

她每天都让留利亚来参加排练：

“坐下，留利亚!”

她将椅子放到她身下，自己则站在旁边。她们就这样坚持到最后。

大家已经习惯了她们。

---

① 佩尔什马，一种产于法国的重型挽马，毛色多为灰色或黑色。

留利亚的妈妈和很多人都认识，她甚至是有用的。她总是随身带着双头别针、铅笔、火柴。她对所有人献殷勤，乐于效劳，甚至有一次为导演跑到小铺里去买烟卷。

“为什么您的女儿叫留利亚?”有人问。

“什么——为什么？完全很好理解。尤利娅就是留利亚。”

“原来是这样。”好奇的人同意这个说法，“既然明白了，我也就不争论了。不然我们以为，这是‘锅’① 这个单词的简写形式呢。”

这样，留利亚就和留利亚的妈妈来参加所有的排练。

有一次，完全出人意料，命运对她们微笑了。一个参加哑剧的女演员没有来。弄清楚这一情况时已经太晚，以至于排练都无法进行了。

“柳克没有来。”导演发火了，“她的角色并不重要，但排练时留着一个空位子实在太不舒服。”

突然留利亚的妈妈猛冲到前面。她抓住留利亚的手跑到导演面前：

“那么这就是您所需要的演员了。她参加过所有的排练，能够非常好地模仿柳克。我对您发誓——她就是为了这个角色而生的。您还站着做什么？试试吧。”

“那好吧，让她试试。她姓什么?”

“金斯卡娅！金斯卡娅！是巴克琳斯卡亚的简写形式。”留利亚的妈妈因欣喜而颤抖着大声喊道，“她的父亲是名军官。如果不是这

① 俄文单词“锅”的写法为 кастрюля，后四个字母便是“留利亚”的俄文名。

么早去世的话，他本应成为上校的。”

“金斯卡娅，”导演喊道，用手推开靠近他的妈妈，“站到场上去，我们要开始了。”

留利亚的妈妈站在留利亚的背后，用眼睛盯着她的每一个姿势，和她一起踏步，一起跳跃。她帽子上布谷鸟的羽毛也随她一起颤抖着，跳跃着。

排练糟极了。演员们哈哈大笑，打乱了节奏，导演自己也糊涂起来。

留利亚用马一般沉重的步法跳跃着，妈妈在她身后督促着，偷偷提示并纠正着她的错误。

总的说来，她表现得还可以，跳得不错。只是，当根据剧情她和女伴——大自然女神们在从悬崖边跳出来的萨提尔[①]面前因恐惧而退缩时，逼近观众的“宪兵的马”臀部错觉如此强烈，以至于其中一个曾是学潮受害者的演员，情绪异常激动起来。

第二天事情弄明白了，没来参加排练的女演员“因为家庭原因”再也不会来了。所有人都知道，这一原因如果不完全是家庭的，那么，无论如何，也是类似如此的。一直庇护她天分发展的银行家意外地出国了，并在最后一刻将女演员也一起带走了。

得知这一消息，导演曾考虑过该采取什么样的办法。但是，当他用目光扫视大厅时，看到留利亚和留利亚的妈妈已经站在之前指

① 古希腊神话中半人半兽且地位稍低的神，他们看上去像山羊，长有角、长长的尾巴及蹄状的脚掌。性情活泼，经常追求山林女神。

定的位子上，并且做好了充分战斗的准备。

“那好吧，就让她来吧！”导演决定了，于是排练也就开始了。

留利亚的舞跳得还可以，她记得导演做出的所有指示，从来没有出错过。大家很快也习惯了她的身材。

“那又如何，”大家说，“所有的女神和萨提尔们——谁见过他们呢。或许，他们就是这样子的。”

而如果没有留利亚的妈妈在，大家立刻就会觉得无聊了。要知道每场排练多亏有她在才能变成一场演出，才会有趣。她脸色绯红，在某种狂喜中不知所措地重复着留利亚的所有动作。特别是当她优雅地伸直自己的脚，那穿歪的鞋子和有孔的毛线袜子则显得尤其好笑。

无精打采的、丰满的留利亚懒洋洋地动弹着自己的粗腿，而她身后则是疯狂的妈妈，就像喝醉的巫婆一样。演出很出色。还有演员从别的剧院跑过来，观看怪人。

意外发生的时候，排练已接近尾声。留利亚的妈妈比平时晚些时候才奔了过来。只有她一个人。她双手伸直，头上的羽毛飘了起来，脸上充满恐惧：

“留利亚摔断了腿。应该要躺好些天。”

怎么回事？

“我来代替她排练。我记得全部动作。您请看。三天后她再重新代替我的位子。”

还没等导演醒悟过来，她已经站到了留利亚的地方，并且摆出了相应的姿势。

“那就这样吧！”导演决定了，开始排练。

留利亚的妈妈非常出色地完成了需要做的一切，甚至还要更好。她在最后女神们所跳的加洛普舞蹈中注入了自发性的热烈，如此强烈地吸引着别人，以至于导演甚至都张大了嘴：

“这一场终于演出了应该有的样子！”他喊道，“否则所有人都是在爬行，就像睡不醒的苍蝇似的，酒神的女祭司们，可恶！”

“那妈妈是什么样的呢？”排练结束后演员们都很惊讶，“她，当然，是巫婆。看看，哈，她做得多好。”

留利亚的病拖长了。于是妈妈每天都热情洋溢地跑来代替她的位置，参加排练。

“妈妈！非常好！”导演喊了起来，“您就像年轻了二十岁！耶萝希娜，看着妈妈，就像妈妈这样做。”

到了演出这一天。留利亚本应来，但却没有来。

“别让这个老巫婆演出。”

“不可思议。她会破坏整个团体演出的。要知道这可是哑剧，而不是滑稽剧。”

“这就是现实情况！”

“那有什么办法？就当她是萨提尔吧。这些该死的褐卷尾猴和萨提尔。我们想点办法来摆脱困境。”

“伊万·安德烈伊奇！”熟悉的哭一般的声音喊着导演，“伊万·安德烈伊奇！这样可以吗？”

他转过身，用眼睛搜寻留利亚的妈妈，没找到，却看到了一个娇小的、身材苗条的女人。她戴着红色的假发，身穿火红色的希腊式长衣。

“妈妈!”

“我今天代替留利亚演出。她明天就能站起来了。”

妈妈看起来非常迷人。或许，过于富有激情，看起来更像是酒神的女祭司，而不是宁芙女神。她的姿态，或许，极度放荡不羁，却也是非常搞笑的，特别是在这一忧郁的，脚穿歪鞋子，头戴无法形容的布谷鸟羽毛的妈妈身上。这一娇小的，火一般热情的女人表现得非常有趣，激动人心。观众异常兴奋。演员们惊讶了，开心地喊着：

“原来是这样的妈妈!”

“这就是妈妈!”

“天才，明星，首席女主角！谁能想到呢!”

“听我说，妈妈，”导演说，“我要为您保留这个角色。您比您女儿更适合它。”

留利亚的妈妈突然脸色发白，浑身颤抖。这已经是在演出之后，她头上布谷鸟的羽毛已经落回到原来的地方。

“您开玩笑呢吧!”她发出嘶哑的声音，“您没有任何权力这样做。您赶走迷人的年轻女演员只因为她生了几天病！用平庸的、可笑的老太婆来代替天才的、靓丽的她！我绝不允许。明天她就会来担任自己的角色。卑鄙的家伙!”

她转身走了出去。